4.–

HEYNE BÜCHER

D1876723

SCIENCE FICTION

Herausgegeben
von Wolfgang Jeschke

Aus der Serie »Die Abenteuer des Raumschiffs ›Enterprise‹«
in der Reihe HEYNE SCIENCE FICTION & FANTASY
sind bereits erschienen:

Vonda N. McIntyre, *Star Trek II: Der Zorn des Khan* · 06/3971
Vonda N. McIntyre, *Der Entropie-Effekt* · 06/3988
Robert E. Vardeman, *Das Klingon-Gambit* · 06/4035
Lee Correy, *Hort des Lebens* · 06/4083
Vonda N. McIntyre, *Star Trek III: Auf der Suche nach Mr. Spock* · 06/4181
S. M. Murdock, *Das Netz der Romulaner* · 06/4209
Sonni Cooper, *Schwarzes Feuer* · 06/4270
Robert E. Vardeman, *Meuterei auf der Enterprise* · 06/4285
Howard Weinstein, *Die Macht der Krone* · 06/4342
Sondra Marshak & Myrna Culbreath, *Das Prometheus-Projekt* · 06/4379
Sondra Marshak & Myrna Culbreath, *Tödliches Dreieck* · 06/4411
A. C. Crispin, *Sohn der Vergangenheit* · 06/4431
Diane Duane, *Der verwundete Himmel* · 06/4458
David Dvorkin, *Die Trellisane-Konfrontation* · 06/4474
Vonda N. McIntyre, *Star Trek IV: Zurück in die Gegenwart* · 06/4486
Greg Bear, *Corona* · 06/4499
John M. Ford, *Der letzte Schachzug* · 06/4528
Diane Duane, *Der Feind — mein Verbündeter* · 06/4535
Melinda Snodgrass, *Die Tränen der Sänger* · 06/4551
Jean Lorrah, *Mord an der Vulkan Akademie* · 06/4568
Janet Kagan, *Uhuras Lied* · 06/4605
Laurence Yep, *Herr der Schatten* · 06/4627
Barbara Hambly, *Ishmael* · 06/4662
J. M. Dillard, *Star Trek V: Am Rande des Universums* · 06/4682
Della van Hise, *Zeit zu töten* · 06/4698
Margaret Wander Bonanno, *Geiseln für den Frieden* · 06/4724
Majliss Larson, *Das Faustpfand der Klingonen* · 06/4741
J. M. Dillard, *Bewußtseinsschatten* · 06/4762
Brad Ferguson, *Krise auf Centaurus* · 06/4776

STAR TREK: DIE NÄCHSTE GENERATION:
David Gerrold, *Mission Farpoint* · 06/4589
Gene Deweese, *Die Friedenswächter* · 06/4646
Carmen Carter, *Die Kinder von Hamlin* · 06/4685
Jean Lorrah, *Überlebende* · 06/4705
Peter David, *Planet der Waffen* · 06/4733
Diane Carey, *Gespensterschiff* · 06/4757
Howard Weinstein, *Macht Hunger* · 06/4771
John Vornholt, *Masken* · 06/4787

STAR TREK: DIE ANFÄNGE:
Vonda N. McIntyre, *Die erste Mission* · 06/4619
Margaret Wander Bonanno, *Fremde vom Himmel* · 06/4669
Diane Carey, *Die letzte Grenze* · 06/4714

DAS STAR TREK-HANDBUCH:
von Ralph Sander · 06/4670

Diese Liste ist eine Bibliographie erschienener Titel
KEIN VERZEICHNIS LIEFERBARER BÜCHER!

BRAD FERGUSON

KRISE AUF CENTAURUS

Ein STAR TREK-Roman

Deutsche Erstausgabe

Science Fiction

WILHELM HEYNE VERLAG
MÜNCHEN

HEYNE SCIENCE FICTION & FANTASY
Band 06/4776

Titel der amerikanischen Originalausgabe
CRISIS ON CENTAURUS
Deutsche Übersetzung von Andreas Brandhorst
Das Umschlagbild schuf Boris Vallejo

2. Auflage

Redaktion: Rainer Michael Rahn

Printed in Germany 1991
Umschlaggestaltung: Atelier Ingrid Schütz, München
Satz: Kort Satz GmbH, München
Druck und Bindung: Ebner Ulm

ISBN 3-453-04488-6

Für Linda,
die es zuerst las,
während einer ganz besonderen Zeit.

Kapitel 1

Der Raumhafen

New Athens war die Hauptstadt einer vor Jahrhunderten gegründeten und sehr erfolgreichen Kolonie. Daher erschien es angemessen, daß die Stadt den größten — einheimische Angeber behaupteten sogar: den besten — Raumhafen auf Centaurus und in der ganzen Föderation hatte.

Im zentralen Bereich des Raumhafens hielten sich etwa zwanzigtausend Reisende auf, und sie alle wollten so schnell wie möglich die jeweiligen Flugtore erreichen, um an Bord eines Shuttles zu gehen. Seit dem neunzehnten Jahrhundert auf der Erde, als die Entwicklung der Lokomotive den Massentransport ermöglichte, hatte sich eigentlich nicht viel verändert; die Geschichte fügte nur vierhundert Jahre sogenannten Fortschritts in der Passagierabfertigung hinzu. Vielleicht kam irgendwann einmal der Tag, an dem man mit Hilfe verbesserter Transportersysteme innerhalb weniger Sekunden jeden beliebigen Ort auf einem Planeten zu erreichen vermochte, ohne daß dabei größere Risiken drohten als bei Flügen mit Stratosphären-Jets oder Orbital-Zubringern. Doch bis dahin konnte man nicht auf so monströse Einrichtungen wie den Raumhafen von New Athens verzichten.

Die meisten Reisenden in der Haupthalle waren Menschen, aber bei weitem nicht alle. Ein aufmerksamer Beobachter bemerkte sofort Dutzende von Individuen aus praktisch allen Rassen der Föderation, sogar zwei klingonische Händler, die eine interstellare Passage zu einem Planeten unweit der Neutralen Zone gebucht hatten. New Athens war in jeder Hinsicht eine kosmopolitische Stadt, in der es keine kulturellen Schranken gab. Sie bot Platz für *jeden*.

Souvenirstände säumten die Halle und boten Urlaubern, die unbedingt ihr Geld loswerden wollten, wertlose Kinkerlitzchen an. Ein kleines Geschäft erzielte seit Jahren hohe Umsätze, indem es viel zu teure Reproduktionen der Freiheitsstatue unter die Leute brachte. Aufschriften wie SOUVENIR VON CENTAURUS und ICH LIEBE NEW ATHENS schmückten ihre Sockel, und niemand schien sich daran zu stören, daß das Original noch immer im Hafen von New York stand, auf der vier Komma drei Lichtjahre entfernten Erde.

Imbißstuben nahmen nicht die geringste Rücksicht auf den Cholesterinspiegel ihrer hungrigen Kunden. Manchmal bezeichnete man jene Etablissements fälschlicherweise als ›Erfrischungszentren‹, und ihr ökonomischer Erfolg hing nicht nur davon ab, daß die besetzten Tische möglichst schnell wieder frei wurden; in diesem Zusammenhang spielte das mathematische Geschick der Kellner ebenfalls eine große Rolle. Die meisten von ihnen brauchten keine Computer, um Föderationskredite in cygnianische Goldstücke, vulkanische Arbeitseinheiten, französische Francs und centaurische Platinpfund umzurechnen sowie das Wechselgeld in jeder gewünschten Währung herauszugeben — wobei sie es natürlich nicht versäumten, einen Bedienungszuschlag in Rechnung zu stellen.

Restaurants, Traumkuben, Erholungskammern (»Wir garantieren Ihnen eine vollständige Wiederherstellung Ihres biopsychischen Potentials in nur zehn Minuten«) und semireale Computerspiele (›Abenteuer, Aufregung und Erotik‹) — überall klingelten die Kassen.

Doch die derzeit interessanteste Attraktion befand sich in der Pan United Spaceways-Passagierhalle B2. Etwa fünfzehn Automaten standen an der einen Wand, und ihr Angebot reichte von Coca-Cola bis zu Syntho-Hemden. Vor dem American Express-Travellerscheck-Terminal hatten sich einige Schaulustige eingefunden; sie beobachteten einen tellaritischen Geschäftsmann, der mit dem widerspenstigen Apparat rang.

»Ich wende mich direkt an dich, Maschine«, knurrte der Tellarit. »Ich bin Gar, Oberhaupt des Hämmerer-Clans, und ich habe eine Goldene Karte mit der Nummer 02551–09334–97372. Sie verfügt über einen Delta-Zebra-Oskar-Vermerk! Ich verlange, daß du mir gehorchst. Mein Wille soll dir Befehl sein, hast du *verstanden?*«

Die Maschine schwieg gleichgültig.

»Gib mir die Karte zurück, du blödes Ding!« donnerte Gar und gestikulierte ausladend. Die neugierigen Menschen hinter ihm wichen ein wenig zurück.

Der Automat projizierte ein Hologramm.

BITTE SETZEN SIE SICH MIT DEM NÄCHSTEN
AMERICAN EXPRESS-BÜRO IN VERBINDUNG.
BENUTZEN SIE
DAS VIDEOFON AUF DER RECHTEN SEITE.
WIR FREUEN UNS,
SIE ZU UNSEREN KUNDEN ZÄHLEN ZU DÜRFEN.

* * *

VERSÄUMEN SIE ES NICHT,
DIE VORZÜGE DES SHERATON CENTAURUS
KENNENZULERNEN.
ALLE ZEHN MINUTEN GRATISFLÜGE
VON TOR HG26.

»Was?« entfuhr es Gar. *»Werbung?* Jetzt reicht's mir! Bei der Ehre des Hämmerer-Clans – so etwas lasse ich mir nicht bieten!«

Der Tellarit stieß einen Kampfschrei aus, der in aller Deutlichkeit an seine Abstammung erinnerte – er klang nach einer Wildsau, die gerade einen Wutanfall erlitt –, holte aus und rammte seine breite Faust in den Automaten. Kunststoff splitterte. Dünnes Metall gab sofort nach. Es knisterte und krachte; Rauch wallte, und Funken stoben. Gar riß die Verkleidung beiseite, und kurz darauf fand er seine American Express-Karte, die nach wie vor im Scanner-Schlitz des Geräts steckte.

Gar schob beide Daumen in den Abtaster, verbog mehrere Magnetspangen und zog die Karte heraus. Er starrte noch immer auf den zerstörten Apparat, als er die Siegeshaltung einnahm, triumphierend heulte und mit der angesengten Karte winkte.

Die Zuschauer starrten stumm, bevor sie zu applaudieren begannen.

Gar drehte verwirrt den Kopf, erholte sich jedoch rasch von seiner Überraschung. »Ich habe den Kampf gegen Maschine gewonnen«, verkündete er stolz. »Sie können jetzt gehen.« Aber das Publikum hatte nicht die geringste Absicht, zu den Sitzplätzen zurückzukehren, und eigentlich genoß Gar die ihm zuteil werdende Bewunderung. Deshalb *bestand* er nicht darauf, daß die Leute gingen, deutete mit seinen letzten Worten nur eine *Möglichkeit* an. Er grunzte zufrieden, hielt die Karte auch weiterhin hoch über den Kopf, so daß alle sie sehen konnten.

Einige Sekunden später fielen ihm zwei Raumhafen-Polizisten auf, die mit langen Schritten herankamen und sich höflich, aber energisch einen Weg durch die Menge bahnten. Der Tellarit marschierte sofort los, schloß sich einigen Artgenossen an und verschwand in dem allgemeinen Durcheinander. Das Publikum bemerkte die beiden Beamten ebenfalls, folgte Gars Beispiel und eilte davon.

Außer den Zuschauern gab es noch jemanden, der die Ereignisse beobachtet hatte.

Es handelte sich um einen unscheinbaren Mann in mittleren Jahren, der einen zerknitterten, schlechtsitzenden Regenmantel aus centaurischer Produktion trug. Er wirkte alles andere als verdächtig, wartete auf der anderen Seite des Aufenthaltsraums. Auf seinem Schoß ruhte eine kleine Schachtel; ab und zu berührte er sie vorsichtig.

Schon seit einigen Stunden saß er in dem bequemen Sessel. Manchmal erweckte er den Eindruck, als döse er, doch nichts lag ihm ferner als Schlaf. Angesichts des jüngsten Vorfalls blieb ihm gar nichts anderes übrig, als die Lider zu heben — der Tellarit hatte einfach zuviel Unruhe gestiftet.

Der Mann bedauerte das — niemand störte einen schlafenden Passagier. Es war eine gute Tarnung. Aber das Gebrüll des Tellariten mußte selbst einen besonders müden Reisenden wecken und hatte alle bis dahin anwesenden Personen veranlaßt, einen anderen Saal aufzusuchen. Dadurch verlor der Mann seine Anonymität.

Die festgesetzte Frist ist schon vor fünfundvierzig Minuten verstrichen, und ich habe noch immer keine Nachricht bekommen, dachte der Mann besorgt. *Gibt es Spitzel in der Organisation? Hat man uns verraten?*

Die beiden Polizisten erreichten den Aufenthaltsraum B2 und sahen sich um. Der ältere von ihnen schüttelte traurig den Kopf. »Schon der dritte zerstörte Automat in diesem Monat«, brummte er. »Und die dafür Verantwortlichen machen sich immer rechtzeitig aus dem Staub.«

»Was schreiben wir in unserem Bericht, Sarge?«

Der Sergeant zuckte mit den Schultern. »Wir befragen Augenzeugen und versuchen, eine Beschreibung zu bekommen. Vielleicht leiten unsere Vorgesetzten anschließend eine interstellare Fahndung wegen schwerer Sachbeschädigung ein.«

»So dumm wären sie doch nicht, oder?«

»Nein, *natürlich* nicht. Aber der Lieutenant möchte Berichte. Er *liebt* sie geradezu. Und wir werden ihn nicht enttäuschen.« Der Sergeant deutete auf den Mann mit der Schachtel. »Der Bursche sieht aus, als säße er dort schon seit einer ganzen Weile. Fragen Sie ihn, ob er irgend etwas beobachtet hat. Ich sehe mir unterdessen den Automaten an. Himmel, man sollte die defekten Apparate gründlich reparieren. Dann käme niemand auf den Gedanken, sie zu zertrümmern.« Der Polizist schlenderte davon. Sein Kollege holte einen Notizblock hervor und näherte sich dem Mann mit der kleinen Schachtel.

O nein, dachte der Wartende. *Er kommt hierher. Bleib ruhig, verdammt!*

»Bitte entschuldigen Sie, Sir«, sagte der jüngere Beamte

höflich. »Ich bin Corporal Schmidt von der Sicherheitsabteilung des Raumhafens.«

Der Mann sah mit ausdruckslosem Gesicht auf. »Wie geht es Ihnen, Corporal?«

»Gut, danke. Haben Sie zufällig beobachtet, wer die Maschine dort drüben beschädigt hat?« Der Polizist deutete auf den Automaten. Dünner Rauch kräuselte aus elektronischen Eingeweiden.

Der Mann schüttelte den Kopf. »Tut mir leid, Corporal Schmidt. Ich habe geschlafen, und der, äh, Schrei hat mich geweckt. Aber es standen zu viele Leute davor, als daß ich irgend etwas hätte sehen können. Kurz darauf verließen die anderen Passagiere den Saal.«

»Hm.« Der Corporal runzelte die Stirn. »Die übliche Geschichte.« Er öffnete den Notizblock. »Wenn Sie so freundlich wären, mir Ihren Namen zu nennen...«

Der Mann rückte die Schachtel auf seinem Schoß zurecht. »Äh, warum, Corporal? Wie ich Ihnen schon sagte: Ich habe überhaupt nichts gesehen...«

»Reine Routine, Sir. Nun, Ihr Name?«

Der Mann zögerte. »Gregory Lebow.«

»Wohnort?«

»Zweiter Versuch. Das ist drüben in New Europe.«

Der Corporal lächelte. »Tatsächlich? Meine Mutter lebt auf dem Südkontinent. In Aquinasville. Kennen Sie den Ort?«

»Äh, nein, Corporal. Wissen Sie, ich reise nicht sehr häufig.«

»Oh. Schade. Nun, was führte Sie nach New Athens, Mr. Lebow?«

»Ich habe nur meine Schwester besucht.«

»Nun, ich hoffe, Sie hatten hier einen angenehmen Aufenthalt. Ihre Adresse in Zweiter Versuch?«

Der Mann nannte irgendeinen Straßennamen – er war nie in Zweiter Versuch gewesen. Corporal Schmidt schrieb ihn auf.

»Ich halte es für unwahrscheinlich, daß wir uns noch

einmal an Sie wenden, Mr. Lebow«, sagte er. »Sie haben nichts mit dieser Sache zu tun, das ist völlig klar, aber die Vorschriften ...« Er seufzte und lächelte erneut. Der Mann im Sessel erwiderte das Lächeln und entspannte sich ein wenig. *Es besteht keine Gefahr,* dachte er zufrieden.

Der Sergeant beendete die Inspektion des zerstörten Automaten und kehrte zurück. »Die Maschine ist völlig hin. Ein weiterer Abschreibungsposten für die Pan United.« Er nickte dem Mann zu und lächelte kurz.

Einen Sekundenbruchteil später wurde er plötzlich sehr ernst.

Der Mann mit der Schachtel fluchte lautlos.

Corporal Schmidts Kollege zog seinen Phaser und legte an. »Rühren Sie sich nicht von der Stelle!« befahl er. »Schmidt, benachrichtigen Sie die Zentrale. Wir haben Holtzmann erwischt.«

»Holtzmann?« Der jüngere Polizist riß die Augen auf.

»Sind Sie schwerhörig?« knurrte der Sergeant.

»Nein, äh, natürlich nicht. Bin schon unterwegs!« Schmidt eilte los, und der Sergeant hielt seinen Strahler weiterhin auf den Mann im Sessel gerichtet.

»Sie bleiben hübsch brav sitzen«, sagte er. »Ich will nicht noch mehr Ärger, klar?«

Dem Mann gelang es, gleichzeitig erschrocken und verblüfft zu wirken. »Ich bitte Sie, Sergeant... Was hat das zu bedeuten? Ich heiße nicht Holtzmann. Mein Name lautet Gregory Lebow. Ich wohne in Zweiter Versuch, bin Lehrer im Ruhestand und nur hierhergekommen, um meine Schwester Emma zu besuchen. Wenn Sie mir nicht glauben... Ich zeige Ihnen meinen Ausweis und die übrigen ID-Papiere...« Er griff in die Jackentasche.

»Keine Bewegung, Holtzmann!« befahl der Sergeant. »Heben Sie die Hände über den Kopf.« Er holte tief Luft. »Sie und Ihre Leute haben bereits genug Schwierigkeiten gemacht. Als ob wir uns ohne Sie langweilen würden...«

»Sergeant, ich...«

»Seien Sie still!«

Mit seiner lauten Stimme weckte der Sergeant die Aufmerksamkeit einiger Passagiere. Mehrere Männer und Frauen kamen neugierig näher, beobachteten den Mann mit der Schachtel.

Verschiedene Stimmen erklangen.

»Das soll *Holtzmann* sein?«

»Ich bin von Außenwelt. Zum Teufel auch, was hat es mit Holtzmann auf sich?«

»Lieber Himmel, der Kerl sieht ganz harmlos und unschuldig aus, nicht wahr?«

»Gilt hier auf Centaurus als Staatsfeind Nummer eins. Er ist Wissenschaftler. Und ein politischer Wirrkopf. Total ausgerastet, wenn Sie verstehen, was ich meine.«

»Seht euch nur seine kleinen Knopfaugen an. Leute mit kleinen Knopfaugen sind mir gleich suspekt.«

»Vor drei Jahren floh er aus dem Gefängnis. Ich glaube, er wurde wegen Volksverhetzung eingelocht. Beziehungsweise wegen Sabotage. Oder verwechsle ich ihn mit jemandem?«

»Er sieht gar nicht gefährlich aus...«

»Ich frage mich, was sich in der Schachtel befindet. Irgendwelche Geheimdokumente?«

»Der Polizist scheint seinen Job sehr ernst zu nehmen. *Ich* würde mich nicht mit ihm anlegen.«

»Ob man auch Holtzmanns Komplizen erwischt hat?«

Der Sergeant und sein Gefangener konnten die meisten Bemerkungen hören. Schmidts Kollege lächelte süffisant. »Das sind die Leute, die Sie ›retten‹ möchten, Holtzmann. Nun, was halten Sie von ihnen?«

»Ich habe keine Ahnung, wovon Sie reden, Sergeant. Glauben Sie mir, wenn alles geklärt ist...«

Der Beamte sah auf den kleinen Behälter. »Was enthält die Schachtel, Holtzmann? Noch mehr Agitprop-Material? Gift für den Verstand der centaurischen Bürger?« Er winkte mit dem Phaser. »Öffnen Sie das Ding, Holtzmann.«

Jetzt ist es soweit, dachte der Mann. *Mir bleibt keine andere Wahl. Ich bin erledigt.*

»Na schön, Sergeant«, erwiderte er ruhig. »Wie Sie meinen.«

Aber er klappte nicht etwa den Deckel der Schachtel auf. Statt dessen berührte er eine bestimmte Stelle und klopfte einen kurzen Code.

Setzt den Kampf fort, Freunde, dachte Holtzmann, bevor er starb.

Die Elektronik des kleinen Behälters desaktivierte ein Magnetfeld – woraus sich katastrophale Konsequenzen ergaben: Einige Gramm Antimaterie berührten die Substanz der Schachtel.

Das Feuer der vollständigen Vernichtung verschlang sowohl den Raumhafen von New Athens als auch alles andere in einem Umkreis von acht Kilometern. Eine gräßliche vierte Sonne stieg zum blauen centaurischen Himmel empor.

Kapitel 2

Die *Enterprise*

Krrrrch.

James Kirk bewegte sich im Schlaf.

KRRRRCH.

Kirk öffnete die Augen, und sofort reagierte ein Sensor in der Kabine, schaltete die Lampe auf dem kleinen Tisch neben der Koje ein. *Was ist das für ein komisches Geräusch?* dachte er benommen. *Woher kommt es?*

KRRRRCH.

Und dann knackte es laut.

Von einem Augenblick zum anderen war der Captain der U.S.S. *Enterprise* hellwach. *Die Ventilatoren,* fuhr es ihm durch den Sinn. *Mit dem Belüftungssystem ist irgend etwas nicht in Ordnung.* Er strich die Decke beiseite, zwinkerte im heller werdenden Licht und fröstelte. *Und die Temperatur erscheint mir zu niedrig. Ich glaube, wir haben einige Probleme.*

Als Kirk die Beine über den Rand des Bettes schwang, zerrte plötzlich etwas an ihm.

Er sank zu Boden, stöhnte und hatte das Gefühl, als seien zwei besonders schwere Männer auf ihn gesprungen. *Glück gehabt,* dachte er. *Wenn ich mit dem Kopf an die Kante dort gestoßen wäre ...* Kirk versuchte, Arme und Beine zu bewegen. Es fiel ihm nicht gerade leicht, aber wenigstens schien nichts gebrochen zu sein. Er schätzte sein derzeitiges Gewicht auf etwa zweihundertfünfzig Kilo — beziehungsweise fünfhundert Pfund. In diesem Zusammenhang fiel ihm eine Bemerkung McCoys ein: »Meine Großmutter hielt ›Kilo‹ für eine ansteckende Krankheit. Sie zog es vor, von guten alten Pfunden zu sprechen.«

Daraus ließ sich nur ein Schluß ziehen: Die künstliche Schwerkraft an Bord des Raumschiffes hatte sich um zwei volle G erhöht und betrug nun rund das Dreifache der Erdnorm. *Temperatur, Belüftung, Gravitation — offenbar sind die Ambiente-Kontrollen ausgefallen,* überlegte Kirk, als er seine Kraft sammelte, um sich in die Höhe zu stemmen. *Ich muß mich sofort mit der Brücke in Verbindung setzen ...*

Er winkelte seine Arme an, preßte die Handflächen an den Boden ...

Eine Sekunde später sauste er zur Decke hoch. *Schwerelosigkeit. Jetzt sind auch die Grav-Generatoren hin.*

Aus einem Reflex heraus krümmte sich Kirk zusammen, um nicht mit dem Kopf an die Decke zu prallen. Seine Füße berührten kühlen Kunststoff, und unmittelbar darauf schwebte er wieder in Richtung Boden. Der Captain drehte sich in der Luft, um auf den Beinen zu landen, knickte dabei in den Knien ein, um einen möglichst großen Teil des Bewegungsmoments zu absorbieren. Er stieg erneut auf, diesmal aber wesentlich langsamer. Kirk sah sich um, streckte die Hand aus und hielt sich an einem nahen Tisch fest. Die Beine waren im Boden verankert, aber sie erzitterten kurz, wodurch sich mehrere Gegenstände von der Stellfläche lösten und umherglitten.

Verdammter Mist! Kirk wartete einige Sekunden lang, gab sich dann einen vorsichtigen Stoß. Als er langsam durch die Kabine flog und sich dem Schreibtisch näherte, blinkte ein Sensorpunkt auf dem Interkom. Gleichzeitig veränderte sich die Statusanzeige über der Koje: Aus dem satten, beruhigenden Grün wurde ein warnendes gelbes Pulsieren, untermalt von einem rhythmischen elektronischen Summen.

»Alarm aus«, sagte Kirk.

Es summte weiterhin.

Jim wiederholte seinen Befehl, doch der Computer ignorierte ihn. *Das Interpretationsmodul für verbale Anweisungen scheint ebenfalls nicht zu funktionieren,* dachte er.

Prächtig. Solche Überraschungen wünscht man sich kurz nach dem Erwachen.

Einige Sekunden später griff er nach der Kante des Schreibtischs, zog sich herunter und sank langsam in den Sessel. *Der Adler ist gelandet.* Kirk nahm den Morgenmantel von der Rückenlehne, streifte ihn behutsam über — *meine Güte, es ist wirklich kalt* — und schaltete das Interkom ein.

Das Gesicht des Offiziers vom Dienst erschien auf dem Schirm, doch die Konturen blieben unscharf. Kirk bemerkte eine blutige Platzwunde über Pavel Chekovs linkem Auge, das sich bereits verfärbt hatte.

»Bericht, Mr. Chekov«, sagte er.

»Ich habe Alarmstufe Gelb veranlaßt, Captain«, erwiderte der Fähnrich. »Überall an Bord herrscht Schwerelosigkeit. Das Belüftungssystem und die Temperaturkontrollen sind ausgefallen. Darüber hinaus stehen uns nicht mehr alle Funktionen des Bordrechners zur Verfügung. Der Computer ignoriert insbesondere verbale Anweisungen, und einige der elementaren Subroutinen — sie betreffen die Lebensmittelsynthetisierer und alle sanitären Anlagen an Bord — scheinen aus den Steuerungsprogrammen verschwunden zu sein...«

»Ja, Mr. Chekov«, sagte Kirk ungeduldig. »Sicherheitsstatus?«

»Die Sensoren sind voll betriebsbereit und zeigen keine anderen Raumschiffe im Erfassungsbereich. Mehrere Besatzungsmitglieder wurden verletzt, Captain: Einige Brükkenoffiziere brauchen medizinische Behandlung, aber ernste Fälle sind mir bisher nicht bekannt. Allerdings habe ich noch keine Meldung von der Krankenstation bekommen. Ich versuche noch immer, Dr. McCoy zu erreichen. Die Fehlfunktionen des Computers erschweren auch die interne Kommunikation.«

Chekov drehte kurz den Kopf, sprach mit jemandem und wandte sich dann wieder dem Interkom zu. »Captain, Mr. Spock hat mir gerade mitgeteilt, er sei zur Brücke unterwegs. Mr. Scott befindet sich bereits im Maschinenraum, und Ingenieur MacPherson gehört zur derzeitigen Dienstschicht hier im Kontrollraum. Er hat mit ersten Untersuchungen begonnen.«

»In Ordnung, Mr. Chekov«, sagte Kirk. »Bleiben Sie bei Alarmstufe Gelb. Und noch etwas: Holen Sie die übrigen Besatzungsmitglieder aus den Kojen, und zwar *sofort.* Erinnern Sie die Krankenstation daran, wie wichtig es ist, bei schlafenden Patienten für angemessene Luftzirkulation zu sorgen. Die Oberschwester soll von mir aus mit irgendwelchen Zeitungen wedeln, wenn es sich nicht anders machen läßt. Außerdem: Geben Sie der Sicherheitsabteilung Bescheid. Wir müssen uns um die Bewußtlosen kümmern.«

Wenn es in der Schwerelosigkeit zu keinem Luftaustausch kam, konnte der ausgeatmete Atem tödliche Wolken bilden. Es war durchaus möglich, daß ohnmächtige Besatzungsmitglieder in Kohlendioxyd erstickten, obgleich die übrige Luft im Zimmer genug Sauerstoff enthielt. Selbst ohne ein funktionsfähiges Belüftungs- und Wiederaufbereitungssystem drohte erst in drei Stunden echte Gefahr; es blieb ihnen also Zeit genug, um alle notwendigen Maßnahmen zu ergreifen.

»Wenn Sie mit der Krankenstation sprechen«, fuhr Kirk fort, »fordern Sie einen Medo-Assistenten für den Brükkendienst an. Lassen Sie Ihr Auge behandeln. Ich mache mich jetzt auf den Weg zu Ihnen.«

»Aye, aye, Captain.«

»Kirk Ende.« Jim desaktivierte das Interkom. *Für mich ergibt sich jetzt ein ganz persönliches Problem,* dachte er. *Es lautet: Wie zieht man sich an, während man in der Kabine umherschwebt?*

Das Schott des Kommandantenquartiers schob sich mit einem leisen Zischen beiseite. Kirk glitt in den Korridor, stieß sich an der gegenüberliegenden Wand ab und flog in die gewünschte Richtung. Hier und dort öffneten sich andere Türen, und Besatzungsmitglieder verließen ihre Kabinen. Chekov hatte tatsächlich die ganze Crew geweckt.

Der Captain wußte, daß die Lage an Bord seines Schiffes ohne zuverlässig arbeitenden Bordcomputer rasch kritisch werden konnte, aber trotzdem gewann er der gegenwärtigen Situation einige amüsante Aspekte ab. Er schmunzelte, als er einige Männer und Frauen beobachtete: Sie bewegten sich unbeholfen in einer Umgebung, in der es plötzlich weder oben und unten noch rechts und links gab. *Ich wirke bestimmt nicht viel eleganter,* überlegte Kirk und näherte sich dem Turbolift.

Er brachte eine Ecke hinter sich, indem er sich vorsichtig an einer Wand entlangtastete.

»Achtung! Heißes Wasser!« rief jemand.

Kirk hob den Kopf und sah eine glänzende, von Dampf umhüllte Kugel, die sich ihm näherte. Die anderen Personen im Korridor wichen ihr hastig aus, sausten hin und her, prallten an Wände und Schotten. Das amöbenartige Etwas wirkte auf seltsame Art und Weise lebendig.

Kirk streckte hastig die Hand aus, berührte einen Türrahmen und wartete nervös darauf, daß sich sein Bewegungsmoment auf Null reduzierte. Dann streckte er den Arm und spürte, wie er nach unten sank. Der Boden wies keine Haltepunkte auf, und deshalb begnügte sich der Captain damit, die Beine anzuziehen.

Die Wasserkugel glitt dicht an ihm vorbei, und er spürte Hitze, als das sonderbar schimmernde Etwas über ihn hinwegschwebte. *Bei solchen Erlebnissen bleibt einem das Lachen im Halse stecken,* fuhr es ihm durch den Sinn. »Korridor!« rief er. »Eine Kugel aus heißem Wasser!« Kirk hätte auf die Warnung verzichten können — der Gang hinter ihm war bereits leer.

Kurz darauf vernahm er ein dumpfes Pochen, und als sich der Captain umdrehte, sah er seinen Steuermann. Lieutenant Sulu klammerte sich mit der linken Hand an einem Wandinterkom fest, und in der rechten hielt er mehrere Lappen. Seine Kleidung bestand nur aus einem um die

Lenden geschlungenen Handtuch, und Kirk kam zu dem Schluß, daß die Schwerelosigkeit der Intimsphäre unter bestimmten Umständen üble Streiche spielte.

Sulu musterte den Captain besorgt. »Alles in Ordnung, Sir?« fragte er.

Kirk nickte. »Das Ding hat mich nicht erwischt.« Er stieß sich vom Boden ab und griff erneut nach dem Türrahmen. »Was ist geschehen?«

»Nun, Sir...«, begann Sulu. »Ich habe gerade geduscht...«

»Ziemlich heiß, nehme ich an.«

»*Sehr* heiß, Sir. Und plötzlich...«

»Fiel die künstliche Schwerkraft aus.«

»Ja, Sir. Das Wasser drang weiterhin aus den Düsen, spritzte durch die Kabine...«

»Und sammelte sich schließlich zu einer Kugel, die beschloß, einen Ausflug durchs Schiff zu machen.«

»Ja, Sir. Ich folge ihr schon seit einer ganzen Weile und versuche, sie mit den Lappen hier aufzusaugen.«

»Allerdings hatten Sie bisher wenig Erfolg damit«, sagte Kirk.

Sulu schnitt eine Grimasse. »Da haben Sie leider recht, Sir. Ich wollte die Dusche abschalten, aber sie reagierte nicht auf meine verbale Anweisung. Das Zweitsystem ignorierte den Notfall. Es dauerte eine Weile, bis sich der Wasservorrat erschöpfte.«

»Danke, Mr. Sulu. Ich schlage vor, Sie setzen jetzt die Verfolgung der Kugel fort.«

Der Lieutenant zögerte. »Äh, Sir?«

»Ja, Mr. Sulu?«

»Sir, mit den, äh, sanitären Einrichtungen verhält es sich ähnlich.«

»Sie meinen die Toiletten?«

»Äh, ja, Sir. Überall haben sich kleine, *kalte* Wasserkugeln gebildet.«

Kirk versuchte, nicht zu lächeln. »Dann besteht keine Gefahr, wenn jemand von ihnen getroffen wird. Eine kleine Erfrischung kann sicher nicht schaden. Kümmern Sie sich jetzt um *Ihr* Wasser.«

»Aye, aye, Sir. Danke, Sir.« Sulu stieß sich vom Interkom ab und segelte davon. *Ich frage mich, wieviel Wasser durch mein Schiff schwebt,* dachte Kirk, als er dem Fähnrich nachsah. *Und wahrscheinlich gibt es noch viele andere Probleme, von denen ich bisher nichts weiß. Für sie alle muß eine Lösung gefunden werden, und zwar so schnell wie möglich. Tja, manchmal ist es wirklich nicht leicht, Raumschiffkommandant zu sein...*

Kirk wandte sich um und flog wie in Zeitlupe zum Turbolift. Die Tür stand offen. *Chekov hat die Transportkapsel für mich hergeschickt,* stellte der Captain fest. *Ist wie üblich auf Zack.* Er sah keinen Grund, seinen Kurs zu ändern, rief ein nochmaliges ›Achtung‹, drehte sich und landete mit den Füßen voran an der Rückwand des Lifts.

Dort schloß er beide Hände ums Geländer. »Brücke.«

Nichts geschah. Kirk fluchte leise, schob sich ans Anzeigefeld heran und schaltete auf manuelle Kontrolle um. Das Schott glitt zu, und die Kapsel setzte sich ruckfrei in Bewegung.

Kirk verglich die Brücke mit einem Aquarium, in dem Menschen schwammen.

Mr. Spock *hockte* einen Meter über dem Boden vor der wissenschaftlichen Station. Er hatte die Beine unter sich gefaltet, saß wie im Schneidersitz auf einer nur für ihn existierenden Meditationsmatte. Aber die straffen Schultern des Vulkaniers und seine Konzentration deuteten darauf hin, daß er nicht etwa mit dem Transzendentalen kommunizierte, sondern versuchte, eine Erklärung für die Fehlfunktionen des Bordcomputers zu finden. Lieutenant Uhura saß vor dem Kommunikationspult, und ein langer Stoffstreifen band sie an den Sessel. *Ihr Nachthemd,* dachte Kirk. *Warum hat man beim Bau dieses Raumschiffs auf die Installation von Sicherheitsgurten verzichtet?* Eine Medo-Assistentin — Schwester Constance Iziharry, erinnerte sich der Captain – behandelte Chekovs Auge. Der Fähnrich und die Krankenschwester schienen etwa hundert Zentimeter über der Navigationskonsole eine besondere Art von *Pas de deux* zu proben. Der diensthabende Steuermann Lieutenant Peter Siderakis hatte die Navigationssysteme mit dem ›Ruder‹ verbunden und behielt die Anzeigen im Auge.

Kirk fiel auf, daß Siderakis einen dicken Pulli trug, und er beneidete ihn darum. Das Ding war viel zu bunt, und hinzu kam die Aufschrift ICH BIN DURCH DIE KNEIPEN VON SAN FRANCISCO GEZOGEN, aber es schützte vor der Kühle.

»Kurs, Mr. Siderakis?« fragte Kirk.

»Weiterhin drei vier fünf Komma fünf, Captain. Wir fliegen mit Warpfaktor zwei. Zumindest die Navigations- und Kurskontrollsysteme funktionieren einwandfrei.«

»Gut. Wir treiben also nicht manövrierunfähig im All – das ist doch wenigstens etwas. Lieutenant Uhura, wie sieht unser Kommunikationsstatus aus?«

»Wir haben mehrere Audioverbindungen zu anderen Schiffssektionen, Captain«, erwiderte die dunkelhäutige Frau. »Visuelle Kontakte sind derzeit unmöglich. Der Computer gibt mir einfach nicht genug Signalstärke.«

»Na schön. Danke, Uhura.« Kirk sah sich um.

Auf der linken Seite kümmerte sich Ingenieur Alec MacPherson um die technische Station. Er war der größte Schotte, den Kirk kannte. Wenn Gentechniker jemals den Auftrag erhielten, in ihren Laboratorien den besten Schotten entstehen zu lassen, so mochte das Ergebnis erhebliche Ähnlichkeit mit MacPherson aufweisen: fast zwei Meter groß, breite Schultern, rotes Haar, roter Bart, in seinen Adern das Blut keltischer Könige.

MacPherson wirkte wie ein barbarischer Krieger, doch dieser Eindruck täuschte. Er zeichnete sich durch ein eher sanftes, gutmütiges Wesen aus – bis er es mit Dummheit oder Inkompetenz zu tun bekam. Dann konnte er regelrecht aus der Haut fahren.

Nur *sehr* selten schlug er jemanden.

MacPherson gehörte erst seit kurzer Zeit zur Besatzung der *Enterprise.* Er hatte mit Scott an Bord des Scout-Schiffes U.S.S. *Gagarin* gearbeitet; Scott wurde später zur *Enterprise* versetzt und schon nach kurzer Zeit zum Chefingenieur befördert. Es dauerte nicht lange, bis MacPherson in der *Gagarin* die gleiche Stellung bekleidete.

Vor rund einem Monat hatte man das Scout-Schiff außer Dienst gestellt, und man wies seiner Besatzung neue Aufgabenbereiche zu. MacPherson wandte sich mit einer knappen Subraum-Botschaft an seinen Freund Montgomery Scott: BRAUCHE ARBEIT. HAST DU WELCHE? GRÜSSE — MAC. Scotty zögerte nicht, mit Kirk zu sprechen und ihn zu bitten, seine Beziehungen bei der Personalabteilung von Starfleet spielen zu lassen. »MacPherson wäre der denkbar beste Stellvertreter für mich«, sagte er. »Ihm könnte ich meine Maschinen anvertrauen, ohne Gewissensbisse zu haben, Captain. Er versteht sein Handwerk, glauben Sie mir.«

Kirk hob bei jener Gelegenheit überrascht die Brauen. Normalerweise hielt Scott niemanden für qualifiziert genug, im Maschinenraum der *Enterprise* auch nur eine Schraube anzuziehen, ohne daß er dem Betreffenden dabei über die Schulter sah. Der Captain war so beeindruckt, daß er seinen persönlichen Prioritätscode verwendete, um MacPherson anzufordern.

Wie sich herausstellte, hatte Scott nicht übertrieben. Die Arbeit im Maschinenraum lief noch besser und reibungsloser als vorher. Scottys Angewohnheit, MacPherson ›Junge‹ zu nennen, amüsierte Kirk — immerhin war Alec nur drei Jahre jünger als Montgomery —, aber die beiden Schotten bildeten ein ausgezeichnetes Team. Die meisten Besatzungsmitglieder nannten Scott und MacPherson inzwischen ›die Zwillinge‹. Man hätte den Eindruck gewinnen können, als befänden sich zwei Montgomery Scotts an Bord. Sie kannten sich mit der Raumschifftechnik so gut aus, daß der eine zu jedem beliebigen Zeitpunkt für den anderen einspringen konnte. Wenn sich ein Problem mit zwanzig verschiedenen Lösungsalternativen ergab, so trafen Scott und MacPherson die gleiche Wahl, ohne sich vorher zu beraten — und wenn man sie später darauf hinwies, waren sie nicht überrascht. »Ein guter Ingenieur ist wie ein guter Captain«, kommentierte Scott. »Er muß immer die richtigen Entscheidungen treffen.«

MacPherson fand großen Gefallen daran, für Scott zu arbeiten. Die *Enterprise* genoß einen sehr guten Ruf, und daher mangelte es nicht an Bewerbern für den Dienst an Bord. Kirk galt als Garant für Abenteuer, aber er war auch ein Captain, der seine Leute nach aufregenden Missionen sicher heimbrachte. Außerdem: Wer als Chefingenieur eines Scout-Schiffes zum stellvertretenden Chefingenieur der *Enterprise* wurde, konnte stolz von sich behaupten, auf einer höheren Sprosse der Karriereleiter zu stehen. MacPherson sah darin eine Herausforderung — und er freute sich darüber, wieder mit seinem alten Freund Scott zusammen zu sein.

Aber derzeit wirkt er nicht besonders glücklich, dachte Kirk.

Der große Schotte stand erstaunlich aufrecht, und es dauerte einige Sekunden, bis Jim eine Erklärung dafür fand: MacPherson hatte die Zehenspitzen unter die Konsole geschoben. Mit der linken Hand hielt er sich am Pult fest, und in der rechten befand sich ein Kommunikator, den er gerade an die Lippen hob.

»Aye!« donnerte er. »Vermutlich wollen Sie mir jetzt auch noch weismachen, mit den Gravitationskontrollen sei alles in bester Ordnung, was? Wahrscheinlich bilden wir uns die Schwerelosigkeit nur ein, wie?« MacPherson fluchte. »Geben Sie mir Scotty, Sie gehirnamputierter Idiot!« Der große Schotte schnaubte abfällig.

Er drehte den Kopf und sah Kirk, der im offenen Schott des Turbolifts schwebte. »Captain auf der Brücke«, sagte er förmlich und nickte. »Guten Morgen, Sir.«

Kirk nickte ebenfalls, hob einen Fuß und stieß sich ab.

Er schwebte übers Brückendeck, streckte rechtzeitig die Hand aus und griff nach der Rückenlehne des Kommandosessels.

»Tadellose Navigation, Captain«, brummte MacPherson anerkennend.

»Wie ist unser Status?«

»Oh, die Dinge sind noch immer in der Schwebe, wenn Sie mir dieses Wortspiel gestatten, Sir«, erwiderte MacPherson und fügte sofort hinzu: »Mr. Scott ist mit seinem zweitbesten Mann unten im Maschinenraum. Auf ihrer Arbeitsliste steht das Problem der Luftzirkulation an erster Stelle.«

»Mit seinem ›zweitbesten‹ Mann?« wiederholte Kirk verwirrt.

»Aye, Sir«, bestätigte MacPherson überrascht. »Ich bin hier.«

»Oh. Wann können wir die künstliche Gravitation wiederherstellen?«

»Bald, Sir — sehr bald. Es geht nur darum, die Ursache des Problems zu finden und Abhilfe zu schaffen. Wissen Sie, Sir, zu der Schwerelosigkeit kam es nur deshalb, weil die Projektionsmodule plötzlich verrückt spielten. Daraufhin unterbrachen die Sicherheitssensoren die Energieversorgung. Bei den *Generatoren* ließ sich nicht der geringste Defekt feststellen; der Fehler liegt im *Kontroll*system.«

»Ich verlasse mich ganz auf Sie.«

»Das können Sie auch, Sir.« MacPherson hob wieder seinen Kommunikator. »Hörst du mich, Scotty? Na endlich...«

Kirk drehte sich zur wissenschaftlichen Station um. *Irre ich mich, oder sieht Spock tatsächlich ein wenig...grüner aus als sonst?* Der Captain orientierte sich und flog langsam seinem Ersten Offizier entgegen.

»Mr. Spock?« fragte er leise, als er die Konsole erreichte. »Stimmt was nicht?«

Der Vulkanier sah Kirk an. »Ich bin durchaus in der Lage, meinen Pflichten gerecht zu werden, Captain.«

Er weicht mir aus, stellte Jim Kirk fest. *Was ist los mit ihm?*

Kirk zögerte. »Entschuldigen Sie bitte, Mr. Spock, aber... Fühlen Sie sich nicht gut?« *Vorsicht,* mahnte er sich selbst. *Wenn's um Gefühle geht, sind Vulkanier sehr empfindlich. Ein Widerspruch? Nein, wohl kaum...*

Spock suchte nach den richtigen Worten. »Captain, ich versichere Ihnen, daß mein... gegenwärtiger physischer Zustand keine zu große Belastung darstellt.«

Kirk musterte seinen Ersten Offizier aufmerksam. »Entschuldigen Sie bitte, Spock: Leiden Sie an der *Raumkrankheit?*«

Der Vulkanier preßte kurz die Lippen zusammen. »Ja, Captain. Ich hatte nur selten Gelegenheit, mit Nullschwerkraft Erfahrungen zu sammeln, und ich konnte mich nie daran gewöhnen. Um ganz ehrlich zu sein: Ich empfinde den Mangel an Gravitation als ausgesprochen unangenehm. Um die Auswirkungen zu beschreiben, erscheint mir der Fachausdruck ›Kinetose‹ angemessen...«

»Ich verstehe.«

»Meine psychische Disziplin hilft mir jedoch, mit diesem Problem fertig zu werden. Deshalb möchte ich noch einmal betonen, daß ich alle meine Aufgaben wahrnehmen kann und keineswegs die Gefahr eines Effizienzverlusts besteht. Aus diesem Grund habe ich Ihre ursprüngliche Frage mit einem entsprechenden Hinweis beantwortet. Natürlich hätte ich nichts dagegen, zu der üblichen Schwerkraft und einem normalen Temperaturstatus zurückzukehren, sobald Mr. Scott und Ingenieur MacPherson in der Lage sind, die ursprünglichen Ambiente-Bedingungen wiederherzustellen.«

Kirk lächelte schief. »Mir geht es ebenso. Nun gut, Mr. Spock. Danke für Ihre Offenheit.«

»Nichts zu danken, Captain«, entgegnete der Vulkanier und wandte sich wieder dem Terminal des Bordcomputers zu. Kirk schwebte zum Befehlsstand.

Aus der Raumkrankheit könnten sich zusätzliche Pro-

bleme ergeben, dachte er betroffen. *Es wäre möglich, daß die halbe Besatzung daran leidet.*

Mehr als hundert Jahre vor Kirks Geburt hatte man damit begonnen, alle Raumschiffe – einfache Orbitalschlepper ebenso wie interstellare Kreuzer – mit Gravitationsgeneratoren auszustatten. Die Föderation verdankte dem wissenschaftlichen Genie Zefrem Cochranes nicht nur das Warptriebwerk, sondern auch künstliche Schwerkraft, Trägheitsabsorber und andere technische Wunder. Jeder ordnungsgemäß lizenzierte Pilot mußte sich einem Tauglichkeitstest unter Null-G-Bedingungen unterziehen, um die Zulassung zu bekommen, und darüber hinaus fanden Nullschwerkraftfelder routinemäßige Verwendung nicht nur in Medizin und Entertainment, sondern auch bei sportlichen Wettkämpfen und in der wissenschaftlichen Forschung. Inzwischen mußte niemand mehr unter Null-G-Bedingungen leben oder arbeiten, aber die Starfleet-Akademie verzichtete trotzdem nicht darauf, ihre Kadetten bei bestimmten Lehrgängen mit der Schwerelosigkeit vertraut zu machen.

Kirk wußte jedoch aus eigener Erfahrung, daß die dabei erworbenen Kenntnisse schon nach kurzer Zeit in Vergessenheit gerieten. Woraus folgte: Kaum jemand an Bord der *Enterprise* erinnerte sich genau daran, auf welche Verhaltensmuster es in der gegenwärtigen Situation ankam. Er schauderte unwillkürlich, als er sich die vielen möglichen – und wahrscheinlichen – Zwischenfälle vorstellte. *Die Kugel aus heißem Wasser war nur der Anfang,* überlegte er und dachte an all die Gegenstände, die nun frei im Raumschiff umherschwebten. Die Brücke bot ein gutes Beispiel: Schreibstifte, ein leerer Kaffeebecher und andere Dinge glitten mehrere Meter über dem Deck dahin.

Hinzu kam eine bereits recht niedrige Temperatur, die weiter sank.

Kirks Besorgnis wuchs. *Beeilt euch, Zwillinge,* dachte er und fröstelte. Einmal mehr beneidete er Siderakis um seinen bunten und *warmen* Pullover. *Ein heißer Kaffee wäre jetzt genau das richtige.* Dann fiel ihm ein, daß Sulu auch Probleme mit den Synthetisierern erwähnt hatte...

»Captain?« rief MacPherson. »Würden Sie bitte mit Scotty sprechen? Kommunikatorfrequenz drei, Sir.«

»In Ordnung.« Kirk betätigte eine Taste in der Armlehne des Kommandosessels. »Ja, Mr. Scott? Was gibt's?«

»Gute Nachrichten, Sir«, erwiderte der Chefingenieur. »Wir haben autarke Ventilatoren in allen wichtigen Klimaschächten untergebracht, und dadurch sollte die Luft wieder in Bewegung geraten. Des weiteren stellen wir mobile Heizgeräte auf; die Temperatur müßte bald auf ein normales Maß steigen. Was die Bordgravitation betrifft... Wir arbeiten noch daran. In diesem Zusammenhang hatte mein Stellvertreter MacPherson eine recht gute Idee. Vielleicht können wir die Kontrollsysteme überlisten. Irgendwelche Befehle?«

»Nein«, erwiderte Kirk. »Äh, was ist mit den diversen Objekten, die in den Gängen und Korridoren herumfliegen? Ich glaube, sie besitzen ein gewisses Gefahrenpotential.«

»Gut, daß Sie das erwähnen, Sir«, antwortete Scotty. »Es spielt zwar keine besonders große Rolle, aber Sie sollten Bescheid wissen. An einigen Stellen ist Wasser ins Kabelnetz geraten und hat mehrere Kurzschlüsse verursacht. Nun, einige meiner Mitarbeiter kümmern sich bereits darum, und ich sehe mir die Sache an, sobald ich ein wenig Zeit finde. Wir haben bereits einige Mikrofiler installiert, die auch Feuchtigkeit fernhalten sollen. Ich hoffe, sie erfüllen ihren Zweck, bevor die Leitungen völlig hin sind. Ah, ich höre gerade, daß die Ventilatoren inzwischen aktiviert wurden.«

»Gut, Scotty«, sagte Kirk. »Wenn Sie irgend etwas brauchen – ein kurzer Hinweis genügt. Ansonsten will ich Sie nicht stören.«

»Wie Sie meinen, Captain. Besten Dank.«

»Schon gut. Kirk Ende.« Er drückte eine andere Taste und unterbrach die Verbindung. »Lieutenant Uhura, konnten Sie Doktor McCoy erreichen?«

»Er hat sich vor einigen Sekunden gemeldet, Sir. Einen Augenblick.« Sie hob ein Kom-Modul und sprach einige leise Worte. »Frequenz vier, Sir.«

»Pille!« platzte es aus Kirk heraus. »Wie ist die Lage?«

»Ich bin ziemlich beschäftigt, Jim«, erklang die rauhe Stimme des Bordarztes. »Meine Patientenliste umfaßt dreiundsiebzig Namen. Es handelt sich überwiegend um Trauma-Fälle, und der Grund dafür ist der plötzliche Schock, als uns die Gravitationsgeneratoren dreifache Erdnorm-Schwerkraft bescherten. Die anderen haben typische Null-G-Probleme: Muskelzerrungen, Prellungen, Raumkrankheit und dergleichen. Ich behandle sogar einen Mann, der fast im Wasser seines Spülbeckens ertrunken wäre. Zum Glück gibt es weder Tote noch Schwerverletzte. Übrigens, Schwester Chapel ist unserem Chefingenieur sehr dankbar: Sie hat es satt, hier dauernd mit Medo-Folien zu wedeln.«

Kirk lächelte. »Sonst noch etwas?«

»Ja. Wenn du Iziharry vom Brückendienst befreien könntest... Ich brauche sie hier.«

»Einverstanden. Kirk Ende.« Er sah zur Navigationsstation. Constance Iziharry strich gerade Salbe auf Chekovs Braue. »Schwester?«

Iziharry war so sehr konzentriert, daß sie den Captain nicht hörte.

»Ähem!« räusperte sich Kirk demonstrativ. »Schwester?«

Die junge Frau sah herab. »Oh. Ja, Sir?«

»Wenn Sie hier fertig sind, Miß Iziharry... Dr. McCoy benötigt Ihre Hilfe in der Krankenstation.«

»Ich verstehe, Captain. Danke.« Die Schwester wandte sich an den vor ihr schwebenden Chekov. »Halten Sie sich mindestens zwei Wochen lang von scharfen Kanten und aufschwingenden Türen fern, Pavel«, sagte sie streng. »Sie haben ein schmerzstillendes Mittel bekommen, aber gegen die Schwellung gebe ich Ihnen nichts. Derartige Medikamente machen Sie benommen und sind eigentlich gar nicht notwendig. Pressen Sie einfach einen Eisbeutel ans Auge – Großmamas Rezept wirkt noch immer. Alles klar?«

Chekov nickte. »Tut mir leid, daß ich Sie bemühen mußte.«

»Von Mühe kann keine Rede sein«, sagte Iziharry und lächelte.

Lieber Himmel, sie ist hinreißend, dachte Chekov. *Warum fällt mir das erst jetzt auf?*

Kirk beobachtete, wie sich Chekov und Connie Iziharry zwei menschlichen Gestirnen gleich umkreisten. Er versuchte, seine Erheiterung zu verbergen. *Zwischen ihnen hat's gefunkt,* stellte er fest, als sich die Krankenschwester sanft am Navigator abstieß und zum Turbolift schwebte. Chekov segelte in die entgegengesetzte Richtung, streckte die Hände an der Decke, erreichte kurz darauf seine Konsole und schwang sich in den Sessel. »Danke, Peter«, sagte er zu Siderakis. »Ich übernehme jetzt wieder.«

Der Mann am Nebenpult nickte, betätigte mehrere Tasten und trennte damit die Steuerungs- von den Navigationssystemen.

»Wieder im Dienst, Mr. Chekov?« fragte Kirk.

»Ja, Sir. Und ich freue mich darüber.«

Genau in diesem Augenblick rief Spock: *»Captain! Desaktivieren Sie sofort das Warptriebwerk!«*

»Sie haben es *gehört,* Siderakis!« stieß Kirk hervor. Die Hände des Steuermanns huschten übers Pult, und unmittelbar darauf hörte Jim das leiser werdende Summen des Warpantriebs.

Kirk sah zur wissenschaftlichen Station. »Was ist los, Spock?«

»Noch eine Fehlfunktion, Captain«, erklärte der Vulkanier. »Die Materie-Antimaterie-Balance des Triebwerks wurde plötzlich gestört – der auslösende Faktor ist mir noch unbekannt –, und der Computer hat es versäumt, den Energiefluß automatisch zu unterbrechen. Wenn ich das nicht rechtzeitig bemerkt hätte, wäre ohne jede Vorwarnung eine unbeabsichtigte Selbstzerstörungssequenz ausgelöst worden. Captain, wir können uns nicht mehr auf den Bordrechner verlassen. Ich schlage manuelle Kontrolle vor, bis es uns gelingt, den Computer zu reparieren und neu zu programmieren.«

Kirk runzelte die Stirn. »Danke, Mr. Spock.« Der Vulkanier nickte knapp, und daraufhin wandte sich der Captain an Uhura. »Lieutenant, eine Nachricht an Starfleet Command. Inhalt: ›Kritischer Computerschaden. Wir ändern den Kurs und fliegen Starbase Neun an, um dort alle Reparaturen durchführen zu lassen. Die Details werden in Anhang A und B genannt.‹ Uhura, erstellen Sie eine Liste unserer gegenwärtigen Probleme für A. Wiederholen Sie Spocks Ausführungen in B. ›Wir erreichen die Starbase...‹ Mr. Chekov?«

Der Navigator blickte auf die Anzeigen seiner Konsole. »Mit voller Impulskraft nicht früher als Sternzeit 7516.7, Sir.«

»›Wir erreichen die Starbase voraussichtlich gegen Sternzeit 7516.7.‹ Senden Sie die Botschaft mit meinem Code, Lieutenant. Mr. Chekov, nehmen Sie Kurs auf Starbase Neun. Höchste Impulsgeschwindigkeit, wie Sie eben vorschlugen.«

»Aye, aye, Sir.«

Die Brückenlampen flackerten, und ihr Licht trübte sich.

»Kurzschluß im Kabelstrang Drei«, meldete MacPherson. »Wir erhalten weniger Energie. Ich schalte auf die Brückenbatterien um, Captain.« Der Ingenieur berührte mehrere Sensorpunkte, doch es wurde nicht heller im Kontrollraum.

»Die Umschaltung nützt nichts«, brummte der große Schotte. »Es könnte etwas dauern, bis ich eine Lösung finde.« Er öffnete die Verkleidung seiner Konsole und begann damit, einzelne Schaltkreise zu prüfen.

Die Anzeigen auf dem Kommunikationspult veränderten sich, und ein akustisches Signal erklang.

»Captain...«, sagte Uhura beunruhigt. »Wir erhalten gerade eine Prioritätsnachricht, Code Alpha Rot.«

Die Falten gruben sich tiefer in Kirks Stirn. »Ist sie echt oder handelt es sich um einen weiteren Computerdefekt?«

»Eine authentische Mitteilung, Sir. Sie wurde bestätigt. Ich kann sie nicht codiert ausdrucken – dazu wäre die Hilfe des Bordrechners notwendig, der heute keine besonders gute Laune zu haben scheint –, aber wenn Sie mit einer Klartext-Kopie einverstanden sind...«

Kirk überlegte kurz und zuckte mit den Schultern. »Was soll's? Es ist gegen die Vorschriften, aber uns bleibt wohl kaum eine Wahl. Also gut, Lieutenant. Klartext.«

»Ja, Sir.« Uhuras Fingerkuppen tasteten über die Kontrollen, und kurz darauf schob sich ein Papierstreifen aus dem in die Armlehne des Kommandosessels integrierten Drucker. Kirk riß ihn ab und las.

MITTEILUNG ANFANG
VON STARFLEET COMMAND STOP
PAUSE PRIORITÄT ALPHA ROT STOP
PAUSE STERNZEIT 7513.2 STOP
PAUSE AUSSCHLIESSLICH BESTIMMT FÜR CAPTAIN JAMES TIBERIUS KIRK SC 937-0176 CEC KOMMANDANT DER USS *ENTERPRISE* NCC-1701 STOP
PAUSE PAUSE MITTEILUNG FOLGT STOP
PAUSE ERLAUBNIS FÜR ANGEGEBENE KURSÄNDERUNG WIRD NICHT ERTEILT WIEDERHOLE NICHT ERTEILT STOP HALTEN SIE SICH FÜR NEUE EINSATZORDER IN BEREITSCHAFT STOP ZWEITE ALPHA ROT NACHRICHT FOLGT UNMITTELBAR NACH DIESER STOP GEZEICHNET BUCHINSKY CINC STARFLEET
PAUSE PAUSE ENDE DER NACHRICHT

Bull Buchinsky? dachte Kirk. *Starfleets Oberbefehlshaber? Und er wendet sich mit einer Alpha Rot-Botschaft an uns? Lieber Himmel, irgendwo brennt's.*

Erneut ertönte das akustische Signal. »Eine zweite Nachricht trifft ein, Captain«, sagte Uhura. »Der Ausdruck erfolgt ... jetzt.«

MITTEILUNG ANFANG
VON STARFLEET COMMAND STOP
PAUSE PRIORITÄT ALPHA ROT STOP
PAUSE STERNZEIT 7513.3 STOP
PAUSE AUSSCHLIESSLICH BESTIMMT FÜR CAPTAIN JAMES TIBERIUS KIRK SC 937-0176 CEC KOMMANDANT DER USS *ENTERPRISE* NCC-1701 STOP
PAUSE PAUSE MITTEILUNG FOLGT STOP
PAUSE CODE HÖLLENFEUER WIEDERHOLE CODE HÖLLENFEUER STOP BETRIFFT NEW ATHENS CENTAURUS WIEDERHOLE NEW ATHENS CENTAURUS STOP DRITTE ALPHA ROT NACHRICHT FOLGT UNMITTELBAR NACH DIESER STOP GEZEICHNET BUCHINSKY CINC STARFLEET
PAUSE PAUSE ENDE DER NACHRICHT

Erwartungsvolles, angespanntes Schweigen herrschte auf der Brücke.

»Mr. Chekov«, sagte der Captain schließlich. »Wir nehmen nicht Kurs auf Starbase Neun. Es folgen bald neue Anweisungen.«

Kirk zerknüllte den Papierstreifen und ließ ihn davonschweben.

Joanna McCoy, dachte er. *O mein Gott.*

Kapitel 3

Vor langer Zeit

Fähnrich James T. Kirk, taktischer Waffenoffizier an Bord der U.S.S. *Farragut*, wurde beim Kampf gegen die Piraten von Epsilon Canaris III schwer verletzt. Es handelte sich um einen besonders gefährlichen Gegner, der die Gesetze der Föderation durch Entführungen, Sklavenhandel und Drogenschmuggel verspottete.

Die *Farragut* trat gegen sechs feindliche Raumschiffe an und hatte einen schweren Stand. Während der erbitterten Schlacht gab auf der Brücke eine Stütze nach, fiel auf Jim Kirks Bein, zerschmetterte das Knie und den Oberschenkelknochen.

Der junge Kirk empfand schier unerträglichen Schmerz, aber er wußte auch, daß er ihm auf keinen Fall nachgeben durfte. Er blieb an seiner Waffenkonsole, kämpfte gegen die drohende Bewußtlosigkeit und erfüllte weiterhin seine Pflicht. Später erhielt er eine Tapferkeitsmedaille – seine erste Starfleet-Auszeichnung –, und im Begleitschreiben hieß es: »Trotz erheblicher Schmerzen gab Fähnrich Kirk seinen Posten nicht auf und erwiderte das Feuer des Gegners. Er verharrte an seiner Konsole, bis Captain Garrovick darauf hinwies, die feindlichen Schiffe seien vernichtet. Erst dann meldete Fähnrich Kirk seine Verletzung.«

Jim ›meldete‹ sie, indem er zu Garrovick kroch und vor seinen Füßen in Ohnmacht fiel. Nach einigen Stunden erwachte er in der Krankenstation der *Farragut*, und zunächst erstaunte es ihn, daß er überhaupt nichts mehr spürte. Kurz darauf fand er die Erklärung: Das verletzte Bein war geschient, und ein Stasisfeld schützte ihn vor der Pein.

Es dauerte nicht lange, bis Captain Garrovick seinen taktischen Waffenoffizier besuchte. Er drückte Kirk fest die Hand und sprach nur einige knappe, aber sehr bedeutungsvolle Worte: »Ich wünschte, alle Angehörigen Starfleets nähmen ihre Pflichten so ernst wie Sie, Jim. Es freut mich, daß Sie zur Besatzung meines Schiffes gehören.«

Diese Bemerkung erfüllte Kirk mit großem Stolz.

Starbase 7 war zunächst nicht mehr als eine schlichte Duraplast-Kuppel auf einem unregelmäßig geformten Asteroiden im interstellaren Raum gewesen. Vor rund hundert Jahren wurde die Station zum erstenmal erweitert, und inzwischen war der einsame Wanderer zwischen den Sternen vollkommen ausgehöhlt. Er enthielt Hunderte von Räumen, Kammern und Gerätesälen, und die Mannschaft bestand aus sechshundert Personen, unter ihnen auch Zivilisten.

Zwei Wochen nach der Schlacht von Epsilon Canaris flog die *Farragut* Starbase 7 an, um dort repariert zu werden. Kirks Name stand ganz oben auf der Liste des Bordpersonals, das medizinische Behandlung brauchte, und der zuständige Starbase-Arzt kam in die Krankenstation, um den Fähnrich zu untersuchen.

»Guten Tag, Mister, äh, Kirk«, sagte er und hielt einen Tricorder über das Bein des jungen Mannes. »Offenbar hat Ihr Captain nicht übertrieben, Fähnrich. Eine ziemlich üble Verletzung.«

Kirk nickte. »Was meinen Sie?« fragte er besorgt. »Ist eine Amputation erforderlich?«

Der Arzt zuckte mit den Schultern. »Keine Ahnung.« Er kratzte sich am Kinn und betrachtete die Anzeigen seines Diagnoseinstruments.

»Nun, ich glaube, wir können zunächst darauf verzichten, das Bein einfach abzusägen«, sagte er schließlich und lächelte schief. »Vorher möchte ich es mit einer speziellen Behandlungsmethode versuchen. Sie ist völlig neu, und daher kann ich keinen Erfolg garantieren. Wir unterhalten uns später darüber, in Ordnung?«

Kirk nickte. »Einverstanden, Doktor...«

»McCoy. Freut mich, Sie kennenzulernen, Fähnrich.« Sie schüttelten sich die Hände.

Leonard McCoy leitete Jim Kirks Rekonvaleszenz ein. Zuerst sorgte er dafür, daß die Regeneration des gesplitterten Oberschenkelknochens beginnen konnte. Medikamente und eine sorgfältig abgestimmte Elektrotherapie stimulierten die Restrukturierung des beschädigten Gewebes und gaben dem Knochen die notwendige Stabilität.

Das Knie stellte den jungen, begabten Arzt vor erheblich komplexere Probleme – *es gibt so viele Dinge, die ich den Zellen beibringen muß,* dachte er und konzentrierte sich auf seine Arbeit –, aber nach einer Weile gewann es die normale Flexibilität. Anschließend kamen Muskeln und Haut an die Reihe; es blieb nicht eine einzige Narbe zurück.

Nach einem vier Monate langen Heilungsprozeß war der Fähnrich wieder gesund – und daraufhin begann eine anstrengende physische Therapie. Kirk mußte lernen, das Bein zu benutzen. Als Zweiundzwanzigjähriger sah er sich plötzlich in die Rolle eines Kleinkinds versetzt, das den eigenen Körper erforschte und mühsam herausfand, wie man einzelne Bewegungsmuster miteinander koordinierte.

Schon nach kurzer Zeit mußte er neue Schmerzen hinnehmen. Kirks Nerven schienen in Flammen zu stehen, als er die Beinmuskeln mit seinem Körpergewicht belastete. Während jener Zeit wich Leonard McCoy nicht von der Seite des Fähnrichs. »Um zu lernen, das Bein zu benutzen, bleibt Ihnen gar nichts anderes übrig, als es zu *benutzen*«, sagte McCoy einmal und schaltete ein Gleitband ein. Kirk stand darauf, biß die Zähne zusammen und begann mit dem vorgesehenen fünf Kilometer langen Marsch. »Ich *weiß,* wie weh es tut, Jim – aber Sie müssen den Schmerz ertragen. Es gibt keine andere Möglichkeit.«

Kirk stöhnte leise, nickte – und hielt durch.

Sieben Monate nach Kirks Ankunft auf Starbase 7 beendete McCoy die Behandlung seines Patienten und unterschrieb die Entlassungspapiere. Jim Kirk suchte das Büro des Arztes auf, um ein letztes Gespräch mit ihm zu führen.

»Wie ich sehe, kehren Sie als taktischer Waffenoffizier an Bord der *Farragut* zurück«, sagte McCoy und deutete auf einige Unterlagen.

»Ja, das stimmt«, bestätigte Kirk. »Und ich bin froh darüber. Mir liegt nichts daran, zu einem anderen Raumschiff versetzt zu werden. Wie dem auch sei: Ich habe noch zwei Monate Zeit, bis man mich abholt. Acht Wochen Sonderurlaub. Nicht schlecht, was? Eine gute Gelegenheit, um mich zu erholen, um richtig auszuspannen, bevor es wieder losgeht.« Kirk lehnte sich zurück, und sein Blick reichte in die Ferne. »Ich habe Hunderte von Kilometern auf irgendwelchen verdammten Gleitbändern zurückgelegt, und wenn ich mir vorstelle, zur Abwechslung durch weite Wälder zu wandern, unberührte Natur zu genießen...«

»Hmmm«, machte McCoy nachdenklich. »Das ist in jedem Fall besser, als hier in der Starbase leichten Schreibtischdienst zu versehen.« Er kratzte sich am Kinn — eine für ihn typische Geste. »Wissen Sie, während der vergangenen sieben Monate hatte ich praktisch täglich mit Ihrem Fall zu tun. Ich glaube, ich habe ebenfalls Urlaub verdient. Wie wär's, wenn Sie mich begleiten?« Der Arzt lächelte. »Ich biete Ihnen genau das an, was Sie sich wünschen: Wälder und unberührte Natur.«

»Klingt vielversprechend, Doktor.«

»Ich schlage vor, wir verzichten auf das Sie.« McCoy streckte die Hand aus. »Meine Freunde nennen mich Pille.«

Leonard McCoys offizieller Wohnsitz war ein kleines Zimmer im medizinischen Quartier der Starbase 7, doch er betonte, seine eigentliche Heimat sei der ein halbes Lichtjahr entfernte Planet Centaurus. Zu den Privilegien des Arztes gehörten jährlich vier Gratispassagen an Bord eines Starfleet-Schiffes — für gewöhnlich Frachter und Transporter –, und Kirk konnte ebenfalls kostenlos reisen, wenn sein behandelnder Arzt einen Transfer für erforderlich hielt.

McCoy zögerte nicht, eine entsprechende Bitte an den Kommandanten der Starbase zu richten. Zusammen mit seinem – ehemaligen – Patienten ging er an Bord der U.S.S. *Cook County* und flog nach Centaurus. Es handelte sich um kaum mehr als ein größeres Shuttle, nur mit einem Impulstriebwerk ausgestattet, und das kleine Schiff brauchte fast eine Woche, um den Zielplaneten zu erreichen. McCoy und Kirk vertrieben sich die Zeit, indem sie über Frauen sprachen, Karten spielten und laut über ihre beruflichen Laufbahnen nachdachten. Schließlich kehrten sie zum besonders ergiebigen Thema ›Frauen‹ zurück.

Kirk besuchte Centaurus nun zum erstenmal. Er kannte den Planeten nur als Alpha Centauri IV, eine erdähnliche Welt, die eine Sonne vom Sol-Typ umkreiste. Der Name bezog sich auf die traditionelle Bezeichnung des betreffenden Sternbilds. »Natürlich braucht man eine Sonnenbrille auf Centaurus«, wiederholte McCoy mehrmals und lächelte wehmütig. »Alpha ist anderthalbmal so groß wie Sol und auch zehn Prozent heller. Hinzu kommt Beta. Aber was soll's? Stell dir einen warmen, klaren Tag auf einer karibischen Insel vor – das kommt der centaurischen Wirklichkeit ziemlich nahe. Ach, Jim, der Planet ist einfach *herrlich.* Irdische Pflanzen und Tiere fühlen sich dort ausgesprochen wohl. Wart's nur ab ... Meine Schwester und ihr Mann wohnen in Athena Park, einem großen Naturschutzgebiet in der Nähe von New Athens. Die Landschaft dort ... Du wirst staunen.«

McCoy bezeichnete Centaurus nicht etwa deshalb als seine Heimat, weil er auf dem Planeten geboren war – er stammte von der Erde. Nein, der Grund war vielmehr, daß dort seine neun Jahre alte Tochter Joanna bei Donna – McCoys älterer Schwester – und deren Mann lebte. »Eine Starbase ist nichts für Kinder«, sagte der Arzt. »Ich möchte, daß Joanna Sonne und frische Luft bekommt. Sie soll die Möglichkeit haben, immer wieder neue Leute kennenzulernen. Ich möchte es ihr ersparen, eine Starfleet-Göre zu werden.«

Kirk wußte inzwischen, daß McCoy geschieden war, aber Leonard sprach nie von seiner gescheiterten Ehe, und Jim hielt es für unangemessen, sich danach zu erkundigen. Während der langen Reise an Bord des Frachters *Cook County* erwähnte McCoy einmal, er habe seine Ex-Frau zu Hause in Georgia kennengelernt. Mehr erfuhr Kirk nicht.

Leonard liebte Joanna sehr, und Kirk sah ein großes Kompliment darin, daß der Arzt auf zwei Heimaturlaube verzichtet hatte, um ihm während der Rekonvaleszenz Gesellschaft zu leisten. Jetzt wollte ihn McCoy seiner Tochter vorstellen. Seit Kirk einen Starfleet-Rang bekleidete, hatte er zu niemandem engere Beziehungen knüpfen können — es lag sowohl an seiner natürlichen Zurückhaltung als auch an dem hohen Arbeitspensum eines Fähnrichs, der in erster Linie an seine Pflichten dachte —, doch im Verlauf der letzten Monate war eine emotionale Brücke zwischen ihm und McCoy entstanden, und sie verwandelte sich nun in das Fundament einer festen Freundschaft.

Die *Cook County* landete im militärischen Bereich des Raumhafens von New Athens. In der Nähe von Kindern fühlte sich Kirk häufig unwohl, weil er nie genau wußte, wie er sich Jungen und Mädchen gegenüber verhalten sollte, aber Joanna gefiel ihm sofort. Sie wartete am Flugtor, zusammen mit Onkel und Tante.

»Daddy!« rief sie glücklich, als sie ihren Vater sah. Sie bedachte Kirk mit einem für Fremde reservierten, höflichen Blick, richtete dann ihre volle Aufmerksamkeit auf McCoy. Leonard ließ seine Reisetasche fallen, hob Joanna hoch und umarmte sie. »Hallo, Kleines«, sagte er, und seine Augen glänzten feucht.

»Ich bin froh, daß du wieder hier bist«, erwiderte Joanna, neigte den Kopf zurück und musterte ihren Vater mit scheinbarer Mißbilligung. »Du wirst doch nicht etwa rührselig, oder?« fragte sie und ignorierte ihre eigenen Tränen.

Kirk lächelte unwillkürlich und musterte das kleine Mädchen: braune Haare, blaue Augen, zarte Statur — eine elegante Anmut, die sich bereits jetzt zeigte und in einigen Jahren zu hinreißender Schönheit werden mochte.

Joanna gab ihren Vater frei, und McCoy ließ sie wieder auf den Boden herab. Sie sah ihn mit reserviertem Interesse an und wartete höflich. »Oh, entschuldigt bitte«, sagte Leonard. »Jim Kirk, meine Tochter Joanna, meine Schwester Donna und ihr Mann Fred Withers.«

Kirk begrüßte die beiden Erwachsenen, wandte sich dann an Joanna und reichte auch ihr die Hand. Sie drückte damenhaft sanft zu und schüttelte sie zweimal. »Es freut mich sehr, dich kennenzulernen«, sagte Jim. »Dein Vater hat mir viel von dir erzählt.« Er beugte sich nicht zu ihr herab, gab ihr damit zu verstehen, daß er sie als gleichberechtigte Person respektierte.

Joanna strahlte, und McCoy dachte: *Jim hat die Prüfung bestanden. Dem Himmel sei Dank. Vielleicht gibt ihm Joanna die Möglichkeit, den Urlaub in vollen Zügen zu genießen.* »Worauf warten wir noch?« fragte er fröhlich. »Laßt uns gehen.« Sie bahnten sich einen Weg durch das Gedränge und wanderten zum nächsten Transportkorridor, dessen Rollsteige gehfaule Passagiere zu den Parkplätzen außerhalb des Raumhafenkomplexes trugen.

Fähnrich Kirk war an die Präsenz von jeweils höchstens zwanzig oder dreißig Personen gewöhnt. Sein Gedächtnis zeigte ihm leere Korridore an Bord der *Farragut*, und in den Therapiekammern der medizinischen Abteilung von Starbase 7 hielten sich nie mehr als zwei oder drei Patienten auf. Aber *hier*...

In den Hallen des Raumhafens waren *Tausende* von Reisenden unterwegs, und überall erklangen Stimmen.

Leide ich an Agoraphobie? überlegte Kirk nervös. *In meinem Alter? Oder ist es gar...Xenophobie?* Er spürte, wie sich seine Nackenhaare aufrichteten, wie sein Unbehagen immer mehr zunahm und zu irrationaler Furcht wurde. *Es sind einfach zu viele Leute,* fügte er in Gedanken hinzu. *So etwas erlebe ich jetzt zum erstenmal ...*

Jemand berührte ihn am Arm. Kirk senkte den Kopf und bemerkte Joanna McCoys ernsten Blick.

»Ich verabscheue dieses Durcheinander«, flüsterte sie ihm zu. »Du auch?«

Kirk lächelte und fühlte sich plötzlich viel besser. Den Rest des Weges legten Joanna und er Hand in Hand zurück.

Dieser Urlaub erwies sich als der beste in Kirks Leben. McCoy löste sein Versprechen ein, zeigte ihm weite Wälder und unberührte Natur. Sie liehen sich Fred Withers' Gleiter, flogen über jungfräuliche Landschaften, deren Schönheit Kirk immer wieder erstaunte. Die Bevölkerung von Centaurus wuchs schnell, aber die meisten Bewohner lebten in den großen Städten an der Ost- und Westküste des nördlichen Kontinents. Auch auf dem Südkontinent New Europe gab es Siedlungen, und hinzu kamen ausgedehnte Farmen und landwirtschaftliche Betriebe.

Doch der Rest des Planeten war unerschlossen.

Der Wind hatte von den ersten Siedlern mitgebrachte Samen auf dem Nordkontinent New America verteilt: Irdische Ulmen und Ahornbäume wuchsen neben centaurischen Flachpappeln und Schwarzäpfeln. Verantwortungsbewußte Föderationsökologen wählten einige Arten der terranischen Fauna und setzten sie auf Centaurus aus; sie teilten ihre neuen Biotope mit einheimischen Baumschildkröten und Waldschleichern.

Kirk bewunderte tausend Meter hohe Wasserfälle, die von fünfmal so hohen Gebirgsketten donnerten. Er sah endlose Flächen üppigen Grüns, in dem hier und dort blaue Süßwasserseen glänzten. An einigen Stellen ragten große graue Findlinge empor, gestaltgewordene Erinnerungen an die geologische Vergangenheit des Planeten. Einmal beobachtete Kirk einen irdischen Hirsch, der vor einem centaurischen Werbär floh. Joanna sah ihn ebenfalls und juchzte glücklich, als der Hirsch entkam.

Aber Kirk verliebte sich erst in Centaurus, als er tausend Kilometer nördlich von New Athens ein ganz bestimmtes Tal sah.

Bis zu diesem Zeitpunkt hatte er es für unmöglich gehalten, sein Herz an ein Stück Land zu verlieren. Seine Faszination galt in erster Linie den Sternen, und er war dem Schicksal immer dankbar dafür gewesen, im Zeitalter interstellarer Raumfahrt zu leben. Im All sah er seine wahre Heimat; die Vorstellung, sich eines Tages irgendwo niederzulassen, erschien ihm absurd. Er fühlte sich dem Schiff verpflichtet, zu dessen Besatzung er gehörte, auch der Föderation. Doch die Föderation war nur ein abstrakter Begriff und kaum realer als die historischen Vereinten Nationen der Erde. Er identifizierte sich mit der Gründungsphilosophie der Vereinigten Staaten, obgleich ihm der fast fanatische Patriotismus seiner Vorfahren fehlte; provinzieller Nationalstolz gehörte längst der Vergangenheit an.

Trotzdem regte sich etwas in ihm, als er das Tal sah.

»Pille?« Kirk deutete nach unten. »Wie heißt diese Region?«

»Keine Ahnung, Jim«, erwiderte McCoy. »Auf der Navigationskarte wird kein Name genannt. Vermutlich hat noch niemand irgendwelche Rechte darauf geltend gemacht. Hübsch, nicht wahr?«

»Laß uns landen«, sagte Kirk. McCoy musterte ihn kurz und sah das Interesse des Fähnrichs. Ein wissendes Lächeln umspielte seine Lippen, als er die Landesequenz des Autopiloten aktivierte. Der Gleiter sank auf den Boden herab, und seine Insassen stiegen aus.

Sie standen auf der Kuppe eines Hügels, von dem aus man das ganze Tal überblicken konnte. Das klare, saubere Wasser eines Flusses gurgelte an grünen Ufern vorbei, und die Bäume an den Hängen hatten sich ins Gewand des Herbstes gekleidet: Rötliche Farben gaben sich ein Stelldichein mit gelben und goldenen Tönen. Blätter raschelten leise im Wind; Kirk bemerkte ein kleines Tier, das über mehrere Felsen hinweg sprang und irgendwo verschwand. Wiesen umschmiegten den Fluß und wichen Wäldern, die an den Talwänden emporreichten, an hohen Graten endeten. Jenseits davon schienen die Gipfel majestätischer Berge den Himmel zu berühren.

Die natürliche Pracht war atemberaubend.

Kirk seufzte. Er hatte *seinen* Platz gefunden.

»Pille?« fragte er. »Wie lauten die hiesigen Koordinaten?«

»Sie sind im Autopiloten gespeichert. Warum?«

Kirk zögerte. »Ich möchte Anspruch auf diesen Ort erheben.«

Während der nächsten drei Wochen kehrte Fähnrich Kirk dreimal ins Tal zurück. Die ersten beiden Male kam er allein und brachte eine einfache Campingausrüstung mit, verzichtete jedoch auf Kamm, Rasierapparat und die Starfleet-Uniform. Er zeltete jeweils vier Tage lang, genoß Landschaft, Stille und Frieden.

Beim dritten Ausflug begleitete ihn eine attraktive Krankenschwester vom medizinischen Zentrum in New Athens — er hatte sie einige Tage nach der Landung auf Centaurus kennengelernt, bei einer letzten Untersuchung im Starfleet-Hospital. Sie blieben eine Woche lang, und die junge Frau erwies sich dabei nicht nur als sehr angenehme Gesprächspartnerin.

Einige Tage später wandte sich Kirk mit Fred Withers Hilfe an einen Anwalt und gründete eine Gesellschaft nach centaurischem Recht: Startruck Incorporated. Das Firmenkapital stammte zu hundert Prozent von einem gewissen James Tiberius Kirk, und es war nicht vorgesehen, irgendeinen Gewinn zu erwirtschaften. Zu einem günstigen Preis erwarb das Unternehmen zweitausend Hektar Grundbesitz in einem bestimmten Tal, und die Übertragungsurkunde wurde zum kostbarsten Besitz Kirks. Einige Jahre später brachte er sie in einer Schatulle unter, die seine Medaillen und Orden enthielt.

Kirks Urlaub endete viel zu schnell, und er versprach den Withers sowie Joanna, sie regelmäßig zu besuchen. Anschließend kehrte er zur *Farragut* zurück und ging wieder in der Routine seiner Arbeit als taktischer Waffenoffizier auf.

Doch diese Phase von Kirks Karriere fand ein abruptes und tragisches Ende, als Captain Garrovick und die halbe Besatzung des Schiffes auf Tycho IV starben: Sie fielen dem Angriff einer lebenden kosmischen Staubwolke zum Opfer. Jim gehörte zur Landegruppe, und nach der Katastrophe fragte er sich immer wieder, warum er überlebt hatte, obwohl so viele andere gestorben waren. Er fand nie eine Antwort.

Er schickte seinem Rechtsanwalt in New Athens eine kurze Subraum-Nachricht. Sie lautete schlicht: ÄNDERN SIE DEN NAMEN MEINES GRUNDBESITZES AUF CENTAURUS IN GARROVICK-TAL. KIRK.

Der Anwalt kam dieser Anweisung sofort nach.

Kirks Beförderungen brachten auch erhebliche Gehaltserhöhungen mit sich. Die hohen Offiziere Starfleets wurden geradezu unverschämt gut bezahlt — in Anerkennung ihrer überragenden Fähigkeiten und der hohen Verantwortung, die sie wahrnehmen mußten. Hinzu kamen nicht unbeträchtliche Gefahrenzuschläge. Viele Kollegen Kirks begnügten sich damit, ihr Geld in einer Föderationsbank zu deponieren.

Aber Jim teilte sein Einkommen. Er überwies erhebliche Summen in einen Fonds für seine einzigen lebenden Verwandten, die Familie seines Bruders Sam. Als Sam und seine Frau Aurelan starben, ließ er ihren jungen Sohn Peter als Begünstigten eintragen. Den Rest des Geldes bekam ein Anwalt in New Athens — mit dem Auftrag, den Grundbesitz im Garrovick-Tal und den angrenzenden Bereichen zu erweitern. Kirk gab keine strikten Instruktionen, wie mit dem Geld zu verfahren sei. Er hatte es sich längst zur Angewohnheit gemacht, seinen Untergebenen innerhalb logischer Grenzen freie Hand zu lassen, und dieses Prinzip achtete er auch in Hinsicht auf den Rechtsanwalt.

Zwölf Jahre nach der Gründung von Startruck Incorporated gehörte der Gesellschaft das ganze Garrovick-Tal und die Ufer des Farragut-Flusses dreißig Kilometer stromauf- und stromabwärts. Darüber hinaus besaß Kirk alle Nutzungsrechte sowohl im Tal als auch in den übrigen Gebieten – eine Garantie dafür, daß die entsprechende Landschaft unverändert blieb. Ab und zu wies der Anwalt auf gute Angebote von Immobilienmaklern und anderen Interessenten hin – die centaurische Zivilisation dehnte sich auch in bisher unerschlossenen Regionen aus –, aber Kirk lehnte einen Verkauf ab. Er gratulierte sich dazu, daß er rechtzeitig alle notwendigen Schritte unternommen hatte, um das Tal zu schützen.

Er ließ eine Blockhütte an jener Stelle bauen, wo er mit Leonard und Joanna McCoy gelandet war. Kirk liebte die Zurückgezogenheit, aber er wollte nicht auf einen gewissen Komfort verzichten, und deshalb gehörten auch moderne Geräte zur Einrichtung des Hauses. Ihre Energie bezogen sie von einem geothermischen Generator im Boden, und das Wasser stammte aus dem Fluß. Er fügte einen ausreichend großen Klärbehälter hinzu, um die Abwässer nicht in den herrlich sauberen Farragut leiten zu müssen.

Vermutlich war es die einzige Blockhütte in der ganzen Galaxis, in der es eine Subraum-Funkstation gab. Kirk installierte sie, als er das Kommando über die *Enterprise* bekam.

Er widerstand der Versuchung, das kleine Haus ›Captains Logbuch‹ zu nennen – er gab ihm überhaupt keinen Namen. Wenn er an das Tal dachte, stellte er es sich einfach nur als *seinen Platz* vor. Das genügte ihm.

Als Captain der *Enterprise* fand er keine Gelegenheit mehr, sich in sein Refugium auf Centaurus zurückzuziehen. Raumschiffkommandanten konnten nicht einfach für ein paar Monate in der Wildnis verschwinden. Zusammen mit McCoy hatte er mehrmals einige Tage im Garrovick-

Tal verbracht, aber nach der Versetzung des Arztes zur *Enterprise* blieben solche Abstecher aus. Joanna kam des öfteren zu der Blockhütte, um auszuspannen, doch inzwischen war sie einundzwanzig und mußte sich voll und ganz auf das Medizinstudium an der Universität von New Athens konzentrieren. Mit anderen Worten: Die Blockhütte stand praktisch immer leer. Manchmal spielte Kirk mit dem Gedanken, das Tal seinem Ersten Offizier Spock zu zeigen. *Spock fände bestimmt Gefallen daran. Er betont immer wieder die Bedeutung von Logik und Rationalität, aber er weiß auch natürliche Ästhetik zu schätzen. Nun, wenn wir einmal die Möglichkeit bekommen, unseren Landurlaub auf Centaurus zu verbringen...*

Eine tiefe Zufriedenheit erfüllte Kirk. Wenn er irgendwann, in ferner Zukunft, genug vom All hatte, wenn er keinen Gefallen mehr daran fand, zwischen den Sternen zu reisen und fremde Welten zu erforschen... Es gab einen Ort, der auf ihn wartete und an dem er sich zu Hause fühlen konnte.

Kapitel 4

Die *Enterprise*

Captain Kirk saß stumm im Sessel des Befehlsstands. Noch immer herrschte Schwerelosigkeit, und die Lampen auf der Brücke glühten nur noch matt. Eine Zeitlang lauschte er dem Zirpen und Knistern elektronischer Systeme, auf die bisher immer Verlaß gewesen war. Jims Blick galt dem großen Wandschirm, aber er sah nicht etwa die Sterne in der Finsternis des Alls; seine Phantasie zeigte ihm statt dessen einen grünblauen Planeten, dessen Leib eine gräßliche Wunde aufwies. Er hielt noch immer den Ausdruck der dritten Alpha Rot-Mitteilung in der Hand, und schließlich kehrten seine Gedanken ins Hier und Jetzt zurück.

Kirk holte tief Luft und spürte die Anspannung der Brückencrew. Selbst Spock wirkte ein wenig... besorgt.

»Wir haben sehr schlechte Nachrichten erhalten«, sagte der Captain. »Auf Alpha Centauri IV — Centaurus — kam es zu einer Katastrophe. Der Raumhafen von New Athens ist vollkommen zerstört worden, und auch in der Hauptstadt kam es zu umfassenden Verheerungen. Nach den Starfleet vorliegenden Informationen wurde die Explosion von einem Materie-Antimaterie-Kontakt hervorgerufen. Anders ausgedrückt: Annihilation. Die Hintergründe sind noch ungeklärt.«

Stille folgte. Kirk musterte seine Offiziere der Reihe nach und stellte fest, daß sich Uhuras Augen mit Tränen füllten. Selbst der sonst so unerschütterliche Spock schien schockiert zu sein. Oder spielten nur Licht und Schatten mit seiner Mimik? Lieutenant Siderakis erbleichte, und seine Schultern bebten. Der Captain erinnerte sich: Siderakis stammte von Centaurus; im vergangenen Jahr hatte er am Gründungstag der Kolonie eine Party veranstaltet.

»Lieutenant Uhura...«, sagte er sanft. »Ich brauche eine

Liste aller Besatzungsmitglieder, die ihren ersten Wohnsitz auf Centaurus haben oder deren Familienangehörige dort leben. Vielleicht kann Ihnen der Computer dabei behilflich sein. Ich möchte die betreffenden Personen unterrichten, bevor ich mich mit einer Durchsage an die ganze Mannschaft wende. Zuerst aber: Geben Sie Mr. Sulu Bescheid; er soll Mr. Siderakis ablösen. Und stellen Sie eine Verbindung zu Mr. Scott her.«

Uhura nickte. »Aye, aye, Captain.« Und nach einigen Sekunden: »Mr. Scott, Sir. Frequenz vier.«

Kirk betätigte eine Taste in der Armlehne des Kommandosessels. »Scotty? Wie sieht's aus bei Ihnen?«

»Schon etwas besser, Captain«, erwiderte der Chefingenieur. »Ich wollte Ihnen gerade Bericht erstatten. Wir können jetzt wieder die Grav-Generatoren aktivieren, Sir — ich schlage ein Fünfzigstel G vor. Ich bin ziemlich sicher, daß es möglich ist, die Schwerkraft anschließend stabil zu halten, doch bei den übrigen Bordsystemen müssen wir uns auch weiterhin mit manueller Kontrolle begnügen. Vielleicht ist es erforderlich, den ganzen Computerkomplex zu überholen. Ich weiß noch immer nicht, was die Fehlfunktionen hervorgerufen hat, aber mit den unmittelbaren Auswirkungen sollten wir jetzt eigentlich fertig werden.«

»In Ordnung, Mr. Scott«, sagte Kirk. »Schalten Sie die Gravitationsgeneratoren ein.«

Kirk spürte ein kurzes Prickeln, als streiche ihm jemand mit einer Feder über die Haut. Unmittelbar darauf sank er langsam in den Sessel und beobachtete verschiedene Gegenstände in der Luft, die ebenfalls in Bewegung gerieten, sich dem Boden näherten. Ein 0,02 G starkes — beziehungsweise schwaches — Schwerkraftfeld verhinderte, daß die herumschwebenden Objekte ganz plötzlich herabfielen. Mit ihrem derzeitigen Gewicht brauchten sie viereinhalb Sekunden, um aus einer Höhe von zwei Metern das Deck zu erreichen. Bei einem G hätte sich diese Zeit auf etwas mehr als eine halbe Sekunde verkürzt.

»Alles bestens, Scotty«, sagte Kirk. »Endlich gibt's wieder ein Oben und Unten. Inzwischen dürften alle Besatzungsmitglieder festen Boden unter den Füßen haben. Gehen Sie auf volle Erdnorm.«

»Ja, Captain«, bestätigte der Chefingenieur. »Achtung, das Feld wird verstärkt.«

Kirks Gewicht nahm allmählich zu. Er streckte den Arm und fühlte angenehm vertraute Schwerkraft.

»Genau ein G, Captain«, meldete Scott. »Außerdem wird's wärmer. Ist es Ihnen schon aufgefallen? Unser kleiner Trick mit den Heizgeräten und Ventilatoren funktioniert.«

»Eine Sorge weniger, Scotty. Besten Dank. Navigationsstatus?«

»Wir können jedes beliebige Ziel anfliegen, Sir – allerdings nicht mit Höchstgeschwindigkeit. Die Materie-Antimaterie-Mischung muß jetzt manuell kontrolliert werden.«

»Na schön«, sagte Kirk. »Behalten Sie Ihre Maschinen im Auge, Mr. Scott. Ich möchte den Warptransfer bald fortsetzen.«

»Aye, aye, Captain.«

»Bis später. Kirk Ende.«

Die Doppeltür des Turbolifts schob sich auseinander, und Sulu betrat die Brücke. Uhura winkte ihn zu sich und erzählte ihm leise von den Alpha Rot-Nachrichten. Der Steuermann riß entsetzt die Augen auf und sah Siderakis an, der blaß und mit steinerner Miene auf den Wandschirm starrte.

Sulu näherte sich und legte ihm die Hand auf die Schulter. Der Centaurier neigte den Kopf nach vorn und schluchzte leise; Tränen rannen ihm über die Wangen. Sulu beugte sich herab und murmelte etwas, woraufhin Siderakis tief durchatmete und sich wieder unter Kontrolle brachte. Steifbeinig stand er auf und ging zum Turbolift.

Kirks Blick folgte ihm.

»Wir bringen Centaurus Hilfe, Peter«, sagte der Captain. »Das verspreche ich Ihnen.«

Siderakis blieb kurz stehen und sah Kirk an. Er vertraute seiner Stimme nicht, beschränkte sich auf ein dankbares Nicken und betrat den Lift. Hinter ihm schloß sich die Tür.

Plötzlich wurde es wieder hell auf der Brücke.

»Na endlich«, brummte MacPherson und beendete damit das allgemeine Schweigen. »Wurde auch Zeit. Wir haben jetzt wieder genug Saft, Captain, aber ich mußte die Leitungen des Audio-Zweitsystems zwischen Kontrollraum und Freizeitdeck benutzen. Sie erschienen mir weniger wichtig als eine ordentliche Beleuchtung.«

»Da bin ich ganz Ihrer Ansicht, Ingenieur. Danke.«

»Gern geschehen, Captain.« MacPherson wandte sich wieder zu seiner Station um.

»Captain?« erklang Uhuras Stimme. »Die Liste ist komplett.« Sie griff nach dem Ausdruck, stand auf und trat an den Befehlsstand heran. Kummer zeigte sich in ihren Zügen.

»Offenbar haben Sie die einzelnen Einträge gelesen«, sagte Kirk leise.

Uhura nickte. Kirks Name stand auf der Liste – als Eigentümer centaurischer Immobilien –, und auch McCoy gehörte zu den genannten Personen. Der Arzt war Vater und Bruder von centaurischen Bürgern, und darüber hinaus hatte er seinen offiziellen Wohnsitz auf dem Planeten. Sternchen kennzeichneten sowohl die Namen McCoy und Siderakis als auch vier weitere. Nahe Verwandte von ihnen lebten in New Athens oder unweit der Hauptstadt.

»Es tut mir so leid, Sir«, sagte Uhura. »Ich hoffe, Dr. McCoys Tochter ist wohlauf.«

Für einen Sekundenbruchteil glitzerte emotionaler Schmerz in Kirks Augen, aber er unterdrückte ihn sofort und besann sich auf seine Rolle als Captain. »Danke, Lieutenant.« Er deutete ein Lächeln an und stand auf.

»Navigator, berechnen Sie einen Kurs nach Centaurus. Fragen Sie Scott, welche Geschwindigkeit wir uns leisten können. Leiten Sie anschließend den Warptransfer ein, Steuermann.«

»Aye, aye, Captain«, antworteten Sulu und Chekov wie aus einem Mund.

»Mr. Sulu, Sie haben das Kommando«, fügte Kirk hinzu. »Mr. Spock hat zu tun. Ich bin in der Krankenstation.«

Die Brückenoffiziere sahen dem Captain nach, und als die Tür des Turbolifts zuglitt, schlug Uhura die Hände vors Gesicht.

Sulu folgte ihrem Beispiel — nachdem er im Sessel des Befehlsstands Platz genommen, sich mit Scott abgesprochen und Warp fünf befohlen hatte.

Dr. Leonard McCoy konnte sich nicht über Mangel an Arbeit beklagen. Er behandelte gerade den siebenundzwanzigsten Knochenbruch an diesem Morgen — diesmal ging es um den dritten Mittelfußknochen eines Frachttechnikers. Der Arzt legte einen speziellen Druckverband an. Er sollte einerseits ein rasches Zusammenwachsen des Knochens ermöglichen — und den Techniker andererseits in die Lage versetzen, den Dienst mit gewissen Einschränkungen fortzusetzen. McCoy hielt Arbeit für eine der besten Therapien.

Die Tür öffnete sich, und Captain Kirk trat ein. McCoy bemerkte ihn sofort.

»Hallo, Jim«, sagte er. »Zum Glück haben wir jetzt wieder normale Schwerkraft. Aber es dürfte mindestens eine Woche dauern, um hier Ordnung zu schaffen. Du ahnst gar nicht, was alles durch die Gegend geflogen ist.« McCoy prüfte den Verband noch einmal, gab dem Frachttechniker einige Hinweise und unterzeichnete das Behandlungsformular. Dann drehte er sich zu Kirk um — und schöpfte sofort Verdacht.

»Was ist los?« fragte er besorgt.

»Pille...«, begann Kirk. »Leg eine Pause ein. Ich muß mit dir reden.«

»Schwester Chapel«, sagte McCoy über die Schulter hinweg, ohne den Blick von Kirk abzuwenden. »Kümmern

Sie sich um den nächsten Patienten. Ich bin gleich wieder da.« Er wischte sich die Hände an einem Tuch ab, ließ es achtlos fallen und verließ die Krankenstation. Kirk folgte ihm in die medizinische Bibliothek auf der anderen Seite des Korridors. Dort hielt sich niemand auf; sie konnten sich ungestört unterhalten. Zwei Minuten später öffnete sich das Schott, und die beiden Männer kehrten in den Gang zurück. McCoy machte sich sofort wieder an die Arbeit, und Kirk sah ihm nach. *Typisch für ihn,* dachte er.

Pille McCoy wandte sich seinen Patienten zu, aber er war plötzlich sehr schweigsam und verschlossen.

Kurze Zeit später bat Kirk alle auf der Liste genannten Personen ins kleine Theater der *Enterprise.* Normalerweise fanden dort Aufführungen und Vorträge statt, und manchmal, bei besonders feierlichen Anlässen, diente es dem Captain dazu, Paare im Bund der Ehe zu vereinen. Bei der Versammlung bemerkte Kirk die Krankenschwester Constance Iziharry, die auf der Brücke Chekovs Auge behandelt hatte. Sie wirkte ebenso betroffen wie die neun übrigen Anwesenden, schien innerlich mit sich selbst zu ringen, um nicht die Fassung zu verlieren.

Kirk schilderte seinen Zuhörern den Inhalt der Alpha Rot-Nachrichten mit möglichst taktvollen Worten, ließ jedoch keinen Zweifel am Ernst der Lage. Er versicherte, die *Enterprise* werde ihr ganzes Potential einsetzen, um Centaurus zu helfen. Bei der bevorstehenden Rettungsmission, so fügte er hinzu, bekämen sie alle Gelegenheit, sich nützlich zu machen. Tränen flossen, aber der Captain stellte erleichtert fest, daß sie von Trauer kündeten, nicht etwa von Hysterie und Hoffnungslosigkeit. Es waren Tränen, die für neue Entschlossenheit Platz schufen.

CAPTAINS LOGBUCH: STERNZEIT 7513.5

Derzeit scheint wieder alles unter Kontrolle zu sein. Wir fliegen mit Warp fünf und nähern uns Centaurus. Die Materie-Antimaterie-Mischung des Warptrieb-

werks wird manuell gesteuert und ist derzeit stabil. Der Bordcomputer und seine Nebenstellen arbeiten noch immer nicht zuverlässig. Das künstliche Schwerkraftfeld ist mit 1 G konstant, und die Temperatur an Bord konnte inzwischen auf den Standardwert von einundzwanzig Komma sechs Grad erhöht werden. Chefingenieur Scott und Ingenieur MacPherson haben wirklich gute Arbeit geleistet. Durch das frei umherschwebende Wasser ist die Luftfeuchtigkeit im Schiff ziemlich hoch, und ich fürchte, wir müssen demnächst mit erheblichen Korrosionsproblemen rechnen — insbesondere in bezug auf die Verkabelung.

Da sich die Situation an Bord einigermaßen normalisiert hat, halte ich nun den Zeitpunkt für gekommen, eine offizielle Einsatzbesprechung anzuberaumen.

Die Besprechung fand im Konferenzzimmer B statt, und es nahmen alle Sektionsleiter daran teil, die direkt mit der bevorstehenden Mission auf Centaurus zu tun hatten. Der Erste Offizier Mr. Spock repräsentierte die wissenschaftliche Abteilung der *Enterprise* und Alec MacPherson den Maschinenraum — Montgomery Scott kontrollierte weiterhin den Warpantrieb. Dr. M'Benga, McCoys Erster Assistent, kam aus der Krankenstation. Uhura vertrat die Kommunikation, und ein noch immer recht mitgenommen wirkender Pavel Chekov war als Fachmann für Navigation und Bordsysteme zugegen. Ihr ursprünglicher Schock verwandelte sich in dumpfe Benommenheit, als sie vom Ausmaß der Katastrophe auf Centaurus erfuhren. Die Gesichter der Anwesenden zeigten deutlich, was sie empfanden. Nur Spock bildete eine Ausnahme; der Vulkanier wirkte weiterhin gelassen, fast gleichgültig. *Aber dieser Eindruck täuscht bestimmt,* dachte Kirk. *Der Verlust so vieler Leben muß selbst in ihm Bestürzung wecken. Himmel, wie gelingt es ihm nur, sich so gut zu beherrschen, sich überhaupt nichts anmerken zu lassen? Ich habe nie richtig verstanden, wie er das schafft, und manchmal beneide ich ihn um diese Fähigkeit. Was vermutlich auch für Pille gilt. Oh, Joanna...*

Kirk verdrängte diese Gedanken. Er stand am Ende des Tisches, musterte seine Offizierskollegen und spürte ihre erwartungsvollen Blicke auf sich ruhen. *Sie hoffen, daß ich ihnen Mut zuspreche, daß ich ihnen neue Hoffnung gebe. Glauben sie etwa, daß ich mehr weiß als sie? Nein, natürlich nicht. Sie sind nur daran gewöhnt, daß* ich *alle wichtigen Entscheidungen treffe. Sie sehen jetzt den Captain in mir, einen mehrfach ausgezeichneten Helden, der nie aufgibt, für alle Probleme Lösungen findet, dem nichts unmöglich ist. Sie brauchen eine Leitfigur. Und deshalb kann ich ihnen nicht sagen, daß mich die Tragödie von New Athens ebenso entsetzt wie sie, daß ich dauernd voller Schrecken daran denken muß, was Joanna McCoy zugestoßen sein könnte, daß ich mit Pille leide, Joannas Vater. Mit Leonard, der noch immer in der Krankenstation arbeitet. Um sich abzulenken, um nicht zu verzweifeln...*

Captain Kirk holte tief Luft.

»Danke dafür, daß Sie gekommen sind«, begann er. »Ich möchte Ihnen schildern, was wir von der Lage auf Centaurus wissen. Anschließend folgt eine Beratung darüber, auf welche Weise wir helfen können.«

Er hatte den Ausdruck der dritten Alpha Rot-Nachricht mitgebracht und warf einen kurzen Blick darauf. »Die Kommunikationsverbindungen mit Centaurus sind unterbrochen, und dieser Umstand lieferte die ersten Hinweise. Routine-Meldungen vom Starfleet-Büro in New Athens blieben plötzlich aus. Gleichzeitig verlor das Außenministerium der Föderation den Kontakt zum Konsulat in der Hauptstadt. Eine Handelsgesellschaft — die ›Seltene Erden und Edelmetalle‹ mit Niederlassungen in Amsterdam und New Athens — berichtete, an die Zweigstelle auf Centaurus gerichtete Subraum-Anfragen würden nicht mehr beantwortet. Es gibt noch weitere Beispiele.

Ungefähr zur gleichen Zeit registrierte die etwa sechs Lichtmonate vom Centauri-System entfernte Starbase Sieben starke Tachyonenstrahlung aus der Richtung des Planeten. Die Emissionen deuteten darauf hin, daß eine Annihilationsexplosion stattfand, ausgelöst durch die unkontrollierte gegenseitige Vernichtung von Materie und Antimaterie. Dabei werden ungeheure Energiemengen freigesetzt. Mit voll funktionsfähigem Bordcomputer hätten wir die Strahlung sicher ebenfalls bemerkt. Unbegrenzt schnelle Partikel, die Tausende von Lichtjahren innerhalb eines Sekundenbruchteils zurücklegen...«

Kirk zögerte kurz.

»Mit Peilungen und genauen Analysen konnte festgestellt werden, daß der Bereich totaler Vernichtung zwischen sechs und acht Kilometern durchmißt. Spätere Meldungen bestätigten diese Annahme. Eine Computersimulation ergab, daß die Hauptstadt New Athens — der Raumhafen befand sich in ihrer unmittelbaren Nähe — durch die unmittelbaren Auswirkungen der Explosion nahezu vollständig zerstört wurde. Bestimmt hat die Druckwelle siebzig oder achtzig Prozent der Gebäude pulverisiert.«

Der Captain legte eine neuerliche Pause ein.

»Starfleet schätzt die Todesopfer auf mehr als neunhunderttausend«, sagte er offen. Uhura schnappte unwillkürlich nach Luft, und Spock schloß die Augen.

»Wahrscheinlich ist die Anzahl der Verletzten geringer«, fuhr Kirk fort. »Wir müssen davon ausgehen, daß die meisten Centaurier in der Nähe des Raumhafens sofort starben. Denken Sie in diesem Zusammenhang nur an die enorme Hitze... Hinzu kommt sicher eine starke Strahlung. Übrigens: Tachyonische Interferenzen stören die gesamte Subraum-Kommunikation mit Centaurus. Starbase Sieben erwähnte schwache, kaum modulierte Signale von der planetaren Regierung. Sie stammen aus McIverton, einer Küstenstadt dreitausend Kilometer westlich von New Athens, und sie wurden schon nach kurzer Zeit vom Tachyonenstrom überlagert. Darüber hinaus wies uns

Starfleet auf folgendes hin: Normale, lichtschnelle Funksignale können den tachyonischen Störbereich problemlos durchdringen. Allerdings sind derzeit alle Raumschiffe zu weit entfernt, um derartige Nachrichten zu empfangen. Wenn wir uns dem Planeten nähern, werden wir die gewöhnlichen Funkfrequenzen abhören. Vielleicht ist man auf Centaurus gezwungen, in die kommunikationstechnische Vergangenheit zurückzukehren, Lieutenant Uhura. Sie wissen schon: Mittel- und Kurzwelle, Laser, von Funkamateuren benutzte Frequenzbereiche und dergleichen ...«

»Ich berücksichtige alle Möglichkeiten, Captain«, sagte Uhura.

Kirk sammelte seine Gedanken. »Mehr wissen wir nicht von der gegenwärtigen Situation auf Centaurus. Wir sind angewiesen, der Zivilbevölkerung nach besten Kräften zu helfen und gleichzeitig zu klären, unter welchen Umständen es zu der Explosion kam. Wenn es notwendig wird, Haftbefehle auszustellen, so sollen wir die Verdächtigen zur Erde oder vor ein Föderationsgericht bringen. Wenn es um Annihilationsmaterial geht, hat das Föderationsrecht Vorrang gegenüber planetaren Gesetzen. Wenn Sie sich nun fragen, warum ausgerechnet wir die Einsatzorder erhielten ... Nun, Centaurus gehört natürlich nicht zu unserem Quadranten, aber die *Constitution* befindet sich im Dock; sie nimmt neue Vorräte auf, und ihr Warptriebwerk wird überholt. Die *Enterprise* ist das einzige Schiff, das den Planeten innerhalb kurzer Zeit erreichen kann.«

»Captain?« warf Ingenieur MacPherson ein. »Entschuldigen Sie bitte, wenn ich noch einmal an unsere technischen Probleme erinnere. Schickt Starfleet Ersatz?«

Kirk nickte. »Diesen Punkt wollte ich gerade zur Sprache bringen. Die *Hood* wird Centaurus anfliegen, sobald ihre gegenwärtige Mission beendet ist. Anschließend übernimmt sie die Patrouillenpflichten der *Constitution*. Es wird jedoch mindestens eine, vielleicht sogar zwei Wochen dauern, bis sie eintrifft. Andere Kreuzer stehen nicht zur Verfügung.«

MacPherson zuckte mit den Schultern. »Bestimmt kommen wir auch allein zurecht. Machen Sie sich keine Sorgen, Captain. Scotty und ich flicken alles zusammen, verlassen Sie sich drauf.«

»Danke, Ingenieur«, sagte Kirk. Die Zuversicht des großen Schotten amüsierte ihn ein wenig. »Ich möchte hinzufügen, daß bereits einige Raumschiffe ziviler Organisationen nach Centaurus unterwegs sind. Das erste — die *Sakarow* vom Roten Kreuz — wird dort um 7514.0 Sternzeit erwartet.«

»Ah«, brummte Chekov zufrieden. »Ein russisches Schiff.«

»Von der Eurasischen Union...«, murmelte Kirk. Und etwas lauter: »Zur Besatzung gehören Ärzte und Krankenschwestern aus den meisten eurasischen Ländern unter der Schirmherrschaft der Föderation. Die britische *Edith Cavell* und die amerikanische *Thomas Dooley* haben sich ebenfalls auf den Weg gemacht. Sie treffen kurz nach der *Sakarow* ein. Wir erreichen den Planeten einige Stunden nach dem Hilfsschiff *Dooley.* Leider kann die Föderation im Augenblick keine Transporter entbehren, um Medikamente und so weiter im großen Maßstab nach Centaurus zu bringen. Aber die Nationalregierungen der Erde und einiger anderer Welten des Völkerbunds haben versprochen, sofort Frachter zu entsenden. Aufgrund der relativ geringen Entfernung können wir annehmen, daß die terranischen Schiffe vor allen anderen zur Stelle sind.«

»Nationalstolz, Captain«, kommentierte Spock. »Alle irdischen Staaten sind inzwischen Mitglieder der Föderation, aber die entsprechenden Bürger haben sich ein nationales Ehrgefühl bewahrt. Dazu gehört die Bereitschaft der Nation, jederzeit humanitäre Hilfe zu gewähren. Unter gewissen Umständen sind derartige Einstellungen durchaus konstruktiv; sie gereichen den Überlebenden von New Athens zweifellos zum Vorteil.«

»Danke, Mr. Spock«, erwiderte Kirk. »Womit wir beim

nächsten Thema wären. Dr. M'Benga, welche Hilfe können wir Centaurus anbieten?«

Der hochgewachsene Afrikaner beugte sich vor. »Was die Behandlung von Patienten angeht, sind unsere Möglichkeiten begrenzt«, begann er. »Die Krankenstation ist nicht ausgerüstet, um mehr als einige schwere Fälle gleichzeitig aufzunehmen. Wir werden natürlich rund um die Uhr arbeiten, aber zusätzliche Betten lassen sich nicht einfach herbeizaubern. Nun, ich glaube, wir können trotzdem einen wichtigen Beitrag leisten, indem wir möglichst viele Patienten, die dringend Hilfe brauchen, zu den Hospitälern auf der Erde oder den Jupitermonden bringen — wobei ich die Annahme zugrunde lege, daß die centaurischen Krankenhäuser hoffnungslos überfüllt sind. Andererseits: Captain, vermutlich bekommen wir es mit *Hunderttausenden* von Personen zu tun, die sofort behandelt werden müßten. Ich denke an Verbrennungen, an von harter Strahlung geschädigtes Gewebe. Ich weiß nicht, wie wir ihnen *allen* helfen sollen.« M'Benga schnitt eine Grimasse.

»Wie viele können wir transportieren?« fragte Kirk.

»Vielleicht jeweils tausend, höchstens tausendzweihundert«, antwortete der Arzt. »Wenn wir sie auch in den Korridoren unterbringen. Ich bin natürlich sofort bereit, solche Maßnahmen zu ergreifen, Captain, aber einige der Patienten brauchen sicher Stasisfelder, damit sich ihr Zustand nicht noch weiter verschlechtert. Woher nehmen wir die notwendigen Feldgeneratoren? Und wie führen wir ständige diagnostische Kontrollen durch, wenn auf den Bordcomputer kein Verlaß ist? Ich fürchte, die meisten Centaurier würden sterben, noch bevor wir das Sol-System erreichen. Wenn Sie gestatten, Captain... Ich möchte eine Frage an Mr. Chekov richten.«

»Nur zu.«

»Wenn wir mit der höchsten Geschwindigkeit fliegen, die unter den gegenwärtigen Umständen möglich ist, Mr. Chekov — wie lange brauchen wir, um mehr als vier Lichtjahre zurückzulegen?«

Chekov überlegte. »Nun, wenn Mr. Scott die Materie-Antimaterie-Mischung in den Reaktionskammern bei Warp sechs stabilhalten kann...«

»Ein Kinderspiel für Scotty!« warf MacPherson ein.

»Nicht mehr als zwei Tage, Doktor.«

M'Benga seufzte und gestikulierte vage. »Verstehen Sie, Captain? Die Mathematik übermittelt uns eine klare Botschaft. Stellen Sie sich folgendes vor: Es dürfte ungefähr einen Tag dauern, um die Patienten aufzunehmen und irgendwo unterzubringen. Es folgt eine zweitägige Reise zu den Hospitälern im Sol-System, und anschließend benötigen wir noch einmal achtundvierzig Stunden, um nach Centaurus zurückzukehren. Dann beginnt alles von vorn. Wenn wir davon ausgehen, daß fünfhunderttausend Centaurier behandelt werden müssen — das ist eine sehr vorsichtige Schätzung —, so sind wir *sechs Jahre* lang mit dem Transport von Verletzten beschäftigt. Ohne eine einzige Pause einzulegen. Und die Ereignisse von heute morgen beweisen, daß wir uns nicht darauf verlassen können, die ganze Zeit über voll einsatzfähig zu sein.«

»Ich fürchte, da haben Sie recht«, sagte Kirk. »Ihre Schlußfolgerungen?«

M'Benga seufzte erneut. »Sie liegen auf der Hand, Captain: Wir können nicht allen Verletzten auf Centaurus helfen. Das ist unmöglich. Die logistischen Probleme sind viel zu komplex. Die Föderation hat nicht genug Transporter, um alle Patienten rechtzeitig zu den Krankenhäusern auf anderen Welten zu bringen. Ganz zu schweigen davon, daß es nicht einmal genug Hospitäler gibt. So hart es auch klingen mag: Wir und das medizinische Personal an Bord der RK-Schiffe müssen uns darauf beschränken, nur jene Centaurier zu behandeln, die eine gute Überlebenschance haben. Wenn sich ihr Zustand stabilisiert hat, nehmen wir uns die nächste Patientengruppe vor. Und so geht es weiter. Ich sehe keine andere Möglichkeit.«

»Was jedoch bedeutet, daß Hunderte von Verletzten sterben werden«, sagte Kirk leise.

»Ja«, bestätigte M'Benga. »Das läßt sich nicht vermeiden. Gott steh uns bei, Captain... Es ist *schrecklich!*« Der Arzt ließt die Schultern hängen. »Wahrscheinlich stehen mir deswegen viele schlaflose Nächte bevor, in denen ich dauernd an die Patienten denke, denen ich *nicht* helfen konnte...«

Stille folgte, und nach einigen Sekunden räusperte sich Spock.

»Dr. M'Benga...«, begann er. »Ich kenne Ihre fachliche Kompetenz, und es gibt allen Grund für mich, die Präsenz eines Spezialisten für vulkanische Medizin an Bord dieses Schiffes zu schätzen. Sie haben mir mehrmals das Leben gerettet.«

M'Benga musterte den Ersten und wissenschaftlichen Offizier erstaunt. Spocks Worte kamen einem Kompliment gleich.

»Bitte erlauben Sie mir, Ihnen auf dieser Basis eine Frage zu stellen«, fuhr der Vulkanier fort. »Haben Sie sich schon einmal über Patienten Gedanken gemacht, denen Sie während Ihrer bisherigen beruflichen Laufbahn keine Hilfe gewähren konnten?«

M'Benga wirkte überrascht. »Nein, Commander. Ich bedauere es natürlich, einen Patienten zu verlieren — aber ich darf mich nicht damit belasten, wenn ich auf den nächsten vorbereitet sein will. Ohne diese Einstellung hätte ich längst einen Nervenzusammenbruch erlitten.«

Spock nickte. »Genau das meine ich. Dr. McCoy würde mir vermutlich die gleiche Antwort geben. Lassen wir einmal die Anzahl der verletzten Centaurier in New Athens außer acht — sind Sie imstande, zumindest *einigen* Patienten zu helfen?«

»Natürlich, Mr. Spock.«

Der Vulkanier nickte noch einmal. »Dann verstehe ich nicht, warum Sie sich mit einem moralischen Dilemma konfrontiert sehen, Dr. M'Benga. Es ist Ihnen unmöglich, fünfhunderttausend Verletzte zu behandeln, und die *Enterprise* kann nicht annähernd so viele Personen transportieren. Trotzdem: Wir sind nach Centaurus unterwegs und fest entschlossen, unser ganzes Potential zu nutzen. Konzentrieren Sie sich in erster Linie auf die Patienten, denen Sie helfen *können.* Genau damit werden Sie Ihrer Aufgabe gerecht. Es hat keinen Sinn zu überlegen, daß Sie unter anderen Umständen in der Lage gewesen wären, weitere Männer, Frauen und Kinder zu retten. Niemand von uns kann etwas an der Situation *an sich* ändern. Wir alle sollten uns diese Perspektive zu eigen machen – andernfalls hätte es überhaupt keinen Sinn, nach Centaurus zu fliegen.«

M'Benga blickte auf den Tisch. »Danke, Mr. Spock«, sagte er nach einer Weile. »Ihre Ausführungen sind wie immer logisch und leuchten mir ein. Ja, ich werde Ihren Rat beherzigen. Allerdings bin ich nach wie vor entsetzt, wenn ich mir vorstelle, was uns auf Centaurus erwartet.«

»Wir müssen mit vielen Problemen rechnen«, entgegnete Spock. »Aber wenn wir uns davon abschrecken lassen, hätten die Massenmörder eins ihrer Ziele erreicht.«

Kirk runzelte die Stirn. »Massenmörder?« wiederholte er. »Worauf wollen Sie hinaus, Spock? Starfleet hat keinen terroristischen Anschlag oder etwas in der Art erwähnt.«

»Ich habe gründlich über die Ursachen der Explosion nachgedacht, Captain«, erwiderte Spock. »Das Unglück kann kein Zufall sein. Centaurus verfügt nicht über Antimaterie-Kraftwerke, nur über Brutreaktoren mit einem Uran-Plutonium-Zyklus. Darüber hinaus halte ich es für absurd anzunehmen, im Bereich des Raumhafens sei ein Schiffsmeiler überkritisch geworden. Mit Warptriebwerken ausgestattete Raumschiffe haben zwar Antimaterie an Bord, aber sie landen nicht auf einem Planeten. Selbst wenn wir einen Absturz in Betracht ziehen – mehrere autarke Magnetfelder verhindern einen Kontakt zwischen normaler Materie und Anti-Teilchen. Wir kennen solche Fälle. Und die Sicherheitsautomatik hat nie versagt. Nun, Shuttles landen natürlich, aber sie haben nur Impulstriebwerke. Was Antimaterie-Vorräte betrifft... Sie befinden sich in den Raumbasen Starfleets, nicht aber in planetaren Raumhäfen. Das gilt auch für Centaurus. Woraus ich folgenden Schluß ziehe: Irgend jemand hat Antimaterie in einer Annihilationsvorrichtung auf den Planeten gebracht.«

»Wer, Mr. Spock?« fragte Uhura. »Und aus welchem Grund?«

»Ich weiß es nicht, Lieutenant. Annihilationswaffen lassen sich ohne große Schwierigkeiten konstruieren, sobald man die dazu notwendige Antimaterie hat. Aber die Herstellung von Antiteilchen ist sehr kostspielig; einzelne Personen sind bestimmt nicht in der Lage, mit einer entsprechenden Produktion zu beginnen. Bisher beschränkte sich der Besitz von Antimaterie auf militärische Organisationen, die ständig von der Sicherheitsabteilung der Föderation überwacht werden, und irgendwelche Diebstähle sind nicht bekannt. Nun, ich möchte noch einmal betonen, wie leicht es ist, Annihilationsvorrichtungen zu bauen, wenn man die erforderlichen Dinge besitzt. Wir haben selbst ein solches Gerät entwickelt, um die lebende kosmische Staubwolke auf Tycho IV zu vernichten, und wir stießen dabei auf keine besonderen Probleme.« Spock zögerte kurz. »Vielleicht sollten Sie Ihre Frage anders formulieren, Lieutenant Uhura: Wer steckt *nicht* hinter dem Anschlag?«

»Die Klingonen«, sagte Kirk sofort.

»In der Tat, Captain«, bestätigte Spock. »Die Klingonen können unmöglich dafür verantwortlich sein. Der organianische Friedensvertrag verbietet gegen uns gerichtete offensive Aktionen des Imperiums. Uns ist nicht bekannt, wie die Organianer dafür sorgen, daß der Vertrag eingehalten wird. Wir wissen nur, daß sie sofort eingreifen, wenn sich jemand über die damals getroffenen Vereinbarungen hinwegsetzt. Bestimmt hätten sie einen klingonischen Angriff auf New Athens verhindert.«

»Und die Romulaner?« brummte Chekov.

»Unwahrscheinlich«, sagte Spock. »Die Romulaner sind

zweifellos fähig, eine Annihilationswaffe zu konstruieren und nach Centaurus zu schaffen — aber was brächte ihnen die Vernichtung des Raumhafens und der Hauptstadt ein? Es gibt weitaus wichtigere Ziele für sie: zum Beispiel die Föderationszentrale in Genf oder das Starfleet-Hauptquartier in San Francisco. New Athens ist — *war* — nur das Verwaltungszentrum eines Kolonialplaneten. Die Stadt hatte keine oder nur eine geringe militärisch-strategische Bedeutung. Außerdem dürfte den Romulanern klar sein, daß die Föderation einen derartigen Angriff nicht einfach so hinnimmt. Ich bezweifle, ob sie bereit wären, sich auf einen interstellaren Krieg einzulassen. Die Rihannsu sind uns unterlegen — wir haben weitaus mehr Schlachtschiffe.«

»Na schön, Spock.« Kirk hob den Kopf. »Wer bleibt übrig?«

»Leider habe ich nicht genug Informationen, um den Schuldigen zu identifizieren«, entgegnete Spock. »Wir müssen zusätzliche Daten sammeln und auswerten. Ich möchte nur eins feststellen: Seit den Eugenischen Kriegen auf der Erde ist dies der erste gegen Zivilisten gerichtete Einsatz eines Massenvernichtungsmittels. Bisher befanden sich solche Waffen einzig und allein im Besitz militärischer Streitkräfte.«

Spock atmete tief durch.

»Jetzt deutet alles darauf hin, daß auch jemand anders darüber verfügt.«

Kapitel 5

Der Computerraum

Spock hatte einen kleinen Teil des arbeitsreichen Tages damit verbracht, einige kleine Instrumente zu prüfen, die zu seinem Privatbesitz gehörten. Sie stammten aus einem Elektronikladen auf Orion, und manchmal fragte sich Spock, woher der orionische Händler derartige Geräte bezog. Nun, eigentlich spielte es keine Rolle — es kam nur auf ihre Nützlichkeit an, und in dieser Hinsicht konnte er sich nicht beklagen. Die Instrumente waren weitaus besser als der übliche Starfleet-Standard.

Der Erste Offizier hätte sicher nicht zugegeben, wie gern er *bastelte.* Um nur ein Beispiel zu nennen: Die wissenschaftliche Station auf der Brücke unterschied sich inzwischen erheblich von den entsprechenden Konsolen an Bord anderer Föderationsschiffe. Spock hatte mehrere Schaltkreise hinzugefügt und auch Prozessoren verändert, um die Leistungsfähigkeit der Anlage zu erhöhen. Fast ständig nahm er irgendwelche Verbesserungen vor. Die innere Stimme des Computers — der trinäre Code, mit dem sich die einzelnen elektronischen Komponenten unterhielten — war normalerweise nicht zu hören, aber Spock hatte einen Modulationswandler installiert, um dem Datengeflüster zu lauschen. Die Fähigkeit des Vulkaniers, die Computersprache zu verstehen, erstaunte seine menschlichen Kollegen zunächst, doch schließlich gewöhnten sie sich daran. Spock erweiterte auch das Funktionsspektrum seines Tricorders — bis das kleine Gerät Dinge zu bewerkstelligen vermochte, die allgemeine Verwirrung stifteten. Darüber hinaus hatte er die eine oder andere Idee, wie man die Leistungskapazität des Triebwerks bis auf Warpfaktor fünfzehn erhöhen konnte. Vielleicht fand er irgendwann genug Zeit, praktische Vorschläge zu entwickeln, um damit an den Captain heranzutreten...

Wenn er ›bastelte‹, empfand Spock ein subtiles Vergnügen, das ihn manchmal selbst überraschte und seinem vulkanischen Wesen zu widersprechen schien. Er rechtfertigte es folgendermaßen: Jede Verbesserung der Bordinstrumente erhöhte den Effizienz-Quotienten des Schiffes und war daher begrüßenswert. Spock ignorierte dabei den Umstand, daß seine Überlegungen auf einer menschlichen Logik basierten, die in den Starfleet-Vorschriften Niederschlag fand. Gleich mehrere Bestimmungen dienten dazu, persönliche Initiative zu fördern, aus der sich viele Vorteile ergaben.

Das Chaos an Bord der *Enterprise* hinderte Spock zunächst daran, sich mit dem Computer zu befassen. Er brauchte mehrere Stunden, um manuelle Kontrollen für die vielen Schiffsfunktionen zu ermöglichen, und im Anschluß daran begann er damit, die Software zu kontrollieren.

Wie sich herausstellte, lag der Fehler nicht in den Programmen — es kamen nur Hardware-Schäden in Frage. Spock dachte lange darüber nach: Noch nie zuvor hatte er es mit derart umfangreichen technischen Defekten zu tun bekommen. Der Bordcomputer eines Starfleet-Kreuzers war gleich mit fünf Ersatzsystemen ausgestattet: Wenn irgendein elektronischer Baustein ausfiel, so wurde seine Funktion einfach emuliert, bis man ihn austauschen konnte.

Aber in diesem besonderen Fall waren alle Hauptfunktionen gestört — bis auf die Navigation und einige andere. Spock wollte herausfinden, warum sich die Reservesysteme nicht automatisch aktiviert hatten, und aus diesem Grund begab er sich in den Computerraum.

Er trug einen weißen Coverall, Handschuhe, Stiefel und einen Helm mit integrierter Sauerstoffpatrone. In seinen Instrumenten herrschte Unterdruck. Außerdem zog Spock ein dünnes, nicht isoliertes Kabel hinter sich her — um statische Elektrizität abzuleiten. Die Vorsichtsmaßnahmen dienten nicht etwa zu seinem Schutz, sondern der Sicherheit des Computers. In diesem Raum konnte nicht einmal ein einzelnes Staubkorn geduldet werden – im Vergleich mit ihm waren Operationssäle Brutstätten für Bakterien.

Spock hatte die Kammer zum letztenmal vor zwei Jahren betreten, um die von Finney beschädigten primären Datenspeicher zu reparieren. Ein achtloser, verärgerter Mann, der den Computerraum mehrmals in ganz gewöhnlicher Kleidung aufsuchte... Es regte sich fast so etwas wie Zorn in Spock, als er sich an Papierschnipsel auf dem Boden erinnerte.

Das Elektronengehirn der *Enterprise* bestand aus insgesamt zweihundertsechsunddreißig miteinander verbundenen Speicherbänken. Sie ruhten in Wandnischen, sahen aus wie besonders exotische Dominosteine. Spock verglich sie mit Büchern in langen Regalen – eine Bibliothek, die das kulturelle Erbe vieler Planeten und Völker enthielt.

Die Leistungsfähigkeit dieser Datenverarbeitungsanlage war mindestens hundertmal größer als die Kapazität aller Computer, die im Jahre 2200 auf der Erde arbeiteten. Die Speicherbänke repräsentierten drei Jahrhunderte der Evolution künstlicher Intelligenz. Sie enthielten nicht nur alle für die Bordsysteme der *Enterprise* notwendigen Informationen, sondern auch Enzyklopädien mit historischen und wissenschaftlichen Fakten sowie alle nur halbwegs wichtigen literarischen und künstlerischen Werke jeder einzelnen Föderationswelt. Anders ausgedrückt: Es gab kaum etwas, das *nicht* im Computer gespeichert war.

Aber jetzt schlummerte der Rechner, und es gelang nicht, ihn aus seinem Schlaf zu wecken.

Spock wandte sich den RAM-Modulen zu und hob seinen Tricorder. Der Vulkanier wölbte die linke Braue, als Indikatornadeln sich bewegten und kleine Sensorpunkte aufleuchteten. *Strahlung?* dachte er. *Primär, sekundär und tertiär – typisch für Kernspaltungsprozesse. Sonderbar.* Die Anzeigen deuteten darauf hin, daß ihm keine Gefahr drohte – das Strahlungsniveau war zu niedrig, um einem Humanoiden zu schaden. Andererseits: In diesem

Raum durfte es eigentlich überhaupt keine Radioaktivität geben.

Der Vulkanier verifizierte die gewonnenen Daten, sah sich um und hielt vergeblich nach Spuren von spaltbarem Material Ausschau. Er drehte den Tricorder hin und her, beobachtete aufmerksam die Indikatoren.

Ah, eine Temperaturanomalie im Bereich der Speicherbänke, dachte er. *Offenbar sind sie etwas wärmer, als es normalerweise der Fall sein sollte.* Er ließ seinen Blick über die einzelnen Module in der gegenüberliegenden Wand schweifen — nichts erschien ungewöhnlich.

Spock zog einen kleinen Impulsgeber hinter seinem Gürtel hervor und trat an die erste Speicherbank heran. Ein glattes Stahlgehäuse, ohne Kratzer.

Der Vulkanier wählte das mit ›35‹ gekennzeichnete Modul und berührte es mit dem Impulsgeber an der richtigen Stelle. Es summte leise; ein sechs Zentimeter dickes und mehr als anderthalb Meter hohes Modul schob sich aus der Wand. Eine vier Zentimeter dicke Trennschicht schirmte es von der nächsten Speicherbank ab. Spock veränderte die Justierung des Impulsgebers und berührte dann die Schrauben des Gehäuses. Winzige Stasisfelder gaben die dünnen Bolzen frei, und der Vulkanier zog sie mit der Hand aus den Einfassungen, verstaute sie anschließend in einem Beutel. Dann drehte er das Modul.

Einige Sekunden später kam auch seine rechte Braue in die Höhe. Jemand hatte ein kleines, rundes Loch in die speziell gehärtete Rückfläche des Moduls gebohrt. Das Ergebnis: eine plötzliche Entladung aller RAM-Zellen, der Verlust aller gespeicherten Daten.

Spock untersuchte weitere Speicherbänke und gelangte zu dem Schluß, daß mehr als achtundachtzig Prozent der Computerkapazität unwiederbringlich verloren waren. Alle Module wiesen das gleiche geheimnisvolle Loch auf — rechts unter der Mitte —, und diese geringfügige Veränderung der Struktur genügte völlig, um das für die Speicherung von Informationen notwendige molekulare

Gleichgewicht nachhaltig zu stören. Nur noch wenige Speicherbänke waren in einem einwandfreien Zustand, unter ihnen die Einheiten Zwölf und Vierzehn – und Nummer Dreiundfünfzig, das Navigationsmodul.

Der Vulkanier wußte nun, daß die Fehlfunktionen an Bord der *Enterprise* auf eine mutwillige Beschädigung der Speicherbänke zurückgeführt werden konnten, und er fragte sich kurz, was er mit dieser Erkenntnis anfangen sollte. Es gab keine Möglichkeit, das Problem sofort zu lösen. Die defekten Module mußten ausgetauscht werden.

Spock beschloß, dem Captain Bescheid zu geben und ihn darauf hinzuweisen, daß sich derzeit nichts an der drastisch eingeschränkten Leistungsfähigkeit des Bordcomputers ändern ließ.

Kapitel 6

In der Nähe von Centaurus

CAPTAINS LOGBUCH: STERNZEIT 7513.9

Endlich nähern wir uns dem Alpha Centauri-System — und offenbar kommen wir gerade noch rechtzeitig.

Mr. Spock hat mir berichtet, in welchem Zustand sich die Speicherbänke unseres Computers befinden. Ich bin sehr besorgt, aber eine genaue Untersuchung muß warten, bis wir unsere Mission auf Centaurus beendet haben. Natürlich berücksichtige ich die Möglichkeit von Sabotage — vielleicht steht sie mit unserem gegenwärtigen Einsatz in Zusammenhang —, und deshalb habe ich die Sicherheitsabteilung angewiesen, in allen wichtigen Bereichen des Schiffes regelmäßige Kontrollen vorzunehmen.

Aber ein weiterer Sabotageakt scheint kaum nötig zu sein. Das elektrische System hat erneut versagt. Ingenieur MacPherson nutzt inzwischen jeden internen Kommunikationskanal, um die Energieversorgung in den einzelnen Sektionen sicherzustellen, doch während der Schwerelosigkeit schwebte zuviel Wasser im Schiff herum, und allem Anschein nach gelangte ein großer Teil in die Leitungsschächte — trotz der von Mr. Scott installierten Filter. Vielleicht wird eine vollständige neue Verkabelung notwendig, und solche Arbeiten können nur in einer Starbase durchgeführt werden.

Der Chefingenieur behält die Materie-Antimaterie-Mischung im Auge, und seiner Ansicht nach erreichen wir bald eine kritische Schwelle. Ohne den voll funktionsfähigen Computer ist Mr. Scott gezwungen, die Reaktionsmasse manuell im energetischen Gleich-

gewicht zu halten, doch die menschliche Reaktionszeit ist in jedem Fall zu lang. Es läßt sich gar nicht vermeiden, daß Scotty manche Erg-Schübe um den Bruchteil einer Sekunde zu spät ausgleicht, und dadurch gerät die Balance immer mehr in Gefahr. Vielleicht brennt irgendwann das Warptriebwerk aus. Nun, es sind auch noch schlimmere Konsequenzen denkbar...

Die allgemeine Anspannung auf der Brücke nahm merklich zu, als der Wandschirm die Tri-Sonne des Centauri-Systems zeigte: Alpha, ein gelber Stern, anderthalbmal so hell wie Sol und auch von der Erde aus zu sehen; Beta, eine orangefarbene Sonne, größer als Alpha, aber mit nicht annähernd so hoher Leuchtkraft; und schließlich Proxima, ein kleiner roter Zwerg, der Alpha umkreiste. Proxima Centauri war der unmittelbare stellare Nachbar Sols — jener Sonne, die das Leben auf der Erde ermöglichte und rund dreizehntausendmal heller strahlte. Die mittlere Entfernung zwischen dem Planeten Centaurus und Alpha betrug etwa zweihundert Millionen Kilometer; es würde noch eine Weile dauern, bis der Planet als blasser Fleck auf dem Wandschirm erschien.

Die *Enterprise* flog weiterhin mit Warp fünf, und Kirk wußte, daß er diesen Umstand in erster Linie dem Geschick seines Chefingenieurs Scott zu verdanken hatte, der die Materie-Antimaterie-Mischung noch immer stabil hielt. Sulu leistete ebenfalls einen wichtigen Beitrag: Er manövrierte das Schiff noch ›sanfter‹ als sonst und vermied dadurch zusätzliche Belastungen des Warpantriebs.

Trotzdem, dachte Kirk. *Bestimmt ist es nur noch eine Frage der Zeit, bis das Triebwerk ausfällt...*

Er sah wieder zum Projektionsfeld und beobachtete, wie die drei Sonnen allmählich größer wurden. Spock saß an der wissenschaftlichen Station, blickte in den Sichtschlitz des Scanners und kontrollierte die Subraum-Frequenzen. Uhura hielt sich ein Kom-Modul ans Ohr. Ab und zu vernahm sie kurzes Knacken und Knistern – verzerrte Signale oder die Radio-Stimmen der Sterne?

»Wir befinden uns jetzt im Alpha Centauri-System, Captain«, meldete Chekov.

Geschafft, dachte Kirk erleichtert. »Mr. Sulu, reduzieren Sie die Geschwindigkeit auf Warp eins und bringen Sie uns nach Centaurus«, sagte er. »Mr. Chekov, berechnen Sie den Kurs für einen Standard-Orbit. Ich möchte sofort in die Umlaufbahn einschwenken, ohne daß zusätzliche Flugmanöver erforderlich werden. Lieutenant Uhura, überwachen Sie wie abgesprochen die normalen Frequenzen. Uns trennen jetzt nur noch wenige Lichtstunden von Centaurus.«

Die Befehle wurden bestätigt, und daraufhin drehte Kirk seinen Sessel zur wissenschaftlichen Station um. »Haben Sie irgend etwas entdeckt, Mr. Spock?«

»Nein, Captain«, antwortete der Vulkanier und sah weiterhin in den Sichtschlitz. »Ich registriere hochenergetische Tachyonenstrahlung aus der Richtung des vierten Trabanten; wahrscheinlich geht sie von dem Explosionsort aus. Darüber hinaus stellen die Sensoren nicht ganz so starke Radioaktivität fest. Ihr Ursprung läßt sich nicht genau bestimmen; sie stammt entweder von der Oberfläche des Planeten oder aus seiner unmittelbaren Nähe. Die Auswertung der Daten dürfte uns exaktere Hinweise darauf geben, was hier geschah, aber ohne die Hilfe des Computers brauche ich wesentlich mehr Zeit für eine Analyse. Vermutlich haben wir Centaurus bereits erreicht, bevor ich Ihnen konkrete Ergebnisse vorlegen kann.«

»Captain«, warf Uhura ein. »Ich empfange einige schwache Signale im Kilohertz-Bereich.«

»Stellen Sie eine Audio-Verbindung her, Lieutenant«, sagte Kirk.

Kurz darauf tönten seltsame Geräusche aus den Brükkenlautsprechern. Dutzende von Stimmen erklangen, überlagert von statischem Rauschen.

»Können Sie das filtern?« fragte Kirk und runzelte die

Stirn. Er stand auf und trat an die Kommunikationskonsole heran.

»Ich versuche es, Sir«, erwiderte Uhura über die Schulter hinweg. »Ich muß die einzelnen Signale verstärken, um sie anschließend zu entzerren. Ein Teil der Sendungen, die wir jetzt hören, sind vier Jahre alt und stammen von der Erde sowie den anderen Planeten des Sol-Systems.«

Uhura betätigte einige Tasten, während ihre Kollegen schwiegen und die Ohren spitzten. Niemandem gelang es, die einzelnen Wortfetzen so zu verbinden, daß sich verständliche Sätze aus ihnen ergaben. Nach einer Weile wurden mehrere Filter aktiv, und das akustische Durcheinander erschien nicht mehr ganz so verwirrend. Uhura unterschied zehn Signalfolgen voneinander und leitete sie der Reihe nach ins Audio-System.

Kirk horchte. Jemand berichtete mit aufgeregt klingender Stimme von einem Baseballspiel zwischen den Tokio Giants und Dynamo Moskau — diese Sendung kam ganz offensichtlich von der Erde, und Uhura schaltete sofort um. Der zweite Sender befand sich irgendwo in Sols Asteroidengürtel; eine Stimme verkündete das aktuelle Nachrichten- und Musikprogramm für einsame Bergleute und Prospektoren.

Mit ihrem dritten Versuch traf Uhura ins Schwarze. Diesmal ertönte eine männliche, erschüttert klingende Stimme, und eine Zeitlang hörte ihr Kirk konzentriert zu. Ab und zu verstand er einige Worte, aber der Rest verlor sich im Knistern der Statik.

»Das dürfte Centaurus sein, Captain«, sagte Uhura. »Ich empfange die Signale auf einer alten Notfrequenz, und sie stammen eindeutig aus diesem Sonnensystem, vielleicht sogar vom vierten Planeten.«

»Ist eine zusätzliche Verstärkung möglich?« fragte Kirk.

»Ich glaube schon... Einen Augenblick! Dringlichkeitsnachricht von Mr. Scott!«

Nur einen Sekundenbruchteil später erzitterte die *Enterprise* so heftig, daß Kirk stolperte und zu Boden fiel. Mac-

Pherson saß nach wie vor an der technischen Station und fluchte lautstark.

»Captain!« rief der große Schotte. »Jetzt spielt *alles* verrückt! Die Materie-Antimaterie-Mischung des Warptriebwerks ist außer Kontrolle geraten, und... Ah, der Antrieb wurde gerade desaktiviert. Scotty ist wie üblich auf Draht.« MacPherson seufzte.

Die Lampen auf der Brücke flackerten und erloschen. Die Fluoreszenzkörper der Notbeleuchtung glühten in einem unheilverkündenden Rot.

Kirk stand wieder auf. »Audio-Kontakt mit Mr. Scott, Lieutenant!« sagte er.

»Aye, aye, Sir.« Uhuras Finger huschten über das Kommunikationspult. »Verbindung geschaltet.«

»Scotty?« fragte Kirk.

»Captain, das Warptriebwerk ist hin. Ausgebrannt. Mitsamt den Kristallen. Wir haben uns alle Mühe gegeben, Sir, aber die ständigen Energieschübe... Schließlich wurde es zuviel für meine armen Maschinen.«

»Läßt sich der Schaden irgendwie reparieren?« erkundigte sich Kirk.

»Ohne sorgfältig abgestimmte Dilithiumkristalle funktioniert kein Warpantrieb, Captain«, erwiderte Scott. »Sie sind praktisch der einzige Bestandteil des Triebwerks, auf den wir unter *keinen* Umständen verzichten können. Nun, uns steht nach wie vor Impulskraft zur Verfügung, Sir, aber damit sind schnelle Manöver nur begrenzt möglich, und wenn wir in ein Gefecht verwickelt werden...«

»Ich verstehe«, sagte Kirk. Er hatte mit einer solchen Auskunft gerechnet. »Nun, gut, Mr. Scott. Danke für Ihre Bemühungen. Kirk Ende.« Er drehte sich um. »Mr. Sulu, nehmen Sie die Kursdaten von Mr. Chekov in Empfang und steuern Sie Centaurus an. Volle Impulskraft.«

»Aye, aye, Sir«, bestätigte Sulu und sah auf seine Konsole herab. Das Raumschiff reagierte noch immer wie gewohnt auf die Kontrollen. »Alles in Ordnung. Captain.«

»Hoffen wir, daß es so bleibt«, brummte Kirk und nahm

wieder im Sessel des Befehlsstands Platz. »Uhura, schalten Sie wieder auf die centaurische Sendung um.«

»Aye, aye, Captain.« Uhura drückte eine Taste, und daraufhin erklang erneut die leise, vom Prasseln der Statik untermalte Stimme. Es dauerte nicht lange, bis das Rauschen nachließ, und plötzlich wurde die Stimme lauter.

»Hier ist die Zweite Verkehrsüberwachung in McIverton, Centaurus. Die Praktika werden hiermit verweigert. Ich wiederhole: Die Praktika werden hiermit verweigert. An alle Föderationsschiffe: Code Sieben Zehn. Ich wiederhole für alle Föderationsschiffe: Code Sieben Zehn.«

»Code Sieben Zehn?« Chekov hob verwundert den Kopf. »Man verbietet uns, den Planeten anzufliegen?«

»Ja, Mr. Chekov«, sagte Spock und richtete sich auf. »Die Verweigerung der ›Praktika‹ bezieht sich wahrscheinlich auf centaurische Schiffe. Es handelt sich um einen traditionellen Ausdruck aus der terranischen Seemannssprache. Damit wird einem Schiff untersagt, den Hafen anzulaufen.« Der Vulkanier beugte sich wieder über den Scanner. »Captain?«

Kirk schwang seinen Sessel herum. »Ja, Mr. Spock?«

»Während der Einsatzbesprechung wiesen Sie darauf hin, daß drei irdische Transporter mit Medikamenten und anderen Hilfsgütern Centaurus vor uns erreichen.«

»Ja.«

»Ich kann sie nicht orten. Aber im Orbit des Planeten treiben Wrackteile...«

Kirk riß schockiert die Augen auf. »Wissen Sie eigentlich, was Sie damit andeuten?«

»Ich glaube schon, Sir. Es ist noch nie vorgekommen, daß ein Föderationsplanet das Feuer auf Föderationsschiffe eröffnete, doch vielleicht haben wir es hier mit einem solchen Fall zu tun.«

Kirk hielt einige Sekunden lang die Luft an, ließ den Atem dann langsam entweichen und drehte sich wieder um. »Alarmstufe Rot, Mr. Sulu«, sagte er fest. Die entsprechenden Warnlichter glühten, und überall in der

Enterprise heulten Sirenen. »Alle verfügbare Energie in die Deflektoren. Lieutenant Uhura, versuchen Sie, den Sprecher in McIverton zu erreichen. Ich will mit ihm reden, und zwar sofort. Chekov, wie weit sind wir noch von Centaurus entfernt?«

»Eins Komma sechs Millionen Kilometer, Captain«, erwiderte der Navigator. »Die Distanz schrumpft rasch.«

»Bleiben Sie auf Kurs. Sulu, Waffenstatus.«

Der Steuermann sah auf sein Pult. »Wenn die gesamte Energie in die Schilde geleitet wird, haben unsere Phaser nur fünfzehn Prozent der normalen Kapazität, Captain. Und das nicht einmal sehr lange. Aber mit den Photonentorpedos gibt es keine Probleme. Wir müssen sie nur manuell aufs Ziel ausrichten.«

Kirk überlegte. *Das sollte eigentlich genügen, um mit irgendeinem Gegner fertig zu werden,* dachte er. *Die Schilde sind am wichtigsten. Wenn sie stabil bleiben, droht uns keine Gefahr. Außerdem: Es geht nicht darum, irgendwen anzugreifen. Zumindest* noch *nicht.* »Also gut«, brummte er. »Photonentorpedos in Bereitschaft, Mr. Sulu. Ich hoffe, Sie zielen so gut wie früher.«

»Captain...«, sagte Uhura. »Ich empfange Audio-Signale von einer Station, die sich als Kommunikationsministerium der centaurischen Regierung identifiziert. Ich habe die Sendung angepeilt, Sir. Sie stammt aus McIverton.«

Kirk nickte grimmig. »Also haben wir endlich einen Kontakt hergestellt. Wer ist mein Gesprächspartner?«

»Ein Mann namens Erikkson, Sir. Er bezeichnet sich als *Pro tempore*-Präsident.«

»Schalten Sie um.«

Uhura betätigte eine Taste, und Kirk sagte: »Hier ist Captain James T. Kirk von der U.S.S. *Enterprise.* Präsident Erikkson?«

Krrchkchk, machte es im Lautsprecher, während Kirks Stimme mit Lichtgeschwindigkeit durchs All raste, getragen von einer modulierten Kurzwelle. Der Captain war an schnelle Antworten bei der Subraum-Kommunikation gewöhnt, und die kurze Verzögerung ärgerte ihn.

Schließlich kam die Antwort. »Captain Kirk, hier spricht Erikkson. Ich habe keine Zeit, Ihnen Einzelheiten mitzuteilen! Es gilt Code Sieben Zehn. Halten Sie sich um Himmels willen von Centaurus fern!«

Überrascht nahm Kirk das nervöse, besorgte Vibrieren in der Stimme des Präsidenten zur Kenntnis. »Würden Sie mir bitte erklären, warum...«

Genau in diesem Augenblick steuerte Sulu die *Enterprise* in einen Standardorbit über dem vierten Planeten — und eine gewaltige Explosion erschütterte das Raumschiff.

Kapitel 7

Gregory's Landing

Über dem kleinen Urlaubsort Gregory's Landing spannte sich der gleiche Nachthimmel wie über den Städten der Erde. Der einzige Unterschied bestand in anderen Planeten, die als winzige Scheiben leuchteten – und einem hellen Stern namens Sol im Sternbild der Kassiopeia. Auch der rote Zwerg Proxima Centauri kroch übers Firmament, aber sein düsteres Glühen genügte nicht, um die Finsternis zu verdrängen. Am südlichen Horizont kündete ein matter, trüber Widerschein von den Millionen Lichtern der Stadt McIverton, und im Westen erstreckte sich ein schwarzes Meer.

Alles schien zu ruhen.

Doch fünf Männer schliefen nicht. Sie versteckten sich in einem alten Haus an der Ulmenstraße im südlichen Teil der Stadt. Schon seit Stunden hockten sie in einem dunklen Zimmer, und sie sprachen nur selten miteinander. Zwei von ihnen rauchten eine Zigarette nach der anderen. Die Luft schmeckte schal und roch nach Schweiß.

Was ihnen auch durch den Kopf gehen mochte: Jähes, helles Licht unterbrach ihre Gedankengänge. Es drang durch schmale Spalten zwischen den einzelnen Segmenten der hölzernen Fensterläden. Ein Mann erhob sich, trat ans Fenster heran, öffnete es und sah nach draußen.

»Hoch oben«, sagte er. »Eine Explosion weit über Centaurus.«

»Machen Sie die Läden wieder zu, Max. Beim nächstenmal fragen Sie mich gefälligst, bevor Sie die Dinger aufklappen.«

Max' Pupillen weiteten sich in plötzlicher Furcht, und er nickte hastig. »Ja, Sir«, erwiderte er unterwürfig. »Natürlich, Sir.«

Seine Antwort galt einem dicklichen, ruhigen und etwa fünfzig Jahre alten Mann, der einen Anzug samt Krawatte trug und die Nervosität seiner Begleiter nicht zu teilen schien. Er winkte kurz und drehte den Kopf. »Noch ein Raumschiff«, sagte er. »Schalten Sie das Tri-Vid ein, Dave. Mal sehen, was die Nachrichten darüber bringen.«

Dave befeuchtete sich unruhig die Lippen, stand auf und ging zu einer kleinen Kontrolltafel an der Wohnzimmerwand. Dort betätigte er einen Schalter, und in der gegenüberliegenden Zimmerecke entstand ein holografisches Feld. Innerhalb weniger Sekunden bildeten sich Konturen in dem bunten, gestaltlosen Wogen: eine Frau, die hinter einem Schreibtisch saß und mehrere Blätter in den Händen hielt. Unter dem eingeblendeten Symbol des Senders leuchteten mehrere Buchstaben: NNN – NANS NEUESTE NACHRICHTEN.

Das Bild flackerte mehrmals.

»Es gibt noch immer starke Interferenzen, Mr. Barclay.«

»Hmm.«

Dave drehte einige Regler, und daraufhin wurde das Bild ein wenig klarer. Er erhöhte die Lautstärke. Statisches Rauschen und ein dumpfes Brummen begleiteten die Stimme der Frau. »Es tut mir leid, Mr. Barclay, aber besser ist der Empfang leider nicht.«

»Vielleicht verstehe ich sogar etwas, wenn Sie endlich aufhören zu schwatzen.«

». . . und der Verteidigungsminister haben die jüngste Katastrophe bestätigt. Die Explosion der drei medizinischen Hilfsschiffe konnte selbst am Tag in der ganzen nördlichen Hemisphäre beobachtet werden. Der Minister teilt mit, daß sich an Bord der zerstörten Schiffe jeweils fünfzig Besatzungsmitglieder und dreihundert Ärzte und Krankenschwestern befanden. Niemand von ihnen hat überlebt. Wie aus gutunterrichteten Kreisen in McIverton verlautet, wurden die drei terranischen Transporter von Atomraketen vernichtet, als sie in die Umlaufbahn schwenkten. Die Sprengkraft betrug mehr als fünfzig Megatonnen . . .«

»Das gehörte nicht zum Plan«, murmelte Barclay leise.

»...flogen sie Centaurus trotz einer Warnung auf den Notfrequenzen an. Offenbar sind die entsprechenden Frequenzen nicht kontrolliert worden, da sie nur selten Verwendung finden. Normale Subraum-Kommunikation ist seit der Materie-Antimaterie-Annihilation in New Athens unmöglich.«

Die Frau zögerte kurz und nahm ein neues Blatt zur Hand. »Die Regierung hat noch immer keine Zahlen in Hinsicht auf die Opfer in der zerstörten Hauptstadt genannt, aber inoffizielle Schätzungen gehen von mindestens neunhunderttausend Toten aus...«

Drei Männer im Zimmer schauderten. Barclay und der fünfte Mann sahen weiterhin ins Projektionsfeld.

»...ist die Anzahl der Verletzten vermutlich etwas geringer. Die Regierung betont, daß den Überlebenden in New Athens so schnell wie möglich Hilfe geschickt wird. Als die Vernichtung der drei medizinischen Hilfsschiffe bekannt wurde, wandte sich ein Sprecher des Gesundheitsministeriums mit folgenden Worten an den New American Nachrichtendienst: ›Ich weiß beim besten Willen nicht, wie wir allein mit den Folgen der Katastrophe fertig werden sollen.‹«

Die Frau blickte auf einen kleinen Monitor und las eine Meldung. »Diese Mitteilung traf gerade ein: Es kam zu einer vierten nuklearen Explosion im Standardorbit. Augenzeugen an der Westküste berichten, daß sie über der neuen Hauptstadt McIverton stattfand...«

Barclay beugte sich ein wenig vor und forderte seine Begleiter mit einem kurzen Wink auf, weiterhin zu schweigen. Die Frau zögerte kurz, und ihr Blick galt noch immer dem Monitor.

»...bestätigt das Verteidigungsministerium den Vorfall. In einer kurzen Verlautbarung heißt es, der neuerliche Raketenstart sei von einem Raumschiff der Föderation ausgelöst worden, das wie die drei terranischen Hilfsschiffe versuchte, in eine Umlaufbahn zu schwenken. Der Name des

Kreuzers wird nicht genannt, doch das Ministerium weist darauf hin, daß man während eines kurzen Kom-Kontakts unmittelbar vor der Explosion eine Warnung übermittelte. Seitdem besteht keine Verbindung mehr zu dem Raumschiff.«

»Na schön«, sagte Barclay. »Das genügt.«

Dave desaktivierte den holografischen Projektor.

»Nun gut, meine Herren«, wandte sich Barclay an die vier anderen Männer. »Die Föderation ist aufmerksam geworden, und damit haben wir ja gerechnet. Es spielt keine Rolle, ob das erste Schiff zerstört wurde oder nicht – bestimmt treffen bald weitere ein. Mit anderen Worten: Es wird Zeit, unseren Ausweichplan in die Tat umzusetzen. Haben Sie die Zeitung, Max?«

»Ja, Mr. Barclay.«

»Geben Sie gut darauf acht. Sie wird Ihnen und Dave nützlich sein. Morgen früh wenden Sie sich in McIverton an den Mann, dessen Namen ich Ihnen nannte. Richten Sie ihm meine Botschaft aus. Und bleiben Sie bei ihm, bis ich persönlich mit ihm sprechen kann.«

»Sir...«, begann Max skeptisch und suchte nach den richtigen Worten. »Wie verhalten wir uns, wenn er nicht kooperieren will?«

»Dann töten Sie ihn und verlassen sofort die Stadt«, erwiderte Barclay unbewegt. »Aber ich bin ziemlich sicher, daß er auf unser Angebot eingeht. Sein Psychoprofil bestätigt diese Annahme. Und noch etwas, Max... Wenn Sie oder Dave auch nur ein Wort mehr sagen als vereinbart, so bekommen Sie später allen Grund, das zu bereuen. Verstanden?«

Max und Dave nickten. »Ja, Sir.«

Barclay schürzte kurz die Lippen. »Die Schlüssel für den Gleiter liegen auf dem Couchtisch. Brechen Sie gleich auf. Sie müßten McIverton etwa eine Stunde nach dem ersten Sonnenaufgang erreichen. Ich möchte, daß Sie sich noch vor dem Frühstück mit der betreffenden Person in Verbindung setzen. Nun, worauf warten Sie noch?« Er deutete auf die Tür. Max griff nach den Schlüsseln, und Dave folgte ihm eilig nach draußen. Hinter ihnen schloß sich die Tür.

»So«, brummte Barclay und sah die beiden anderen Männer an. »Jetzt wird's Zeit, das zweite Versteck aufzusuchen. Wir müssen die Möglichkeit berücksichtigen, daß Max und Dave verhaftet werden, und ich bezweifle, ob sie bei einem Verhör dichthalten.«

Kapitel 8

Die *Enterprise*

Nur die Schilde bewahrten das große Raumschiff vor der Zerstörung.

Captain Kirk hatte noch während des Anflugs Alarmstufe Rot veranlaßt, und dadurch wurden automatisch die Deflektoren aktiviert. Jim erzitterte innerlich, als er sich vorstellte, was ohne stabile Schutzfelder geschehen wäre: Seine Phantasie zeigte ihm eine *Enterprise,* die nur noch in Form von Wrackteilen und Metallfragmenten existierte.

Doch die energetische Belastung war so groß, daß ein Teil der destruktiven Kräfte das Abschirmfeld durchdrang und die Außenhülle des Raumschiffs erreichte. Die Trägheitsabsorber fielen für einige Sekunden aus, was nicht ohne Folgen blieb.

Kirk wurde zu Boden geschleudert, schüttelte benommen den Kopf und stand auf. Einige der Brückenoffiziere hatten ebenfalls den Halt verloren und stemmten sich in die Höhe.

»Sulu!« rief der Captain. »Was ist mit unserem Flug-Status?«

Der Steuermann saß bereits wieder an seiner Konsole. »Wir befinden uns nach wie vor im Standardorbit, Sir. Was auch immer uns angriff — es hat keine Geschwindigkeitsveränderungen verursacht.«

»Gut. Halten Sie die Schilde stabil — volle Notenergie. Chekov, nehmen Sie eine Sensorerfassung vor; ich möchte nicht noch einmal eine solche Überraschung erleben.« Kirk sah sich auf der Brücke um. Funken stoben aus einigen Pulten; hier und dort wallte beißender Rauch. *Elektrische Überladung und Kurzschlüsse in den Schaltsystemen,* dachte er und wollte gerade neue Anweisungen geben, als die Automatik reagierte: Grauer Dunst drang aus den

Löschdüsen — ein Gas, das schwerer war als Luft und auf die beschädigten Konsolen herabsank. Hier und dort züngelten kleine Flammen, doch der farblose Nebel erstickte das Feuer sofort. *Leider kann er nicht die angerichteten Schäden reparieren.*

»Captain...«, sagte Spock. »Es handelte sich um eine Atomexplosion, hervorgerufen von einem nuklearen Sprengkopf, dessen Wirkung ich mit fast fünfzig Megatonnen Trinitrotoluol...«

TNT klingt wesentlich einfacher, fuhr es Kirk durch den Sinn.

»...berechnet habe. Ich versuche gerade, einen Schadensbericht vom Computer zu bekommen«, fuhr der Vulkanier fort. »Die Explosion fand etwa sechzig Meter vor der Backbord-Warpgondel statt, und die Feldstärke der Deflektoren hat sich um dreiundvierzig Prozent verringert. Wir haben nicht genug Energiereserven, um einen zweiten Angriff dieser Art zu überstehen.« Spock zögerte kurz. »Durch die starke Erschütterung bekommen wir es wieder mit den Problemen zu tun, die Mr. Scott und Ingenieur MacPherson mit improvisierten Reparaturen lösen konnten.«

Die Worte des wissenschaftlichen Offiziers fanden eine sofortige Bestätigung: Die Lampen auf der Brücke flackerten, und MacPherson schnaufte leise, wandte sich den technischen Kontrollen zu. Er betätigte mehrere Tasten und Schieberegler, bis die Leuchtkörper wieder gleichmäßiger glühten.

»Konzentrieren Sie sich in erster Linie auf Luftzirkulation und künstliche Schwerkraft, Ingenieur«, sagte Kirk. »Das hat absoluten Vorrang.«

»Aye, Sir«, erwiderte der große Schotte. »Alles andere *muß* warten, wenn Sie mir diese Bemerkung gestatten. Die meisten Ersatzsysteme sind durch Kurzschlüsse ausgefallen, und ich nutze jede nur denkbare Möglichkeit, um die Energieversorgung sicherzustellen. Ich gebe mir alle Mühe, Captain.«

Kirk sah auf den großen Wandschirm, der einen vertrauten Anblick bot. In der oberen Hälfte des Projektionsfelds leuchteten Sterne, und unten wölbte sich ein blaugrüner Planet. Der Captain hielt vergeblich nach verdächtigen Bewegungen Ausschau. »Orten Sie irgendwelche Flugkörper, Mr. Chekov?«

»Negativ, Sir«, antwortete der Navigator. »Die Nah- und Fernbereichssensoren zeigen nichts an.«

Kirk nickte, hinkte zum Befehlsstand, nahm im Kommandosessel Platz und schwang ihn zur Kommunikationsstation herum. »Haben wir noch immer eine Kom-Verbindung zur Krankenstation, Lieutenant?«

Uhura schüttelte den Kopf. »Kein Kontakt mehr, Captain. Es läßt sich nicht ein einziger Kom-Kanal öffnen. Ich habe bereits darum gebeten, die Sektionsleiter und ihre engsten Mitarbeiter mit Kommunikatoren auszurüsten, aber die Verteilung wird eine Weile dauern, da alle Transportröhren ausgefallen sind. Zum Glück haben wir hier einige Geräte – für den Notfall.« Uhura löste eine Bodenplatte und holte mehrere Instrumente aus dem Fach darunter. Eins davon warf sie Kirk zu, der es geschickt auffing.

»Danke«, sagte Kirk.

»Mr. Spock?« rief Uhura. »Hier ist Ihr Kommunikator.« Sie holte kurz aus, und das kleine Gerät flog in Richtung der wissenschaftlichen Station. Spock griff danach, ohne den Blick vom Sichtschlitz des Scanners abzuwenden. »Danke, Lieutenant. Ich kann ihn gut gebrauchen.«

Die übrigen Kommunikatoren bekamen Sulu, Chekov, MacPherson und der diensthabende Sicherheitsoffizier. Kirk klappte seinen auf. »Brücke an Krankenstation. Hörst du mich, Pille?«

Eine müde Stimme erklang. »Ja, Jim. Ich trage dieses Gerät bei mir, seit Scotty meinte, andere Dinge seien weitaus wichtiger als die Reparatur der Interkom-Kanäle. Was hast du auf dem Herzen?«

»Gib mir bitte einen Lagebericht. Wie sieht's bei dir aus?«

»Oh, nicht ganz so schlimm, wie du vielleicht glaubst«, erwiderte McCoy. »Wenn man den Ambiente-Kontrollen vertrauen kann, wurde die Außenhülle des Schiffes von primärer und sekundärer Strahlung getroffen. Stärke neun. Die Explosion muß in unmittelbarer Nähe stattgefunden haben...«

»Ja, das stimmt.«

»Aber *im* Schiff ist keine nennenswerte Radioaktivität feststellbar. Sei unbesorgt. Strahlung der Stärke neun in den externen Segmenten bringt uns nicht in Gefahr. M'Benga und einige Krankenschwestern machen gerade eine Tour durchs Schiff, um festzustellen, ob jemand medizinische Hilfe braucht. Bisher haben sie nur Prellungen und ein paar blaue Flecken gemeldet – Besatzungsmitglieder, die bei der Erschütterung den Halt verloren und an Wände stießen oder was weiß ich. Keine ernsten Fälle. Wir werden innerhalb kurzer Zeit damit fertig. Ich erstelle so bald wie möglich eine Krankenliste. Wie ist die Situation auf der Brücke?«

»Normal – sieht man von den Schwierigkeiten ab, die uns der Ausfall des Computers beschert.« Kirk seufzte leise. »Äh, mein Knie schmerzt.«

»Das rechte?«

»Ja. Aber inzwischen geht es schon wieder.«

»Ich sehe es mir später an. Wenn ich daran denke, wieviel Arbeit ich damals in dein Bein investiert habe... Achte darauf, das Knie nicht zu sehr zu belasten. Und komm hierher, sobald du Gelegenheit dazu findest. McCoy Ende.«

Kirk klappte den Kommunikator zu.

»Captain«, sagte Uhura, »ich empfange noch immer lichtschnelle Radio-Signale vom Kommunikationsministerium in McIverton. Jemand versucht, einen Kontakt mit uns herzustellen, und er klingt ziemlich aufgeregt, Sir.«

»Aktivieren Sie das Audio-System«, sagte der Captain. Und nachdem Uhura eine Taste betätigt hatte: »Hier ist Kirk von der *Enterprise.* Ich höre Sie, McIverton.«

»Kirk! Hier spricht Erikkson. Dem Himmel sei Dank, daß Sie noch leben! Wir haben die Explosion gesehen und dachten...«

»Es hätte uns fast erwischt. Was zum...« Der Captain zwang sich zur Ruhe. »Was ist hier eigentlich los, Mr. President?«

»Captain...«, erwiderte Erikkson. Seine Stimme überschlug sich fast. »Seit der Zerstörung von New Athens spielt unser planetares Verteidigungssystem verrückt. Wir haben immer wieder versucht, es unter Kontrolle zu bringen — ohne Erfolg. Es greift jedes Raumschiff an, das sich dem Planeten nähert, und wir können es nicht daran hindern. Wir wollten Sie warnen, aber die Zeit war zu knapp.«

»Ja«, brummte Kirk. »Wir empfingen Ihre Nachricht zu spät. Bitte fahren Sie fort.«

»Die Subraum-Kommunikation ist aufgrund der Tachyonenstrahlung nicht mehr möglich«, sagte der centaurische Präsident. »Ich benutze derzeit ein antiquiertes Funkgerät, das der Kommunikationsminister aus dem Kolonialmuseum holte. Es hat eine nur begrenzte Reichweite, aber wenigstens sind wir damit imstande, den Störmantel der Interferenzen zu durchdringen.«

»Das Verteidigungssystem...«, warf Kirk ein. »Was ist damit nicht in Ordnung? Warum greift es ein Föderationsschiff an?«

»Es ähnelt den Defensivsystemen auf den meisten Föderationswelten«, erklärte Erikkson. »Wir benutzen Atomraketen mit Multimegatonnen-Sprengköpfen, um gegen Angriffe aus dem All gewappnet zu sein. Die Verteidigungszentrale befindet sich in der Nähe von New Athens. Unser Generalstab meint, durch die Materie-Antimaterie-Annihilation seien die Daten- und Programmkomplexe in den Kontrollcomputern durcheinandergeraten; deshalb wird jedes Schiff, das sich dem Planeten nähert, als feindlich identifiziert.«

»Läßt sich das System nicht irgendwie desaktivieren?« fragte Kirk.

»Normalerweise ja, Captain«, entgegnete Erikkson. »Aber unsere Bemühungen führten zu keinem konkreten Ergebnis. Der Neutralisierungscode wurde inzwischen mindestens hundertmal gesendet, aber die Verteidigungszentrale ignoriert ihn einfach. Wir haben auch Techniker und Spezialisten geschickt, aber offenbar ist es ihnen noch nicht gelungen, das System neu zu programmieren oder stillzulegen.«

In der Stimme des Präsidenten ließ sich ein seltsames Vibrieren vernehmen.

»Beruhigen Sie sich«, sagte Kirk. »Ich zweifle keineswegs daran, daß Sie alle notwendigen Maßnahmen eingeleitet haben.« *Himmel, Erikkson steht dicht vor einem Nervenzusammenbruch,* dachte er. *Wahrscheinlich hat er in den vergangenen Stunden viel durchgemacht.*

Der centaurische Präsident legte eine kurze Pause ein und fuhr dann etwas ruhiger fort: »Nach der Zerstörung von New Athens peilte das Verteidigungssystem alle größeren Objekte im Orbit an und vernichtete sie: Frachter, Passagierschiffe, Shuttles, Satelliten und so weiter. Es herrschte ein geradezu unvorstellbares Chaos. Die meisten Angehörigen der Regierung starben in New Athens, darunter auch der alte Präsident und sein Stellvertreter. Ich gehörte als Außenminister zum früheren Kabinett. Zusammen mit zwei Staatssekretären besuchte ich einige Verwaltungszentren an der Westküste, als die Nachricht von der verheerenden Explosion im Bereich des Raumhafens eintraf. Seitdem versuche ich, eine neue administrative Organisation zu schaffen und einigermaßen normale Verhältnisse wiederherzustellen. Ich mußte eine neue Regierung aus Leuten zusammenstellen, die wissen, worauf es unter den gegenwärtigen Umständen ankommt. Leider stellt mir die Bürokratie immer wieder Hindernisse in den Weg.

Als klar wurde, daß die Verteidigungszentrale alles angreift, was sich in der Umlaufbahn befindet, veranlaßte ich Code Sieben Zehn. Kurz darauf trafen die drei terranischen Hilfsschiffe ein. Wir orteten sie und versuchten natürlich, sie zu warnen – aber offenbar kontrollierten sie nicht die alten Notfrequenzen. Wir mußten hilflos beobachten, wie die Transporter im atomaren Feuer verglühten, Captain. Es war... schrecklich.«

»Nun, was dieses Problem betrifft, können wir sofort etwas unternehmen«, sagte Kirk. »Lieutenant Uhura, wie stark sind die Interferenzen in den Subraum-Kommunikationskanälen?«

»Die Tachyonenstrahlung verhindert nach wie vor, daß uns überlichtschnelle Signale vom Planeten erreichen«, antwortete die dunkelhäutige Frau. »Inzwischen sind wir Centaurus so nahe, daß praktisch alle Frequenzen blokkiert sind. Aber es müßte eigentlich möglich sein, Starbase Sieben eine Nachricht zu übermitteln.«

»Ausgezeichnet.« Kirk nickte. »Richten Sie dem Kommandanten der Starbase meine besten Grüße aus, et cetera. Äh, teilen Sie ihm mit, daß ich Centaurus mit Erlaubnis der planetaren Regierung unter Quarantäne gestellt habe. Bis auf weiteres sollen sich alle Raumschiffe von Alpha Centauri IV fernhalten. Die *Enterprise* beginnt mit ihrer Hilfsmission. Fügen Sie einen Statusbericht hinzu. Gezeichnet James T. Kirk. Oh, und noch etwas: Die Meldung soll an Starfleet Command weitergeleitet werden.«

»Danke, Captain.« Erikkson seufzte. »Damit nehmen Sie mir eine große Last von der Seele. Haben Sie vielleicht irgendeine Idee, wie wir das Verteidigungssystem desaktivieren können? Der zuständige Minister sitzt neben mir, und der Minister für Innere Sicherheit ist ebenfalls zugegen. Wir sind für jeden Vorschlag dankbar, Captain.« Die Stimme des Präsidenten klang jetzt fast flehentlich.

Kirk drehte den Kommandosessel zur wissenschaftlichen Station herum und richtete einen fragenden Blick auf Spock. Als der Vulkanier nickte, sagte er: »Wenn Sie gestatten, erteile ich meinem Ersten und wissenschaftlichen Offizier Spock das Wort.«

»Natürlich, selbstverständlich«, entgegnete Erikkson sofort. »Mr. Spock, zuerst möchte ich Ihnen meine beiden

Begleiter vorstellen: den Minister für Innere Sicherheit Nathaniel Burke und Verteidigungsminister Daniel Perez.« Die Centaurier brummten kurz.

»Ich grüße Sie, meine Herren«, sagte Spock höflich. »Minister Perez, haben Sie bereits die Möglichkeit erwogen, einen direkten Angriff auf das Verteidigungszentrum zu unternehmen?«

»Ja«, bestätigte Perez. »Aber wir halten so etwas für aussichtslos. Commander, die Kontrollcomputer befinden sich in einem abgeschirmten Gewölbe vierhundert Meter tief im Boden. Mit Atombomben läßt sich gewiß nichts dagegen ausrichten — das Verteidigungszentrum wurde so konstruiert, daß es selbst die stärksten nuklearen Explosionen übersteht. Um den Kern der Anlage zu zerstören, müßten wir mehrmals Annihilationswaffen einsetzen, und daran kann wohl niemandem gelegen sein.«

»In der Tat«, sagte Spock. »Das verstehe ich durchaus. Nun, was geschah, als Sie den Desaktivierungscode sendeten?«

Perez stöhnte leise. »Es erfolgte überhaupt keine Reaktion. Die Computer beachten das Signal nicht. Bei der Programmierung gingen wir von folgender Annahme aus: Jeder angreifende Feind wird versuchen, das Verteidigungssystem mit willkürlich ausgewählten Codes zu verwirren. Deshalb werden die Neutralisierungssignale von einem Zufallsgenerator erzeugt und mehrmals überprüft, bevor sie eine Stillegung des ganzen Systems bewirken. Unsere Fachleute sind der Ansicht, daß irgendein Element im Verifikationsprozeß fehlt, und deshalb werden *alle* Codefolgen ignoriert.«

»Anders ausgedrückt: Für die Computer gilt der Verteidigungsfall, weil sie keinen Neutralisierungscode empfangen.« Spock nickte langsam. »Sie werden auch weiterhin alle Schiffe angreifen, die sich Centaurus nähern.«

Der Vulkanier überlegte und hob die rechte Braue. Nach einigen Sekunden wandte er sich an Kirk. »Captain, dem ersten Angriff auf uns folgte kein zweiter. Dieser Umstand läßt den Schluß zu, daß die Computer der Verteidigungszentrale von der irrigen Annahme ausgehen, die *Enterprise* sei vernichtet — oder sie sehen keine Gefahr mehr in uns. Was auch zutreffen mag: Alles deutet auf starke Beschädigungen der elektronischen Logikzentren hin, und das gibt uns vielleicht einen Ansatzpunkt. Wenn unser Bordrechner voll funktionsfähig wäre, könnte ich mit einer umfassenden Analyse beginnen und ein baldiges Ergebnis erwarten. Angesichts der derzeitigen Situation bleibt mir nichts anderes übrig, als eine unmittelbare Untersuchung des planetaren Verteidigungssystems vorzunehmen.«

Kirk dachte darüber nach. »Bitte gedulden Sie sich ein wenig, Mr. President. Wir müssen hier etwas besprechen.«

»Wir warten«, erwiderte Erikkson.

Kirk holte seinen Kommunikator hervor und klappte ihn auf. »Brücke an Maschinenraum. Scotty?«

Nach einigen Sekunden meldete sich der Chefingenieur. »Aye, Captain. Hier Scott.«

»Haben wir genug Energie, um Mr. Spock und, äh, zwei Techniker auf den Planeten zu beamen?«

»Nun, an Energie mangelt es nicht, Captain. Probleme ergeben sich in erster Linie durch die reduzierte Kapazität des Bordcomputers. Ich habe neue Schaltverbindungen hergestellt, um die Einsatzbereitschaft des Transporters zu gewährleisten, aber durch die Erschütterungen von vorhin wurden mehrere Systemkomponenten beschädigt, unter anderem auch die Kompensatoren. Ich kann eine Landegruppe losschicken, doch es gibt keine Garantie dafür, daß sie auf Centaurus rematerialisiert.«

Spock hob den Kopf. »Ich bin bereit, ein solches Risiko einzugehen, Captain. Allein.«

»Entschuldigen Sie bitte, Mr. Spock«, antwortete Scott sofort. »Aber es wäre kein Risiko, sondern eine sichere Katastrophe. Werfen Sie einen Blick auf Ihre Anzeigen — Sie wissen ebensogut wie ich, was die Gleichungen bedeuten.«

Spock nickte langsam. Er hatte die Transporterdaten bereits geprüft — sie waren unmißverständlich.

»Captain? Ich könnte ein Shuttle benutzen.«

Kirk winkte ab. »Kommt nicht in Frage. Zwar ist die *Enterprise* von weiteren Angriffen verschont geblieben, aber das Verteidigungssystem ortet alle Flugkörper, die sich dem Planeten nähern. Erikkson wies darauf hin, daß es auch Raumfähren als feindlich einstuft.«

»Nun, Captain, ich sehe drei Möglichkeiten«, erwiderte der Vulkanier. »Erstens: Die Kontrollcomputer halten uns für vernichtet und verzichten deshalb auf einen zweiten Angriff. Aus dem gleichen Grund ignorieren sie auch ein Shuttle, das die *Enterprise* verläßt. Vielleicht würde es als besonders großes und massives Wrackteil identifiziert. Wenn diese Hypothese stimmt, reagiert die Verteidigungszentrale nicht auf uns, ganz gleich, was wir unternehmen. Für sie existieren wir nicht mehr.«

Der Vulkanier zögerte. »Zweitens: Das Verteidigungssystem ortet die Fähre, klassifiziert sie als feindliches Raumschiff und startet eine Atomrakete. Ich möchte allerdings darauf hinweisen, daß nur deshalb ein Angriff auf uns stattfand, weil den Computern genug Zeit für Kursberechnungen und das Einleiten von Defensivmaßnahmen blieb. Die plötzliche Präsenz des Shuttles wird in jedem Fall eine Überraschung sein, und es könnte sicher die Atmosphäre erreichen, bevor das VS reagiert. In diesem Fall ergäbe sich keine Gefahr für die *Enterprise.* Außerdem lassen sich mit einer Fähre rasche Ausweichmanöver durchführen.«

»Und die dritte Möglichkeit?« fragte Kirk.

»Das Verteidigungssystem ortet das Shuttle und gelangt zu dem Schluß, daß die *Enterprise* nicht zerstört wurde, woraufhin es zwei Raketen startet, um die beiden vermeintlichen Feindschiffe zu vernichten.«

»Hmm«, machte Kirk. »Welche Wahrscheinlichkeit besteht dafür, einen neuerlichen Angriff auf unser Schiff zu vermeiden?«

Spock wirkte noch immer völlig gelassen. »Ich weiß es nicht, Captain. Mir fehlen Daten. Aber es *ist* notwendig, daß ich mir die Verteidigungszentrale aus der Nähe ansehe. Und da ich nicht den Transporter benutzen kann, muß ich mit einem Shuttle vorliebnehmen.«

Kirk spielte mit dem Gedanken, Spocks Vorschlag abzulehnen, um keine Risiken für die *Enterprise* heraufzubeschwören. Aber er überlegte es sich anders.

»Na schön«, sagte er schließlich. »Erlaubnis erteilt. Und noch etwas: Ich begleite Sie.«

Kapitel 9

Über Centaurus

Uhura ließ ihren Blick durch den Kontrollraum schweifen und lehnte sich im Kommandosessel zurück, der nun ihr gehörte. Sie versuchte sich einzureden, überhaupt nicht nervös zu sein, aber die Symptome waren eindeutig: leichte Übelkeit, beschleunigter Atemrhythmus, Kopfschmerzen und feuchte Handflächen.

Trotzdem fühlte sie sich gut.

Ich kann es noch immer nicht fassen, dachte sie. *Ich sitze hier im Befehlsstand und nehme den Platz des Captains ein.*

Uhura fand Gefallen daran. Manchmal gewann sie den Eindruck, daß alle Besatzungsmitglieder irgendwann den Kommandanten der *Enterprise* vertreten hatten, selbst der — imaginäre — Spucknapfreiniger dritter Klasse. Sie bildete die einzige Ausnahme. Das Problem war keineswegs ihr Rang — als Lieutenant und Brückenoffizier gehörte sie zur Kommandohierarchie des Schiffes. Es bestand vielmehr darin, daß die Kommunikationsstation jederzeit besetzt sein mußte.

Doch diesmal hatte Uhura das große Los gezogen. Kirk, Spock, Sulu, Chekov und einige andere Männer flogen nach Centaurus. Mr. Scott galt zwar als Brückenoffizier, und normalerweise hätte er in Abwesenheit des Captains das Kommando über die *Enterprise* erhalten, aber er war vollauf damit beschäftigt, die Bordsysteme zu reparieren und weiteren Kurzschlüssen in der Verkabelung vorzubeugen. Sein Stellvertreter MacPherson ging ihm dabei zur Hand. Dr. McCoy war von seiner Qualifikation her nicht geeignet, Kirks Platz einzunehmen; außerdem wurde er in der Krankenstation gebraucht.

Der Captain hätte natürlich einen der dienstfreien Offiziere auf die Brücke beordern können, aber statt dessen wandte er sich an Uhura.

»Die Umstände sind nicht besonders angenehm, Lieutenant«, sagte er. »Wir müssen ständig mit neuen Zwischenfällen rechnen, aber ich bin sicher, daß ich mich auf Sie verlassen kann. Ich habe nur einen Befehl für Sie: Wenn das Schiff angegriffen wird, so versuchen Sie, die Atomrakete rechtzeitig unschädlich zu machen. Falls das nicht möglich ist...« Kirk holte tief Luft. »In dem Fall steuern Sie die *Enterprise* aus dem Orbit und geben maximalen Schub auf die Impulstriebwerke. Wir kommen auch allein zurecht – kümmern Sie sich um mein Schiff. Alles klar, Lieutenant?« Er lächelte, verneigte sich andeutungsweise und deutete auf den Befehlsstand.

Und Uhura setzte sich in den Kommandosessel.

Was soll ich jetzt machen? dachte sie unsicher und überlegte einige Sekunden lang. *Nun, ich könnte versuchen, einen Befehl zu geben oder so...*

Sie wandte sich an Diana Octavia Siobhan ›Dossie‹ Flores, die an Chekovs Pult saß und die Pflichten des Navigators *und* Steuermanns wahrnahm. »Was zeigen die Sensoren, Flores?«

»Keine Flugkörper, die sich uns nähern, Ma'am.«

Na, ist doch gar nicht so schwer, Kommandantin zu sein, oder? Uhura lächelte zufrieden, senkte den Kopf und sah auf das digitale Chronometer in der Armlehne. *Die beiden Shuttles starten bald. Wenn der Plan des Captains nicht funktioniert... Nein, denk nicht darüber nach. Bestimmt geht alles gut.* Uhura sah sich erneut um. Die wissenschaftliche Station war unbesetzt, und mitten auf dem Kommunikationspult stand ein großer, häßlicher Metallkasten mit diversen Kontrollvorrichtungen. Während Uhura das Kommando führte, nahm Lieutenant Sergei Dominico ihren Platz ein. Sie beobachtete, wie er Tasten drückte, Schieberegler betätigte, Frequenzregler bediente und nach Subraum-Signalen von Centaurus suchte. *Ein fähiger Mann. Er kennt sich mit der Kom-Technik aus.*

MacPherson saß an der technischen Konsole. Die eine Hand huschte immer wieder über Sensorpunkte und Schalteinheiten, und in der anderen hielt er einen Kommunikator. Das Gerät verband ihn mit Scott, der irgendwo durch die elektronischen Eingeweide des Schiffes kroch.

Und nun? dachte Uhura. *Es wäre ziemlich dumm, noch einmal zu fragen, was die Sensoren anzeigen, nicht wahr? Wie würde sich der Captain an meiner Stelle verhalten? Oh, ich weiß ...* Sie blickte auf die Kontrollen in der Armlehne und blinzelte verwirrt. *Himmel, ich habe ihn tausendmal dabei beobachtet, und jetzt erinnere ich mich nicht mehr an den richtigen Schalter? Reiß dich zusammen. Oder willst du zum Spott deiner Kollegen werden?*

Schließlich fiel es ihr ein. *Ah, ja. Diese Taste, um die Interkom-Kanäle zu blockieren — obwohl das überhaupt nicht nötig ist. Dann die andere drücken und einfach sprechen...*

CAPTAINS LOGBUCH: STERNZEIT 7514.1

Hier spricht Lieutenant Nyota Uhura. Derzeit führe ich das Kommando über... Eintrag streichen. Wir beginnen noch einmal von vorn. Hier spricht Lieutenant Nyota Uhura, Kommunikationsoffizier. Aufzeichnung beginnt:

Wir befinden uns weiterhin im Standardorbit über Centaurus. Mr. Scott und Ingenieur MacPherson sind noch immer damit beschäftigt, die Subsysteme zu reparieren. Die Sensoren erfassen nichts, das eine Gefahr für uns darstellen könnte. Oh, ja: Seit dem Kontakt mit Präsident Erikkson und den beiden Ministern um Sternzeit 7514.0 haben wir keine Nachrichten von McIverton oder anderen Orten auf Centaurus bekommen. Bevor der Captain die Brücke verließ, gab er den Befehl, ständig nach eventuellen Atomraketen Ausschau zu halten. Bisher ignoriert uns das planetare Verteidigungssystem.

Captain Kirk und Mr. Spock verlassen das Schiff an Bord von zwei Shuttles, um auf Centaurus zu landen. Mr. Sulu begleitet den Captain als Pilot, und Fähnrich Chekov steuert Mr. Spocks Fähre, die auch noch drei weitere Personen aufnimmt: zwei vom Ersten Offizier ausgewählte Computertechniker, die ihm dabei helfen sollen, die elektronischen Steuerungsanlagen des Verteidigungszentrums in Ordnung zu bringen, und Schwester Constance Iziharry. Dr. McCoy wies sie aufgrund ihrer Erfahrungen mit Strahlenkrankheiten der Landegruppe zu, und Mr. Spock glaubt, derartige Fachkenntnisse könnten nützlich sein. Das gilt sicher auch für Chekovs Geschick als Pilot.

Mr. Scott und seine Assistenten haben drei — wie soll ich die Apparate nennen? — Kurzwellensender und -empfänger gebaut. Die Konstruktionsunterlagen stammen aus einem fast hundertfünfzig Jahre alten Buch des Chefingenieurs. Zum Glück teilt er Captain Kirks Vorliebe für Gedrucktes, und daher ist er nicht völlig vom Bibliotheksterminal des Bordcomputers abhängig. Eins der Geräte wurde inzwischen an die Kommunikationsstation angeschlossen, und die beiden anderen befinden sich an Bord der Shuttles. Leider blieb nicht genug Zeit, eine Miniaturisierung vorzunehmen, um den Mitgliedern der Landegruppe die Möglichkeit zu geben, während ihres Einsatzes außerhalb der Fähren kleine Sender und Empfänger bei sich zu führen. Sie können also nur mit den entsprechenden Geräten der Shuttles einen Kontakt zu uns herstellen.

Die üblichen Kommunikatoren versetzen sie in die Lage, sich untereinander zu verständigen — solange die Entfernung nicht größer ist als einige Meter. Um es hier noch einmal zu betonen: Es gibt nach wie vor starke tachyonische Interferenzen, die alle Subraum-Signale überlagern...

Die Doppeltür des Turbolifts schob sich mit einem vertrauten Zischen auseinander, und eine rauhe Stimme erklang: »Offenbar haben Sie eine steile Karriere hinter sich, Uhura.«

Nyota schaltete das elektronische Logbuch auf Bereitschaft und drehte sich um. Dr. McCoy und Lieutenant Siderakis standen vor dem Lift.

Uhura lächelte. »Willkommen auf der Brücke«, begrüßte sie die beiden Männer. »Fühlen Sie sich besser, Peter?«

Siderakis nickte. »Melde mich zum Dienst zurück, wenn Sie nichts dagegen haben, Ma'am.«

»Ich bürge für ihn«, warf McCoy ein. »Besser gesagt: für uns beide. Wir haben es satt, dauernd zu grübeln – ich in der Krankenstation und Peter in seiner Kabine. Und deshalb beschlossen wir, frische regenerierte Luft zu schnappen.«

»Freut mich, Doktor«, erwiderte Uhura. »Lieutenant, ich glaube, Fähnrich Flores ist froh, wenn Sie wieder das Pult des Steuermanns übernehmen.«

»Das kann man wohl sagen!« Flores schmunzelte. »Bin froh, daß Sie zurück sind, Peter.«

»Danke, Dossie.« Siderakis nahm vor der Konsole Platz. »Wie ist die Lage?«

»Wir sind im Standardorbit. Verteidigungsstatus: Schilde stabil, Notenergie in Bereitschaft. Wir müssen damit rechnen, angegriffen zu werden. Hohe Wahrscheinlichkeit für Atomraketen. Unsere Position: Wir befinden uns fast genau über McIverton, einer Stadt an der Westküste des nördlichen Kontinents...«

»Ich kenne McIverton«, sagte Siderakis schroff. Sein Tonfall erinnerte Flores daran, daß er von Centaurus stammte.

McCoy stand hinter dem Steuermann und sah besorgt auf ihn herab.

»Oh«, machte Flores nach einigen Sekunden. »Tut mir leid, Peter. Nun, äh, das ist jedenfalls unsere Position. Die Trennung Ihres Pults von meinen Kontrollen erfolgt in vier Sekunden... drei... zwei... eins... jetzt.«

»Alles klar, Dossie. Und entschuldigen Sie bitte. Ich hätte nicht so brüsk sein dürfen.«

Flores lächelte. »Schon gut, Pete.«

Sie konzentrierten sich beide auf ihre Arbeit, und McCoy entspannte sich langsam.

Uhura wandte sich an den Arzt und sprach so leise, daß nur er sie hören konnte. »Wie geht es Ihnen?«

McCoy seufzte. »Den Umständen entsprechend«, erwiderte er müde. »Peter und ich haben uns den Kummer von der Seele geredet, und so etwas verschafft einem Erleichterung.« Er zögerte kurz, bevor er hinzufügte: »Wir haben beide nahe Verwandte auf Centaurus.«

»Ich weiß, Doktor«, sagte Uhura. Der Blick ihrer dunklen Augen verkündete Mitgefühl.

McCoy seufzte erneut. »Lieber Himmel, wenn ich nur wüßte, ob sich Joanna zum Zeitpunkt der Annihilation im Bereich des Raumhafens befand oder nicht. Ich kann die Ungewißheit einfach nicht ertragen. Leider habe ich es versäumt, mit Jim oder Spock zu sprechen, bevor sie den Hangar aufsuchten.«

»Seien Sie unbesorgt, Doktor. Mr. Spock und der Captain wissen, was Sie empfinden. Bestimmt versuchen sie, etwas über Ihre Tochter herauszufinden.«

McCoy nickte andeutungsweise. »Ich muß meiner Schwester und ihrem Mann Bescheid geben«, sagte er. »Wahrscheinlich sind sie ebenso beunruhigt wie ich. Als Joanna vor einem Jahr mit dem Studium begann, verkauften sie das Haus und zogen in den Süden. Ein wahrer Glücksfall: Vorher wohnten sie im nur sechs Kilometer vom Raumhafen entfernten Athena Park. Ein nettes Plätzchen. Jim kennt es ebenfalls.« McCoy sah auf den Wandschirm und betrachtete den blaugrünen Planeten. »Ich schätze, von hier aus kann man New Athens nicht sehen, oder?«

»Nein, Sir. Die Stadt — oder die Reste davon — befinden sich hinter dem Horizont. Durch den Standardorbit bleibt unsere Position über McIverton stationär.«

»Vielleicht ist es besser so«, murmelte der Arzt.

Die beiden Shuttles *Columbus* und *Galileo* standen aufgetankt und startbereit im großen Hangar der *Enterprise.* Die sieben Angehörigen der Landegruppe versammelten sich zu einer letzten Einsatzbesprechung, und sie alle trugen schwere Schutzanzüge.

Wir sehen aus wie die Schauspieler in einem alten und ziemlich schlechten Science-Fiction-Film, dachte Pavel Chekov verärgert. Das verletzte Auge schmerzte noch immer ein wenig, was seine Stimmung nicht gerade verbesserte.

Kirk schaltete den in seinen Helm integrierten Kommunikator ein. Bei so geringer Entfernung – sie betrug höchstens zwei oder drei Meter – schuf die von Centaurus ausgehende Tachyonenstrahlung kaum Interferenzen.

»Ich möchte noch einige Worte an Sie richten, bevor wir aufbrechen«, begann der Captain. »Sulu und Chekov sind erfahrene Piloten und wissen, worauf es ankommt. Wir schnallen uns an und *bleiben* angeschnallt, bis Mr. Spock oder ich darauf hinweisen, daß die Gurte gelöst werden können. Vielleicht werden abrupte Flugmanöver notwendig, und die Shuttles sind leider nicht mit Trägheitsabsorbern ausgestattet. Darüber hinaus hält sich die Stabilität der Außenhülle in Grenzen. Falls uns das Verteidigungssystem mit Raketen begrüßt und es zu einer explosiven Dekompression kommt, verhindern die Gurte, daß wir von der schlagartig entweichenden Luft ins All gezerrt werden. Die Druckanzüge versorgen uns auch weiterhin mit Atemluft. Mr. Spock, Ihre Gruppe begibt sich nach New Athens und muß die Schutzkleidung daher auch auf der Oberfläche des Planeten tragen. Die Materie-Antimaterie-Explosion hat sicher starke Radioaktivität hinterlassen.«

»Ja, Captain«, bestätigte Spock. Chekov stöhnte innerlich und rief sich dann zur Ordnung. Es war sicher besser, einige unbequeme Stunden in einem dicken Druckanzug zu verbringen, als sich mehrere Wochen lang von der Strahlenkrankheit zu erholen — oder ihr gar innerhalb weniger Minuten zum Opfer zu fallen.

»Na schön«, sagte Kirk. »Ich erwarte keine Schwierigkeiten mit dem Verteidigungssystem, sobald sich unsere Entfernung vom Planeten auf etwa zwanzigtausend Meter reduziert hat. Die Kontrollcomputer des VS haben bisher keine centaurischen Flugzeuge oder Gleiter angegriffen, die unter dieser Höhe blieben. Daraus folgt für uns: Wir müssen so schnell wie möglich in die untere Stratosphäre hinab, und dort manövrieren wir so, als gehörten wir zum normalen Flugverkehr des Planeten.« Kirk legte eine kurze Pause ein und wechselte das Thema. »Wir verständigen uns mit Hilfe der Kommunikatoren. Wenn die Interferenzen zu stark werden, schalten wir auf die Funkgeräte um. So, ich glaube, das wäre alles. Fragen?«

Niemand meldete sich zu Wort.

»Nun gut. Ich wünsche Ihnen viel Glück. Gehen wir an Bord, Mr. Sulu.« Kirk winkte, und daraufhin teilte sich die Gruppe. Der Captain und Sulu näherten sich der *Galileo*, während Spock und seine Begleiter in die *Columbus* kletterten.

Kurz darauf heulten die Sirenen des Hangardecks und gaben Startalarm.

Sulu und Kirk schnallten sich an — die Gurte hatten sie Scott zu verdanken —, überprüften dann die Instrumente der *Galileo*. Alles in bester Ordnung: Die Kontrollampen glühten in einem beruhigenden Grün, und das Triebwerk war bereits auf die richtige Temperatur erwärmt. *Scotty hat unsere beiden Shuttles mit der für ihn typischen Gründlichkeit vorbereitet*, dachte Kirk.

Er schaltete seinen Kommunikator ein. »Ist bei Ihnen alles klar, Sulu?«

»Ja, Captain. Die Indikatoren zeigen normale Werte. Kabinendruck stabil. Manueller Start in einer Minute — Countdown läuft.«

»Gut.« Kirk wählte eine andere Frequenz. »*Galileo* an

Columbus. Kommunikationstest, Mr. Spock. Wie empfangen Sie mich?«

»Mit Signalstärke fünf, Captain. Noch fünfzig Sekunden bis zum Start. Mr. Chekov berichtet, alle Bordsysteme funktionieren einwandfrei. Wir sind bereit.«

»Signalstärke fünf bestätigt. Systeme positiv. Ich wiederhole: positiv. *Galileo* Ende.« Kirk wechselte den Frequenzbereich noch einmal. »*Galileo* an Brücke. Hören Sie mich, Lieutenant Uhura?«

»Klar und deutlich, Captain. Gute Reise, Sir.«

»Danke. Kirk Ende.«

Er betätigte eine Taste und wandte sich wieder an Sulu. »Vor der Entwicklung des Transporters fanden solche Flüge häufig statt.«

»Ich weiß, Sir. Ich habe in Archivberichten darüber gelesen. Der Erste Steuermann begleitete seinen Captain an Bord des Shuttles, wenn es darum ging, einen Erstkontakt herzustellen. Auf diese Weise verlor Starfleet viele gute Steuerleute.«

»Von den entsprechenden Raumschiffkommandanten ganz zu schweigen.«

Hinter Sulus Helmscheibe — sie bestand aus mehreren Isolierschichten — war deutlich ein breites Grinsen zu sehen. »Ich glaube, zum letzten wichtigen Erstkontakt dieser Art kam es auf Vulkan. Alles lief bestens, bis Captain Harrison dem Vorsitzenden des vulkanischen Rates die Hand schütteln wollte. Der Mann dachte, Harrison greife ihn an.«

»Ja, der gute alte Harrison«, sagte Kirk und lachte. »Er brachte es einfach nicht fertig, die Finger zum vulkanischen Gruß zu spreizen. Wir können froh sein, daß er nicht versuchte, die Frau des Ratsvorsitzenden zu küssen.«

Eine blechern klingende Stimme drang aus Sulus und Kirks Helmlautsprechern. »Druck im Hangar gleich Null. Außenschott wird geöffnet. Startsequenz beginnt.«

»Es ist soweit, Mr. Sulu. Los geht's.«

»Aye, aye, Captain.«

Das Summen des Triebwerks wurde ein wenig lauter, als die *Galileo* aufstieg und einen Meter über dem Deck schwebte. Kirk schaltete den Monitor des Kopiloten auf Heckansicht um. Die *Columbus* setzte sich ebenfalls in Bewegung und wahrte dabei einen Abstand von fünf Metern.

Kirk blickte durch die Bugfenster und beobachtete, wie sich das breite und hohe Außenschott öffnete. Über der blaugrünen Wölbung des Planeten leuchteten Sterne in schwarzer Unendlichkeit. *Dies ist die Wirklichkeit,* dachte der Captain. *Für gewöhnlich sehe ich so etwas nur auf Bildschirmen, aber wenn man unmittelbar mit dem All konfrontiert wird, wenn man es ohne irgendwelche technischen Hilfsmittel beobachtet, begreift man sofort seine erhabene Schönheit. Ich habe mich aus verschiedenen Gründen für ein Leben zwischen den Sternen entschieden, und dazu gehört auch dieser: Ich wollte mich einfach im Weltraum umsehen. Das war mein größter Wunsch. Die längsten Reisen, die mein Bruder und ich als Kinder unternahmen, führten uns höchstens fünfzig Kilometer von zu Hause fort. Doch dann trat ich in die Fußstapfen meines Vaters und begann mit einer beruflichen Laufbahn bei Starfleet — ohne es jemals zu bereuen. Sam, Gott hab ihn selig, ließ sich auf einem Kolonialplaneten nieder und kehrte mindestens ebensoselten zur Erde zurück wie ich. Eigentlich sind wir Kirks immer auf der Wanderschaft gewesen. Mutter hat das von Anfang an gewußt, und deshalb verstand sie es auch, als sich mein Vater freiwillig für den Dienst auf Höllenbrut meldete — und dort starb.*

»Fünf Sekunden bis zum Start, Captain.«

Das Schott hatte sich inzwischen ganz in den Stahlmantel der Außenhülle zurückgeschoben und schuf eine rechteckige Öffnung, eine Tür zum Kosmos. Tief unter der *Enterprise* schwebte Centaurus, eine Oase des Lebens in der leeren Wüste des Alls.

Kirk fühlte das Prickeln angenehmer Aufregung. *Wir sollten nicht noch mehr Zeit verlieren. Beeilen wir uns.*

Er schaltete auf die dritte Frequenz. »*Galileo* an Hangaroffizier. Erbitte Starterlaubnis.«

»Erlaubnis erteilt, Captain. Ich wünsche Ihnen einen guten Flug. Hangaroffizier Ende.«

Kirk preßte die Sendetaste zweimal kurz hintereinander in die Einfassung – Kommunikationsoffiziere benutzten solche Signale, um ein kurzes ›Danke‹ zu übermitteln. Dann wandte er sich an Sulu. »Wir können los, Pilot. Bringen Sie uns nach draußen.«

»Aye, aye, Captain.«

Ein neuerlicher Frequenzwechsel. »Wir geben Schub, *Columbus.* Bleiben Sie in der Nähe, Mr. Chekov.«

»Aye, Captain. Ich werde mir alle Mühe geben, unterwegs eine Kollision zu vermeiden.«

Die beiden Shuttles stiegen noch etwas höher und glitten durchs offene Schott.

»Bitte schalten Sie auf Hecksicht, Steuermann«, sagte Uhura.

»Aye, aye, Ma'am,« erwiderte Siderakis und betätigte eine Taste. Das Bild flackerte kurz, schien sich jedoch kaum zu verändern. Es zeigte nach wie vor Sterne auf schwarzem Samt, doch kurz darauf wurden zwei kantige Raumfähren sichtbar, die Kiel an Kiel flogen, kaum drei Meter voneinander entfernt. »Die *Galileo* befindet sich auf der Backbordseite, Ma'am«, sagte Siderakis. »Ausgezeichnete Navigation, wenn Sie mir diese Bemerkung gestatten.«

»Sulu und Chekov gehören zu unseren besten Piloten«, entgegnete Uhura. »Bitte richten Sie den Fokus aus, Steuermann. Ich möchte die beiden Shuttles so lange wie möglich im Auge behalten.« Die Darstellung auf dem Wandschirm verschob sich ein wenig, zeigte die davonschwebenden Fähren von oben. Alpha Centauri geriet in den Erfassungsbereich, und Uhura kniff die Augen zusammen. »Programmieren Sie bitte den optischen Filter, Peter«, sagte sie. Das Gleißen ließ nach, wurde erträglicher. »Was zeigen die Sensoren, Dossie?«

»Noch nichts, Lieutenant«, erwiderte die Navigatorin.

»Keine verdächtige energetische Aktivität. Ich habe die fünf wahrscheinlichsten Angriffskurse zwischen der Oberfläche des Planeten und den Shuttles berechnet, und dort rührt sich nichts.«

McCoy stand noch immer neben dem Befehlsstand, legte eine Hand auf den Rücken und kreuzte Zeige- und Mittelfinger. Sergei Dominico saß an der Kommunikationsstation, beobachtete die Geste und gab vor, nichts gesehen zu haben.

Die Sensoren der *Galileo* wurden zunehmend von Interferenzen gestört – ein Teil der Datenerfassung hing von Wellenlängen ab, auf denen sich die Tachyonenstrahlung besonders stark auswirkte –, aber Kirk stellte zufrieden fest, daß trotzdem eine sichere Navigation möglich war. Er konnte die *Columbus* nicht mehr auf seinem Monitor beobachten, weil das Kamerasystem der *Galileo* keinen Blick direkt nach ›unten‹, in Richtung Kiel, ermöglichte.

»Weit und breit nichts von Raketen zu sehen«, sagte er.

»Hoffentlich bleibt's dabei, Captain«, erwiderte Sulu. »Der Abstand zwischen beiden Fähren beträgt zwei Komma sieben Meter und ist konstant. Geschwindigkeit angeglichen. Meine Güte, man könnte fast meinen, Chekov klebe an uns fest. Wir sind genau auf Kurs.«

»Ausgezeichnet.« Kirk drückte eine Taste auf der Kontrollfläche neben dem Monitor, und daraufhin zeigte der kleine Bildschirm die *Enterprise.* Er benutzte nur selten ein Shuttle, und mehr als zwölf Monate waren vergangen, seit er sein Schiff zum letztenmal von außen gesehen hatte. Der Captain betrachtete das Heck des Kreuzers, das im Licht der beiden Sonnen Alpha und Beta Centauri glänzte. Die perspektivische Verzerrung schien aus den beiden langen, weißen Warpgondeln ein V zu formen.

Irgendwo im Heckbereich bemerkte Kirk ein helles Rechteck, das langsam kleiner wurde: der Hangar, den sie gerade verlassen hatten. Das Schott schloß sich jetzt, damit der Raum wieder unter Druck gesetzt werden konnte. Kurze Zeit später beschleunigten die Shuttles, und das große Raumschiff schrumpfte rasch.

Kirk spürte ein seltsames, irrationales Unbehagen. Die *Enterprise* fehlte ihm plötzlich.

»Wir haben fast hundert Kilometer zurückgelegt, Captain«, meldete Sulu. »Planetenanflug zusammen mit der *Columbus* beginnt... jetzt.«

Sulu änderte den Kurs, steuerte die *Galileo* nach ›unten‹ und behielt dabei die Anzeigen des Distanzmessers im Auge. Kirk beobachtete sie ebenfalls und stellte fest, daß die Entfernung zwischen den beiden Shuttles nicht über drei Meter hinausging. *Chekov und Sulu verstehen ihr Handwerk,* dachte er. *Wenn wir dies alles hinter uns haben, werde ich nicht zögern, im Logbuch eine offizielle Belobigung zu erwähnen.*

Die Sterne gerieten in scheinbare Bewegung und wichen der blaugrünen Planetenkugel. Sie näherten sich nun der Oberfläche, und Sulu reduzierte die Geschwindigkeit, als sie die ersten Ausläufer der Atmosphäre erreichten. Dunstige Schwaden strichen über den stählernen Leib der Fähre, und die Reibungshitze nahm rasch zu. Kirk erinnerte sich an die erste *Galileo*... Sie war über Taurus verbrannt, und ihre Besatzungsmitglieder – unter ihnen Spock – kamen nur deshalb mit dem Leben davon, weil Scott eine besonders schnelle Transporterpeilung vornahm und die betreffenden Personen gerade noch rechtzeitig zur *Enterprise* zurückholte.

Kirk lehnte sich zurück. *Ich kann Druckanzüge nicht ausstehen,* dachte er. *Der eigene Atem klingt viel zu laut. Man hat das Gefühl, in irgendeiner riesigen Nase zu stecken.*

Auf dem Kontrollpult leuchtete ein kleiner Sensorpunkt.

»Sulu«, sagte der Captain ruhig. »Ein Startsignal von der Oberfläche. Daten werden erfaßt.«

»Verdammter Mist! Also hat uns das planetare Verteidigungssystem geortet.«

»Das scheint der Fall zu sein, ja.« Kirk schaltete auf die

zweite Kom-Frequenz, und diesmal führten die tachyonischen Interferenzen zu einem starken Rauschen und Knistern im Lautsprecher. »Mr. Spock?«

»Ich weiß, Captain. Offenbar haben wir es mit einer einzelnen Rakete zu tun, die aus einem Silo unweit der Verteidigungszentrale gestartet wurde. Da wir New Athens anfliegen, vermute ich, daß es sich um eine direkte Reaktion auf unseren vermeintlichen ›Angriff‹ handelt. Allem Anschein nach wird die *Enterprise* weiterhin ignoriert.« Der Vulkanier zögerte kurz und fügte dann hinzu: »Die Kontrollcomputer der subplanetaren Basis gehören zu den modernsten in der ganzen Föderation. Ich hätte ein wenig mehr... Finesse von ihnen erwartet.«

»Ich verstehe, was Sie meinen«, erwiderte Kirk und lächelte dünn. »Und ich hoffe inständig, Sie behalten mit Ihrer Einschätzung der Situation recht. Chekov, halten Sie sich für plötzliche Ausweichmanöver in Bereitschaft.«

»Aye, aye, Captain.«

Kirk justierte seinen Kommunikator auf die dritte Frequenz, konnte jedoch keinen Kontakt mit der *Enterprise* herstellen – die Interferenzen waren viel zu stark. Er aktivierte den von Scott konstruierten Kurzwellensender.

»*Galileo* an *Enterprise*. Bitte kommen.«

»Hier spricht Uhura, Captain. Wir haben die Rakete angepeilt, Sir. Phaser sind einsatzbereit.« Uhuras Stimme klang klar und deutlich aus dem Lautsprecher – das Funkgerät funktionierte einwandfrei.

»Gut, Lieutenant. Kirk Ende.« Er sah wieder auf die Anzeigen und stellte fest, daß die Rakete immer schneller wurde, während sie durch die centaurische Atmosphäre raste. Ein zweites Startsignal blieb aus. *Na schön,* dachte er. *Das Verteidigungssystem hält unsere beiden Shuttles für ein Ziel, weil wir so dicht nebeneinander fliegen. Und Spock hat recht: Offenbar gehen die Kontrollcomputer davon aus, daß ein Konter-Angriff unmöglich ist. Sie schenken der* Enterprise *keine Beachtung mehr, und wahrscheinlich ignorieren sie auch uns, wenn wir der ersten Ra-*

kete ausweichen. Unter ›normalen‹ Umständen müßten wir damit rechnen, daß der ersten eine zweite folgt — um dem ›Feind‹ keine Chance zu lassen. Wir haben also einen wichtigen Vorteil.

Kirk schaltete wieder auf die erste Frequenz. »Wir befinden uns jetzt fünfzig Kilometer über der Planetenoberfläche, Sulu«, sagte er. »Die Rakete hat inzwischen eine Höhe von zehntausendsiebenhundert Metern erreicht. Kurs stabil.«

»In Ordnung«, erwiderte Sulu. »Wieviel Zeit bleibt uns noch?«

»Achtundfünfzig Sekunden bis zur Explosion — vorausgesetzt, die Rakete beschleunigt wie bisher.«

»Davon müssen wir ausgehen«, sagte Sulu.

»Ich *hoffe,* daß wir davon ausgehen können«, entgegnete Kirk. »Fünfzig Sekunden.«

Der Captain hörte etwas im Helmlautsprecher und ging wieder auf Empfang. »Hier ist Spock. Mr. Chekov läßt Ihnen mitteilen, er hielte sich weiterhin in Bereitschaft.«

»Bestätigung, Mr. Spock. Viel Glück.«

Der Vulkanier zögerte kurz. »Das wünsche ich auch Ihnen und Mr. Sulu, Captain. Spock Ende.«

Kirk warf einen Blick aufs Bordchronometer. »Zwanzig Sekunden bis zur kritischen Distanz.« Beide Shuttles flogen mit nach unten geneigtem Bug, und als der Captain aus dem Fenster sah, fiel ihm über den weißen Wolken des Planeten ein kleines, aber sehr helles Objekt auf. *Das ist sie,* fuhr es ihm durch den Sinn. *Die Rakete — gefüllt mit geballter Vernichtungskraft.* »Noch fünfzehn Sekunden.«

Sulu brummte leise. »Captain, bitte fordern Sie die *Columbus* auf, alle notwendigen Vorbereitungen zu treffen. Wahrscheinlich finde ich kaum Gelegenheit, Chekov zu benachrichtigen. Ich muß möglichst schnell reagieren.«

»Alles klar.« Kirk setzte sich wieder mit der anderen Fähre in Verbindung. »*Columbus,* Ausweichmanöver beginnt auf mein Signal hin. Bitte bestätigen Sie.«

»Positiv«, erklang Spocks von Statik untermalte Stimme.

»Zehn Sekunden«, sagte Kirk, und Sulu nickte. Der Captain zählte stumm. *Neun... acht... sieben... sechs...*

»Jetzt!« rief Sulu und drückte den Steuerknüppel ruckartig nach vorn.

»Los, Chekov!« entfuhr es Kirk.

Es knirschte in der Außenhülle der *Galileo*, als sie von einem Augenblick zum anderen den Kurs änderte. Das Trägheitsmoment zerrte an Kirk und Sulu; nur die von Scott installierten Gurte verhinderten, daß sie durchs Shuttle geschleudert wurden.

Der Captain sah auf Sulus Pult. Die *Columbus* raste ebenfalls davon, entfernte sich rasch von der *Galileo.* Mit vorsichtiger Erleichterung nahm Kirk zur Kenntnis, daß sich beide Fähren knapp außerhalb der möglichen nuklearen Zerstörungszone befanden.

Drei... zwei... eins... null.

Nichts geschah.

Kirk starrte auf die Anzeigen. Die Rakete sauste vorbei, und sie explodierte *nicht.*

Was hat das zu bedeuten, zum Teufel? überlegte der Captain. *Himmel, sie ändert den Kurs! Aber sie fliegt nicht hierher...*

An der kleinen Schalttafel des Kurzwellensenders blinkte eine Kontrollampe. Kirk aktivierte das Gerät. »Hier ist Spock, Captain. Die Rakete rast nun der *Enterprise* entgegen. Ich vermute, daß es sich um einen ›intelligenten‹ Sprengkopf handelt, der ein neues Ziel wählt, wenn seine Sensoren uns nicht mehr orten. Die Verteidigungszentrale hat das Schiff wieder als Feind klassifiziert. Geschätzte Zeit bis zur Explosion: achtundsechzig Sekunden.«

Uhura beobachtete die abstrakte Darstellung auf dem Wandschirm. Die beiden Shuttles zeigten sich als orangefarbene Flecken über dem grünen Linienmuster des Planeten, während ein pulsierendes rotes Dreieck die Rakete symbolisierte. Sie näherte sich auf direktem Kurs der *Enterprise.* Ein digitales Chronometer in der rechten unteren Ecke zeigte die verbleibende Zeit an: 0067... 0066... 0065... 0064...

»Phaser auf Ziel ausgerichtet«, meldete Dossie Flores. »Alles in Bereitschaft, Lieutenant.«

»Ich schlage vor, wir lassen das Ding noch etwas näher herankommen«, erwiderte Uhura. »Steuermann?«

Siderakis nickte. »Wenn Dossie das Ziel verfehlt, bringe ich uns so schnell aus dem Orbit, daß ein Loch im Himmel zurückbleibt. Die Kapazität der Impulstriebwerke beträgt zweiundvierzig Prozent.«

»Captain Kirk hat mit Hilfe des Kurzwellensenders einen Kom-Kontakt zu uns hergestellt«, sagte Dominico, der am Kommunikationspult saß.

»Möchte er mit mir sprechen?« fragte Uhura.

»Er teilt mit, die beiden Shuttles haben eine sichere Höhe erreicht und setzen den Flug fort. Weitere Raketenstarts konnten nicht festgestellt werden. Der Captain hat mich nur gebeten, Ihnen das auszurichten. Ansonsten möchte er Sie nicht stören, Ma'am. Er bleibt auf Empfang.«

Uhura lächelte. »Antworten Sie, bei uns sei soweit alles in Ordnung.« *Ich bin froh, daß ich mich jederzeit mit ihm in Verbindung setzen kann,* dachte Uhura und beobachtete das Chronometer. 0050. *Vielleicht weiß er, daß ich ihn brauche.*

»Also gut, Dossie«, sagte sie fünf Sekunden später. »Phaser mit Energie beschicken. Ich glaube, die Rakete ist jetzt nahe genug.«

»Ja, Ma'am!«.

0042... 0041... 0040.

»Feuer!« befahl Uhura. Dossie Flores betätigte sofort eine Taste, und auf dem Wandschirm war eine dünne blaue Linie zu sehen, die von der *Enterprise* ausging und dem roten Dreieck entgegenwuchs...

Das Symbol der Rakete blinkte dreimal und verschwand.

»Ziel zerstört, Lieutenant«, meldete Flores. »Nicht übel für jemanden, der nur selten an dieser Konsole sitzt, oder?« Sie hob die Arme in einer Siegesgeste.

Uhura schmunzelte. »Gute Arbeit — und das gilt für alle. Sergei, senden Sie der *Galileo* folgende Nachricht: ›Ziel zerstört. Position im Standardorbit stabil. Alles in bester Ordnung. Uhura Ende.‹«

Mit einem zufriedenen Seufzen lehnte sie sich in *ihrem* Kommandosessel zurück.

Kapitel 10

New Athens

Das kleine Shuttle namens *Columbus* glitt durch die dünne Luft hoch über der Ostküste des centaurischen Nordkontinents New America.

»Unsere Höhe beträgt zwanzigtausend Meter, Mr. Spock«, sagte Chekov. »Verzögerungssequenz beendet. Wir fliegen mit einer Geschwindigkeit von siebenhundertdreißig Stundenkilometern. Langsamer als der Schall, Sir.«

Spock sah aus dem dreigeteilten Bugfenster und beobachtete einen blauen, klaren Himmel. Die Wolkendecke erstreckte sich mehrere Kilometer unter dem Shuttle, und deshalb schien es, als schwebe die *Columbus* hoch über einem Meer aus blütenweißer Watte. Es war schon viele Jahre her, seit Spock zum letztenmal einen Stratosphärengleiter oder ähnliche Transportmittel benutzt hatte, und mit einer gewissen Verlegenheit mußte er sich eingestehen, daß ihm der Anblick gefiel.

Der Vulkanier betrachtete die Anzeigen und stellte fest, daß die *Galileo* nach Westen flog. Ihre Entfernung zur *Columbus* wuchs schnell. In dieser Höhe mußte das Verteidigungssystem die beiden Shuttles für Teilnehmer am normalen planetaren Flugverkehr halten. Was Spock alles andere als logisch erschien: Ein theoretischer Feind konnte nicht nur aus der Umlaufbahn angreifen, sondern auch Kampfgleiter innerhalb der Atmosphäre benutzen. Die derzeitige Passivität des VS gab ihm einen weiteren Hinweis auf den Zustand der Kontrollcomputer. Ganz offensichtlich gab es im ›Verhalten‹ der Steuerungseinrichtungen erhebliche irrationale Aspekte, aus denen ein nur schwer abschätzbarer Unberechenbarkeitsfaktor entstand. Genau aus diesem Grund hielt es Spock für notwendig, sich die Anlage aus der Nähe anzusehen, während Captain Kirk in McIverton mit den Repräsentanten der centaurischen Regierung sprach. *Er kümmert sich um das menschliche Element, während ich mich mit dem elektronischen befasse,* dachte der Erste Offizier. *Er kann sich nicht darauf verlassen, daß die hiesigen Politiker alle richtigen — und erforderlichen — Entscheidungen treffen, und mir geht es ähnlich: Ich darf nicht darauf vertrauen, daß die Verteidigungszentrale des Planeten adäquate Maßnahmen ergreift. Aus beiden Elementen resultieren beträchtliche Probleme. Und wir müssen sie lösen, wenn wir unserer Mission gerecht werden wollen. Außerdem: Mich erwartet noch eine andere Aufgabe...*

»Mr. Spock?« Chekovs Stimme unterbrach die Überlegungen des Vulkaniers. »Wir sind in drei Minuten über New Athens. Irgendwelche Anweisungen, Sir?«

Spock nickte. »Ja, Fähnrich. Steuern Sie uns durch die Wolkendecke. Ich möchte eine visuelle Inspektion vornehmen.« *Mit der gegenwärtigen Geschwindigkeit legen wir in drei Minuten sechsunddreißig Komma fünf Kilometer zurück,* rechnete der Erste Offizier. *Wir nähern uns der Verteidigungszentrale von Südwesten, was bedeutet, daß wir bereits den Rand der Vernichtungszone erreicht haben.*

Chekov drückte den Steuerknüppel nach vorn, und der Bug des Shuttles neigte sich nach unten. Als die Höhe auf achttausend Meter sank, wich das ungetrübte Blau des Himmels ersten faserigen Wolkenfetzen. Der Vulkanier blickte weiterhin durchs Fenster, aber er sah nur noch weißen Dunst — der plötzlich eine schiefergraue Tönung gewann.

»Starke Radioaktivität, Mr. Spock«, sagte Chekov.

»Ja, Fähnrich.« Der Erste Offizier drehte seinen Sessel herum und wandte sich an die drei anderen Personen an Bord. Ein leises statisches Zischen begleitete seine Worte. »Wir sind jetzt innerhalb des Annihilationsbereichs. Sie werden feststellen, daß die tachyonischen Interferenzen zunehmen, aber da wir ständig zusammenbleiben, sollten sich keine Kommunikationsschwierigkeiten ergeben. Angesichts der Strahlung möchte ich Sie noch einmal daran erinnern, wie wichtig die Druckanzüge sind — sie dürfen nicht beschädigt werden. Die Radioaktivität ist höher als erwartet, aber uns droht keine Gefahr, solange wir die Schutzkleidung tragen. In dieser Region weht der Wind meistens aus Norden, und dadurch hat sich der Fallout überwiegend im Süden des vernichteten Raumhafens angesammelt. Woraus folgt, daß die Kontamination in den nördlichen Bereichen geringer ist.«

»Mr. Spock?« warf Rawlings ein. Er war einer der beiden Computertechniker, die Spock ausgewählt hatte. Der Druckanzug schien für den kleinen, hageren Mann viel zu groß zu sein. »Glauben Sie, daß wir in der Verteidigungszentrale ohne die Schutzanzüge arbeiten können?«

»Ich bezweifle es«, erwiderte der Vulkanier. »Die subplanetare Anlage befindet sich in der Nähe des Raumhafens, und wir müssen dort mit hoher radioaktiver Verseuchung rechnen.«

Beim nächstenmal bringe ich einen großen, strahlensicheren Sack mit, dachte Chekov. *So ein Ding kann wohl kaum unbequemer sein. Ich hätte darin genug Bewegungsfreiheit, um ein Sandwich zu essen. Und mir einen Eisbeutel ans Auge zu halten.*

Die Wolken wurden noch dunkler, schienen zu einem großen Teil aus Staub zu bestehen.

»Mr. Spock?« fragte Chekov. »Gleich sehen wir den Boden, Sir. Das ehemalige Raumhafengelände erstreckt sich dreiundzwanzig Komma vier Kilometer nördlich von uns.«

»Danke, Fähnrich.« Der Vulkanier hielt aufmerksam Ausschau, während Rawlings, Schwester Iziharry und Hudson — der zweite Computertechniker — auf ihre Bildschirme blickten. Die *Columbus* sank weiterhin dem Boden entgegen.

Ganz plötzlich blieb die Wolkendecke über dem Shuttle zurück.

»Mein Gott«, hauchte Chekov und schnappte nach Luft.

Die Fähre schwebte jetzt zweitausend Meter über der Oberfläche des Planeten. Weit und breit war nichts Grünes zu sehen, und nirgends regte sich etwas. Eine gräßliche Wunde im Leib der Welt, grau und schwarz, leblos und steril — Annihilationsfeuer hatte alles verbrannt. Spock stellte sich Häuser, Straßen, Fahrzeuge und Menschen vor, die sich innerhalb eines Sekundenbruchteils in Asche verwandelten.

Die Region unter dem Shuttle gehörte nicht zu der acht Kilometer durchmessenden Zone totaler Vernichtung, aber eine gewaltige Druckwelle hatte alles pulverisiert, und die Hitze erledigte den Rest. Wenn es irgendwelche Überlebende gab — was Spock für unmöglich hielt — so waren sie längst geflohen. *Vielleicht gelang es einigen Centauriern, mit Gleitern zu entkommen,* dachte er. *Nein, ausgeschlossen. Hier muß ein enormes Chaos geherrscht haben. Niemand kann einen Gleiter bei Windgeschwindigkeiten von fünf- bis sechshundert Stundenkilometern geflogen haben. Wenn tatsächlich jemand überlebte, so blieb ihm nichts anderes übrig, als zu Fuß zu fliehen. Und die Strahlung...*

Emotionaler Schmerz stach in Spock. Er faßte sich sofort wieder und bemerkte erleichtert, daß seine Schwäche den anderen Personen an Bord verborgen geblieben war. Ein Vulkanier besann sich in erster Linie auf Logik und Rationalität; für Gefühle war in seinem Denken kein Platz.

Und doch...

Leben ist heilig, überlegte Spock. *Und niemand, der diese Verheerung sieht, kann gleichgültig bleiben.*

»Noch zwanzig Kilometer bis zum Raumhafen«, brachte Chekov hervor. »Nach wie vor deutet nichts auf Überlebende hin.«

Spock verdrängte die letzten Reste der Betroffenheit aus sich und sah auf die Karte. Sie stammte nicht etwa aus den Speichermodulen des *Enterprise*-Computers — die entsprechenden Einheiten waren beschädigt —, sondern von

Lieutenant Siderakis. Der Steuermann, ein Bürger von New Athens, hatte zunächst gezögert, sich von der Karte zu trennen, und Spock konnte ihn durchaus verstehen: Sie erinnerte ihn an seine Heimat. Aber schließlich begriff Siderakis, daß der Vulkanier bei seiner Mission eine Orientierungshilfe benötigte, und daraufhin überließ er ihm die entsprechenden Unterlagen. Spock war fest entschlossen, sie gut zu verwahren und unbeschädigt zurückzugeben.

Er blickte auf die Koordinatenanzeige der Konsole und übertrug die Werte geistig ins Datenmuster der Karte. Nach einigen Sekunden deutete er mit dem Zeigefinger auf eine Stelle im unteren rechten Abschnitt. »Wir sind hier, Fähnrich.«

Chekov neigte kurz den Kopf zur Seite. »Dies soll ein Naturschutzgebiet gewesen sein?« fragte er ungläubig und starrte auf die schwarze Landschaft herab.

»Ja. Man nannte es Athena Park. Soweit ich weiß, hat Dr. McCoy hier gewohnt.«

»Jetzt gibt es hier nichts mehr, weder Wälder noch Häuser«, sagte Chekov leise. »Nur noch Asche.«

Spock sah erneut auf die Karte. »Offenbar trennen uns nurmehr zwei Kilometer vom südlichen Rand des Raumhafens.« Wieder ein rascher Blick auf die Instrumente. »Die Radioaktivität ist sehr stark, stellt aber nach wie vor keine unmittelbare Gefahr dar. Draußen beträgt die Temperatur dreiundzwanzig Grad Celsius, und der Wind weht aus Norden. Die Windgeschwindigkeit läßt sich nicht feststellen, solange wir fliegen. Mr. Chekov, ich schlage vor, wir fliegen nun zum Raumhafen.«

»Ja, Sir. Ich fürchte jedoch, dort sieht es ebenso aus wie hier.« Er nickte in Richtung Bugfenster. »Ein Krater.«

Während der nächsten drei Kilometer bot sich ihren Blicken nichts anderes dar. Unter ihnen gähnte ein grauschwarzes Loch im Boden des Planeten, entstanden während des Sekundenbruchteils der Annihilation. Der Krater schien mehr als fünfhundert Meter tief zu sein, und an einigen Stellen hatte sich Wasser angesammelt. Vielleicht entstand auf diese Weise irgendwann ein seltsam rundes — und gefährlich radioaktives — Binnenmeer.

Die Columbus setzte ihren Flug langsam fort.

Kurz darauf schwebte das Shuttle über den nordöstlichen Kraterrand hinweg. Spock beugte sich vor und behielt das Gelände im Auge — die Verteidigungszentrale konnte jetzt nicht mehr weit entfernt sein. Präsident Erikkson hatte Captain Kirk mitgeteilt, es seien Reparaturmannschaften geschickt worden, um die gestörten elektronischen Anlagen in Ordnung zu bringen, aber es gab keine Anzeichen für die Präsenz der centaurischen Techniker. Die Kontrollcomputer spielten noch immer verrückt.

Nirgends standen Gleiter, die den Zugang zur subplanetaren Basis markierten.

Zwar trugen sie Schutzanzüge, aber Spock wollte trotzdem nur wenig Zeit auf der Oberfläche verbringen. Es kam darauf an, den Eingang der Verteidigungszentrale möglichst schnell zu finden: Vierhundert Meter dickes Gestein bot guten Schutz vor Strahlung.

Doch abgesehen von dem Krater bot sich die Landschaft nur als schwarze, einförmige Ebene dar, die keine Bezugspunkte aufwies. *Vielleicht haben wir mit genauen Koordinatenvergleichen Erfolg,* dachte der Vulkanier. *Und möglicherweise brauchen wir auch ein wenig Glück.*

»Bitte reduzieren Sie unsere Geschwindigkeit auf Null, Mr. Chekov. Wir können höchstens dreihundert Meter vom Zugang der Verteidigungszentrale entfernt sein.«

»Aye, aye, Sir.«

Die *Columbus* schwebte stationär über dem Boden, und Spock starrte auf dunkle Asche herab. Weit und breit keine Spur von den Gleitern der angeblich entsandten Reparaturgruppe. Hier und dort lagen einige geborstene, lasierte Felsen ... Der Vulkanier kniff die Augen zusammen. Zweihundertfünfzig Meter weiter vorn fielen Unregelmäßigkeiten in der allgemeinen Uniformität auf, ein Bereich, der noch flacher erschien als das angrenzende Gelände.

Zufall? Nur ein zynischer Streich der Druckwelle? Oder vielleicht ein Hinweis?

Es gab nur eine Möglichkeit, Antwort auf diese Fragen zu finden.

»Dort drüben, Mr. Chekov«, sagte Spock und deutete in die entsprechende Richtung. »Überfliegen Sie jene Zone, ganz langsam.«

Chekov nickte und gab vorsichtig Schub. Die *Columbus* sank weiter herab; mit einer Geschwindigkeit von hundert Zentimetern pro Sekunde glitt sie dicht über den Boden hinweg. Rawlings, Hudson und Iziharry verließen ihre Plätze, traten zu Chekov und Spock. Die Krankenschwester legte dem Steuermann eine zitternde Hand auf die Schulter, aber er merkte es überhaupt nicht.

Steriler, radioaktiver Staub strich unter dem Shuttle hinweg.

»Dort!« rief Hudson plötzlich und hob den Arm.

Einige Sekunden später sahen sie es alle: ein verbogenes, rußgeschwärztes Metallschild, das Besucher ins Hauptquartier des planetaren Verteidigungssystems einlud. Daneben beobachteten Spock und seine Begleiter die Reste eines massiven Schotts. Chekov landete die Columbus genau davor.

Die beiden mehr als einen Meter dicken Schotthälften hätten sich automatisch schließen müssen, als die Annihilationswaffe im Raumhafen explodierte, aber sie standen offen. Schmelzspuren zeigten sich an den Rändern. Spock und die übrigen Angehörigen der Landegruppe gingen die Treppe herab. Der Vulkanier schaltete seine Stablampe ein, und ihr Lichtkegel fiel auf mehrere Schutthaufen. Der Zugang war nicht abgeriegelt worden, und das bedeutete: Radioaktiver Fallout hatte auch das Innere der Anlage erreicht.

Nach mehreren Dutzend Metern fanden sie einige tote Soldaten – die ersten Opfer der Katastrophe, die Spock und seine Begleiter auf Centaurus sahen.

»Kann hier überhaupt jemand überlebt haben?« fragte Connie Iziharry.

»Vielleicht tiefer unten«, erwiderte Spock skeptisch. »Bestimmt gibt es hier viele geschützte Bereiche, aber da das Schott nicht geschlossen wurde...«

»Vielleicht hat man es später geöffnet«, warf Rawlings ein.

»Das glaube ich nicht«, hielt ihm der Vulkanier entgegen. »Beide Hälften wiesen eindeutige Schmelzspuren auf, und hinzu kommt der Schutt im Eingang — vermutlich ein Resultat der Druckwelle.«

»Ja, da haben Sie sicher recht.«

Hudson räusperte sich. »Nun, wenn das stimmt... Dann frage ich mich, in welchem Zustand die hiesigen Geräte sind. Bisher habe ich gehofft, wir könnten einige der Installationen benutzen.«

Spock dachte darüber nach. »Es könnte durchaus sein, daß manche der hier verwendeten Instrumente nach wie vor funktionieren. Elektronische Komponenten sind recht empfindlich, aber da sie in diesem besonderen Fall militärischen Zwecken dienten, hat man sie sicher abgeschirmt. Das gilt auch für die Kommandozentrale. Allerdings ist es zweifelhaft, ob die Schutzvorrichtungen genügten.«

»Wie viele Soldaten waren hier stationiert?« erkundigte sich Chekov.

»Das weiß ich nicht genau, Fähnrich«, sagte Spock. »Ich habe einmal eine ähnlich beschaffene Defensivstation besucht, und dort arbeiteten insgesamt fünfhundertvierzig Personen.« Iziharry hob ihren medizinischen Tricorder. »Ich empfange kaum etwas, weil die Interferenzen zu stark sind, Mr. Spock. Aber eins steht fest: In einem Umkreis von fünfzig Metern gibt es keine Überlebenden.«

»Das überrascht mich nicht, Schwester Iziharry«, entgegnete der Vulkanier. Stille schloß sich an. Sie setzten den Weg fort, drangen tiefer in die subplanetare Anlage vor. Das Licht von Spocks Lampe strich über glatte Stahlwände — und fiel auf weitere Leichen.

Kapitel 11

McIverton

Kirk und Sulu entspannten sich, als die *Galileo* mit Überschallgeschwindigkeit nach Westen flog. Es war ein herrlicher Tag. Sulu hielt das Shuttle einige hundert Meter über den Wolken, und Kirk genoß das warme Licht der beiden Sonnen, das durch die hyperpolarisierten Bugfenster fiel.

Sie trugen inzwischen keine Schutzkleidung mehr. Die Druckanzüge lagen auf dem Achterdeck hinter den Passagiersitzen, sahen aus wie zwei erschlaffte Gummipuppen.

Sulu streckte sich im Pilotensessel. »Dieser Anblick erinnert mich an einen Urlaub auf Hawaii«, sagte er.

»Hmm«, murmelte der Captain und lächelte. »Manchmal vermisse ich so etwas.« Er genoß die Wärme mit geschlossenen Augen. Angenehme Stille herrschte — der Schall blieb hinter ihnen zurück. In der letzten Zeit hatte Kirk nicht viel geschlafen, und er spürte nun, wie sich wohlige Ruhe in ihm ausbreitete.

»Captain!« entfuhr es Sulu plötzlich. Kirk war von einem Augenblick zum anderen hellwach. »Die Sensoren erfassen nicht identifizierte Flugobjekte, die sich uns nähern. Es sind insgesamt sechs, und sie fliegen in dichter Formation. Kurs zwei fünf zwei. Sie sind *schnell* und nähern sich uns von unten.«

Verdammt! fluchte Kirk in Gedanken. »Na schön, Mr. Sulu. Bereiten Sie sich auf Ausweichmanöver vor. Ich versuche, eine Verbindung mit den Unbekannten herzustellen.« *Wirklich schade, daß Shuttles nicht bewaffnet sind. Wenn uns das Verteidigungssystem erneut aufs Korn nimmt...*

»Achtung, an die unbekannten Flugobjekte«, sagte er ins Mikrofon des Kurzwellensenders. »Hier spricht Captain James T. Kirk vom Föderationsschiff *Enterprise.* Ich befinde mich derzeit an Bord des Shuttles *Galileo.* Bitte kommen.«

Statik knisterte und prasselte. Dann: »*Galileo,* hier ist Colonel Duncan Smith, Kommandant des sechsunddreißigsten Geschwaders der centaurischen Luftstreitkräfte. Willkommen auf Centaurus, Sir. Freut mich, daß Sie es bis hierher geschafft haben. Wir eskortieren Sie nach McIverton. Kommen.«

»Danke, Colonel«, erwiderte Kirk. »Wir folgen Ihnen. Kirk Ende.«

»Roger, Captain. Smith Ende.«

Der Captain desaktivierte den Sender und wandte sich an den Piloten. »Interessant. Offenbar hat man uns bereits erwartet.«

Sulu runzelte die Stirn. »Ich glaube, wir sollten uns deshalb keine Sorgen machen. Raumschiffkommandanten werden von Föderationsregierungen häufig mit einer Ehreneskorte begrüßt, wenn sie mit einem Shuttle eintreffen.«

»Ja, aber ich habe Erikkson extra gebeten, auf so etwas zu verzichten — immerhin ist dies kein Staatsbesuch oder etwas in der Art. Aber der Präsident läßt uns trotzdem abholen. Die Sache gefällt mir nicht, Mr. Sulu. Man könnte fast meinen, wir sollen überwacht werden.«

»Vielleicht ist genau das der Fall.«

»Hmm...«

Kurz darauf rasten sechs Kampfflugzeuge heran und flogen neben, über und unter der *Galileo.* Eine Eskorte, ja — aber Kirk bemerkte, daß Sulu nicht mehr den Kurs ändern konnte, ohne eine Kollision zu riskieren. Außerdem fielen ihm die dünnen Luft-Luft-Raketen unter den Tragflächen auf, jeweils zwei auf der Backbord- und Steuerbordseite. *Nun, eigentlich ist es völlig normal, daß Kriegsflugzeuge mit solchen Waffen ausgerüstet sind,* dachte Kirk, aber trotzdem regte sich Unbehagen in ihm. Er fühlte sich hilflos, und das gefiel ihm ganz und gar nicht.

Das Shuttle und die sechs Jets setzten den Formationsflug über den Wolken fort, und Kirk versuchte vergeblich, sich wieder zu entspannen. Eine seltsame Unruhe verharrte in ihm.

Ungefähr eine Stunde nach dem Rendezvous sanken die *Galileo* sowie ihre sechs Begleiter tiefer und näherten sich McIverton von Süden. Er knackte im Lautsprecher des Kurzwellenempfängers. »Wir verlassen Sie jetzt, *Galileo.* Der Kurs zum Landefeld ist neun zwei sieben. Justieren Sie die Frequenz auf vier fünf drei Kilohertz, um sich mit dem Kontrollturm in Verbindung zu setzen. Es war mir ein Vergnügen, Captain Kirk. Smith Ende.«

»Vielen Dank, Colonel. *Galileo* Ende.« Die sechs Kampfflugzeuge drehten ab, und Kirk sah ihnen kurz nach, bevor er den Frequenzregler betätigte. Scotty hatte dem Gerät keine digitale Anzeige hinzufügen können, und deshalb drehte der Captain den Knopf im Bereich von 453 Kilohertz hin und her, bis er etwas hörte.

Eine energische, selbstbewußte Frauenstimme erklang. »*Galileo,* hier ist der Regierungsflughafen von McIverton. Ich begrüße Sie auf Centaurus, Captain Kirk. Steuern Sie den Landeplatz des Präsidenten an — wir übermitteln Ihnen ein Peilsignal auf dieser Frequenz. Sie erkennen die Parzelle an ihrer roten Markierung. Bitte bestätigen Sie.«

Jetzt weiß ich genau, wie sich Uhura fühlt, dachte Kirk und ging auf Sendung. »Hier spricht Captain Kirk von der *Galileo.* Wir sind noch dreizehn Kilometer entfernt und nähern uns von Süden. Kurs neun zwei sieben. Höhe derzeit tausendachthundert Meter. Bereitschaft für Peilsignal.«

Ein gleichmäßiger Ton drang aus dem Lautsprecher. Solange ihn Kirk und Sulu hörten, flogen sie den Landeplatz des Präsidenten an. Eine Veränderung des Signals deutete auf Abweichungen hin, und dann konnte Sulu Kurskorrekturen vornehmen.

Es wurden keine notwendig.

»Wir sind am Ziel«, sagte Sulu nach einer Weile.

Kirk beugte sich ein wenig vor und sah durchs Bugfenster. Der Regierungsflughafen unterschied sich kaum von den zivilen Flugplätzen auf anderen Föderationswelten, doch in diesem Fall bemerkte der Captain viele Gleiter und Transporter, die Warteschleifen flogen. Die Materie-Antimaterie-Explosion hatte nicht nur New Athens zerstört, sondern auch das bisherige Regierungszentrum des Planeten, und inzwischen nahm McIverton alle administrativen Aufgaben wahr. Die Kapazität der Start- und Landebahnen war natürlich begrenzt, und das drastisch gestiegene Verkehrsaufkommen führte zu einer permanenten Überlastung des ganzen Komplexes. Kirk dachte voller Mitgefühl an die Fluglotsen. Die *Galileo* bereitete ihnen sicher zusätzlichen Streß — das Shuttle bekam eine Prioritätslandeerlaubnis, und deshalb mußten Dutzenden von Maschinen neue Kursanweisungen übermittelt werden.

Jede Föderationsfähre, die einen hochrangigen Offizier beförderte, genoß Vorrang bei Starts und Landungen, und diese Tradition achtete man auch auf Centaurus. Trotzdem blieb Kirk skeptisch. Er hatte das vage Gefühl, daß in McIverton irgend etwas nicht mit rechten Dingen zuging. Der Captain runzelte die Stirn, horchte in sich hinein und versuchte den Grund für dieses sonderbare Empfinden herauszufinden. Gab es irgendwelche Fakten, die gesundes Mißtrauen begründet erscheinen ließen? Nein, eigentlich nicht... Doch die innere Unruhe blieb, verdichtete sich sogar. *Eine Ahnung, mehr nicht,* überlegte Kirk. *Aber bisher konnte ich mich praktisch immer auf meine Intuition verlassen.*

»Wir landen jetzt, Captain«, meldete Sulu.

Die *Galileo* schwebte der für den centaurischen Präsidenten reservierten Parzelle entgegen, und in ihrer Mitte sah Kirk die bereits erwähnte Markierung: sechs konzentrische rote Kreise. Drei große Fahrzeuge parkten jenseits des abgegrenzten Landefeldes. *Gleiter?* fragte sich der Captain. *Sie sehen gar nicht wie... Nein, es sind Limousinen! Ich habe Bilder von ihnen gesehen. Na, da soll mich doch der Schlag treffen. Die Eskorte war nur der Anfang. Offenbar will Erikkson nicht darauf verzichten, eine große Schau abzuziehen.*

Kirk beobachtete die drei Wagen verblüfft. Auf manchen Föderationswelten wurden noch immer Autos benutzt, hauptsächlich bei diplomatischen Anlässen. Auf der Erde hatte es einst einen ähnlichen Anachronismus gegeben: Selbst hundert Jahre nach der Erfindung des Automobils fuhren Könige und Königinnen in Kutschen zur Krönungsfeier.

Der seltsame Anblick erinnerte Kirk an Iota, einen Planeten, dessen sozialethische Struktur auf einem Buch über das terranische zwanzigste Jahrhundert basierte. Es ging dabei insbesondere um die Herrschaft des organisierten Verbrechens über Chicago. Der Captain hatte damals versucht, einen Wagen zu fahren, und er lächelte nun, als er sich daran entsann. Ein Teil seines Unbehagens wich aus ihm; er freute sich auf die bevorstehende Fahrt.

Die markierte Parzelle befand sich jetzt genau unter ihnen.

»Landung«, sagte Sulu knapp. Das Summen des Impulstriebwerks wurde leiser, als der Steuermann die Energiezufuhr drosselte. Die *Galileo* sank tiefer, und Kirk sah, wie die Gebäude hinter dem Bugfenster zu wachsen schienen.

Eine grüne Kontrollampe leuchtete auf der Pilotenkonsole. »Landestützen ausgefahren und arretiert«, sagte Sulu. Nach einer kaum merklichen Erschütterung fügte er hinzu: »Gelandet, Captain. Ich hoffe, Sie hatten einen angenehmen Flug. Bitte nehmen Sie den Seitenausgang. Und vergessen Sie nicht Ihr Gepäck.«

Kirk lächelte. »Gute Arbeit, Lieutenant. Danke.« Er sah erneut aus dem Fenster – der Bug des Shuttles zeigte auf die drei Limousinen. Einige Männer warteten dort. »Ein Empfangskomitee. Und ich habe meine Galauniform in der *Enterprise* gelassen.«

»Wir könnten die Druckanzüge überstreifen«, schlug Sulu scherzhaft vor.

»Das hätte mir gerade noch gefehlt.« Kirk stöhnte übertrieben. »Kommen Sie, Mr. Sulu. Wir sollten die Leute nicht länger warten lassen.«

In McIverton war es noch recht früh am Morgen, aber das Licht der beiden centaurischen Sonnen blendete bereits. Es gleißte über die aus weißem Beton bestehenden Landebahnen und Gleiter-Parzellen, spiegelte sich fast schmerzhaft grell auf Glasflächen wider. Kirk kniff die Augen zusammen. *Ich wußte doch, daß wir irgend etwas vergessen haben. Sonnenbrillen! Himmel, ich hätte daran denken sollen.* Zusammen mit Sulu trat er über die Rampe und näherte sich der Gruppe vor dem Wagen. Ein hochgewachsener, etwa vierzig Jahre alter Mann mit lichtem Haar streckte die Hand aus, und Kirk drückte sie fest.

»Ich grüße Sie, Captain Kirk. Herzlich willkommen auf Centaurus. Ich bin Thaddäus Hayes, Protokollchef. Freut mich, Sie kennenzulernen, Sir.«

»Danke«, erwiderte Kirk. »Ich möchte Ihnen Lieutenant Sulu vorstellen, meinen Piloten und Sonderadjutanten.«

Sulu ließ sich seine Überraschung nicht anmerken — er hatte längst gelernt, Kirks Bemerkungen einfach hinzunehmen. Er reichte Hayes ebenfalls die Hand und fragte sich, welche Aufgaben ein Sonderadjutant wahrnahm. *Wahrscheinlich hält er die Klappe, wenn sein Captain spricht,* dachte er.

Hayes drehte sich um und deutete auf zwei wesentlich jüngere Männer. »Das sind meine beiden Stellvertreter: Roland Samuels und Winston Churchill McKnight.« Erneut wurden Hände geschüttelt. »So, ich glaube, damit ist den Vorstellungen Genüge getan, Captain. Oh, da fällt mir ein: Bestimmt können Sie das hier gebrauchen.« Hayes nickte McKnight zu, der ihm daraufhin zwei Lederetuis gab. »Sonnenbrillen«, erklärte der Protokollchef. »In der richtigen Größe, hoffe ich. Wenn Sie so freundlich wären, sie zu benutzen... Dann könnten wir Ihrem Beispiel folgen.« Er lächelte entschuldigend. »Bitte verzeihen

Sie mir meine Unverblümtheit, aber heute ist es ziemlich hell.«

Kirk grinste. »Kein Problem, Mr. Hayes.« Er zog die Sonnenbrille aus dem Etui, setzte sie auf und seufzte erleichtert. Hyperpolarisierte Linsen filterten den grellen Glanz. »Ah, so ist es schon besser. Vielen Dank.«

Hayes und die beiden anderen Männer holten ihre eigenen Brillen hervor. »Solche Gegenstände sind hier sehr nützlich, Captain«, sagte der Protokollchef.

»Davon bin ich überzeugt. Nun, in meiner Kabine an Bord der *Enterprise* liegen sicher irgendwo einige Sonnenbrillen herum. Aber im Weltraum gibt es kaum Verwendung dafür.«

»Kann ich mir denken, Captain. Sollen wir uns jetzt auf den Weg machen? Der Präsident erwartet uns.«

Kirk nickte.

»Hier entlang«, sagte Hayes.

Samuels führte die beiden Starfleet-Offiziere zur zweiten Limousine. Ein schweigsamer Chauffeur verneigte sich würdevoll und öffnete die Tür zum Fond. Hayes stieg nach Kirk und Sulu ein; erst dann nahmen Samuels und McKnight im dritten Wagen Platz. Mehrere Sirenen heulten, und rote Blinklichter glühten, als die Fahrt begann.

Auch die Fenster der Limousine waren hyperpolarisiert, und deshalb konnten Kirk, Sulu und Hayes ihre Sonnenbrillen abnehmen. Sulu befand sich zum erstenmal auf Centaurus, und Kirk hatte noch nie Gelegenheit gefunden, McIverton zu besuchen.

Sie näherten sich der Stadt von Südosten. McIverton war die einzige größere Stadt an der Westküste New Americas – es dauerte sicher noch mehrere Generationen, bis weitere entstanden. Es gab jedoch einige kleinere Siedlungen, in denen Individualisten wohnten, die McIverton mit seinen zweihunderttausend Einwohnern für ein zu großes Ballungszentrum hielten. Durch einen solchen Ort fuhren sie nun. Es handelte sich um eine Ansammlung von ein-

und zweistöckigen Häusern, deren Architekten ihrer Phantasie freien Lauf gelassen und mehrere Baustile miteinander vereint hatten – das Ergebnis wirkte manchmal bizarr und exotisch. Vor allen Gebäuden erstreckten sich sorgfältig gepflegte Gärten mit Sträuchern, Büschen und kleinen Bäumen. Hier und dort bemerkte Kirk einige Centaurier, die in Liegestühlen unter Sonnenschirmen saßen. Während des langen Sommers in diesen Breiten wagte es niemand, sich ohne besondere Schutzmaßnahmen der prallen Sonne auszusetzen.

»Die Straße ist in einem sehr guten Zustand«, wandte sich Kirk an Hayes. »Der Wagen scheint zu schweben.«

»Danke, Captain«, erwiderte der Protokollchef so stolz, als sei er für die hiesige Infrastruktur verantwortlich. »Der Autoverkehr hat auch bei uns nachgelassen, aber viele Bürger besitzen Motorräder oder Mopeds, die hauptsächlich während der Freizeit verwendet werden. Nun, an Benzin für die Verbrennungsmotoren mangelt es natürlich nicht; wir können jederzeit beliebige Mengen davon herstellen. Centaurus hat große Erdöl-Vorkommen, aber wir achten darauf, die Fehler der Erde nicht zu wiederholen. Der größte Teil wird exportiert – ein recht gutes Geschäft, da uns nur etwas mehr als vier Lichtjahre vom Sol-System trennen.«

Kirk nickte langsam. Bei dem ›recht guten Geschäft‹ verdiente Centaurus jährlich fast fünfhundert Milliarden Krediteinheiten. Die terranischen Erdölvorräte waren schon in der Mitte des einundzwanzigsten Jahrhunderts zur Neige gegangen, doch die irdische Industrie brauchte diesen Rohstoff nach wie vor. Sie bezog ihn hauptsächlich von Centaurus, aber auch von anderen Planeten. Benötigt wurde er in erster Linie für die Herstellung von Kunststoffen und pharmazeutischen Produkten. Flüssiger Wasserstoff, Fusionskraftwerke und Orbitalkollektoren – gewaltige, spiegelartige Vorrichtungen, die das Sonnenlicht in Elektrizität verwandelten und per Mikrowelle zur Erde schickten – stellten die Energieversorgung sicher.

Aber die centaurischen Supertanker konnten erst dann wieder starten, wenn Spock und seine Begleiter das Problem des Verteidigungszentrums gelöst hatten. *Es ergeben sich also auch erhebliche ökonomische Konsequenzen,* dachte Kirk.

Der Wagen rollte über eine Hügelkuppe, und die Straße führte nach unten. Hayes deutete auf McIverton.

»Ich bin hier geboren«, sagte er. »McIverton ist eine Hafenstadt, obwohl kaum nennenswerter Schiffsverkehr stattfindet. Fracht wird hauptsächlich mit Gleitern transportiert. Die meisten Boote werden ausschließlich in der Freizeit verwendet — um auszuspannen. An der Ostküste gibt es mehr Schiffahrt, aber jene Regionen sind auch dichter besiedelt. Einige Städte auf dem südlichen Kontinent New Europe lassen sich von hier aus nur schwer mit Gleitern erreichen, und deshalb schicken wir dann und wann einen großen Frachter übers Meer. Wie dem auch sei: Es ist weitaus einfacher, Flugzeuge zu verwenden. Sie mögen altmodisch sein, aber sie sind zuverlässig und zeichnen sich durch ein gutes Kosten-Nutzen-Verhältnis aus.«

»Und der dritte Kontinent jenseits des westlichen Ozeans?« fragte Sulu. »Wurden dort bereits Siedlungen gegründet?«

»Noch nicht, Lieutenant«, antwortete Hayes. »Mit der Erschließung New Asias wollen wir noch bis zum nächsten Jahrhundert warten. Manche Leute machen dort Urlaub, um freie, ungezähmte Natur zu genießen; die Vorposten der Zivilisation bestehen nur aus einigen wissenschaftlichen Stationen. Die dort arbeitenden Forscher sind in der Mehrzahl Biologen und dergleichen — der Einsatz von Satelliten eignet sich nicht für zoologische Studien.« Hayes zögerte kurz. »Es wird sicher eine Weile dauern, bis wir wieder eine ausreichende Anzahl von Orbitaleinheiten in die Umlaufbahn bringen können. Bei Wetterprognosen, Landvermessungen und so weiter werden sich bis auf weiteres erhebliche Schwierigkeiten ergeben.«

»Sie erwähnten gerade die Zoologie«, warf Sulu ein.

»Ich habe mich eingehend damit beschäftigt. Meines Wissens konnten viele Spezies aus der terranischen Flora und Fauna hier auf Centaurus neuen Lebensraum finden. Nun, ich frage mich folgendes: Wie werden sie mit den praktisch nachtlosen Perioden fertig, wenn die Distanz zwischen den beiden Hauptsonnen Alpha und Beta auf ihr Maximum wächst?«

Hayes nickte. »Da sprechen Sie einen interessanten Punkt an. In diesem System gibt es insgesamt drei Sonnen, aber nur zwei von ihnen spielen eine Rolle. Proxima Centauri ist ein roter Zwerg, der Alpha in einem Abstand von rund zwei Lichtmonaten umkreist. Ein winziger und kalter Stern, die Leuchtkraft kaum der Rede wert.«

Sulu brummte zustimmend – bisher beschränkte sich der Protokollchef auf elementare Kosmographie.

»Auf diesem Planeten herrscht größtenteils ein subtropisches Klima«, fuhr Hayes fort. »Alpha Centauri strahlt ziemlich intensiv. Beta ist kleiner und nicht ganz so hell, schenkt jedoch zusätzliche Wärme. Centaurus befindet sich im Orbit Alphas; Alpha und Beta umkreisen sich gegenseitig. Die entsprechende Himmelsmechanik verwirrt selbst Astronomen.« Kirk und Sulu lächelten bei diesen Worten. »Vor etwa neun Jahren schrumpfte die Entfernung zwischen Alpha und Beta auf ihr Minimum. Diesen Zeitpunkt bezeichnen wir als Großes Neues Jahr, und wir nahmen ihn zum Anlaß, mächtig zu feiern.«

Hayes lächelte melancholisch. »Meine Güte, damals ging's wirklich rund. Ich könnte Ihnen Geschichten erzählen... Nun, was soll's? Es geschieht nur einmal in achtzig Jahren.«

Kirk schmunzelte unwillkürlich. Er wußte genau, was der Protokollchef meinte – er hatte selbst an den Feiern teilgenommen.

»Beim Großen Neuen Jahr beträgt die Distanz zwischen Alpha und Beta nurmehr anderthalb Milliarden Kilometer, und dann wird's hier unten recht warm«, sagte Hayes. »In einunddreißig Jahren erreichen die beiden Sonnen ihr

Aphel. Der maximale Abstand zwischen ihnen wächst auf fünf Milliarden Kilometer, und dann wird es hier etwas kühler.«

»Und die Lange Nacht?« überlegte Sulu laut. »Derzeit leuchten beide Sonnen vom Himmel herab, aber im Laufe des Jahres gibt es bestimmt einige Monate, während derer Alpha und Beta nur von der anderen Seite des Planeten aus zu sehen sind. Vermutlich wird es noch schlimmer, wenn die Entfernung zwischen ihnen zunimmt. Dann geht die eine Sonne einen halben Tag nach der anderen auf, wodurch es ständig hell bleibt. Das stimmt doch, oder?«

Hayes nickte. »In dem Fall benutzen wir den Großen Verdunkler.«

Sulu runzelte verwirrt die Stirn. »Was hat es damit auf sich?«

»Er dient dazu, eine der beiden Sonnen abzuschirmen.«

»Hm. Klingt einfach und unkompliziert. Aber die Wirklichkeit sieht ganz anders aus, nehme ich an.«

Hayes zuckte kurz mit den Schultern. »Wie man's nimmt. Der Große Verdunkler ist eine vollautomatisierte Raumstation, die Centaurus in einem Abstand von fünfhunderttausend Kilometern umkreist. Ein ganzer Umlauf dauert genau einen Standardmonat. Gegebenenfalls projiziert sie ein hyperpolarisiertes Feld, das Beta vom centaurischen Himmel tilgt. Nun, die Sonne existiert natürlich weiterhin, aber man kann sie nicht mehr sehen, weil sich der Planet im Schatten des Schirmfeldes befindet. Auf diese Weise entstehen künstliche Nächte auf der Seite, die nicht dem Licht Alphas ausgesetzt ist. Darüber hinaus bekommen wir dadurch einen milden planetaren Winter — ganz zu schweigen von der absorbierten Solarenergie. Der Große Verdunkler kostet einen Haufen Geld, aber er ist es wert.«

Sulu dachte nach. »Welche Auswirkungen ergeben sich für die einheimischen Lebensformen? Ich meine, ihre Evolution fand unter ganz anderen Bedingungen statt...«

Hayes nickte erneut. »Es entstehen natürlich gewisse

Probleme. Wir glauben, daß einige Arten bereits ausgestorben sind. Aber andere entwickeln sich weiter und haben offenbar keine Anpassungsschwierigkeiten. Außerdem: Wir *brauchen* einen Tag-Nacht-Zyklus für die von der Erde stammenden Spezies — sie kommen an erster Stelle. Ohne Nacht würden die terranischen Tiere früher oder später verenden, und es wäre praktisch gar kein Getreideanbau möglich. Stellen Sie sich eine Kolonie vor, die alle notwendigen Nahrungsmittel importieren muß...«

»Ich verstehe«, erwiderte Sulu. »Ich kenne von Lebensmittelimporten abhängige Welten. Die meisten von ihnen steuern geradewegs auf eine Katastrophe zu.«

»Ja«, bestätigte Hayes. »Bei uns hätte sie bereits stattgefunden. Denken Sie nur an das außer Kontrolle geratene Verteidigungszentrum. Seit fast einer Woche ist kein Raumschiff mehr gelandet. Wenn wir uns nicht selbst versorgen könnten, wäre eine globale Hungersnot unausweichlich — mit katastrophalen Folgen.« Hayes seufzte. »Nun, derzeit sieht es nicht besonders gut aus, aber es könnte schlimmer sein. Wenigstens haben wir genug zu essen.«

Kurze Stille folgte.

Nach einigen Sekunden räusperte sich Kirk. »Ich vermute, Sie sind noch nicht sehr lange Protokollchef, oder?«

Hayes sah ihn an und lächelte schief. »Merkt man mir es so deutlich an?«

Kirk schmunzelte ebenfalls. »Oh, machen Sie sich keine Sorgen. Ich erwähne es nur, weil Sie der erste bescheidene und zurückhaltende Protokollchef sind, den ich kennengelernt habe.«

Hayes lachte. »Das nehme ich als Kompliment, Captain. Danke. Um Ihre Frage zu beantworten: Ich habe dieses Amt erst vor kurzer Zeit angetreten. Präsident Erikkson holte mich dafür aus dem Arbeitsministerium; meine früheren Aufgaben bestanden darin, bei Tarifverhandlungen und dergleichen als Schlichter aufzutreten. Die entsprechenden Büros befinden sich hier in McIverton. Der alte

Protokollchef war unglücklicherweise in New Athens, als es zu der Materie-Antimaterie-Explosion kam. Die meisten Angehörigen der neuen Regierung müssen sich erst noch einarbeiten und Erfahrungen sammeln.«

»Und die beiden Herren, mit denen wir bereits gesprochen haben?« erkundigte sich Kirk. »Ich meine die Minister Perez und Burke.«

»Sie stammen aus dem vorherigen Kabinett. Präsident Erikkson bat sie, auch weiterhin im Amt zu bleiben, und sie erklärten sich dazu bereit. Erikkson, Perez und Burke waren an der Westküste unterwegs, als New Athens zerstört wurde. Soweit wir wissen, haben außer ihnen keine anderen hochrangigen Regierungsmitglieder überlebt.«

»Kennen Sie den neuen Präsidenten gut?«

»Ich bin ihm nur selten begegnet, Captain. Er war Außenminister, und daher hatte ich fast nie mit ihm zu tun. Die beiden anderen Herren kenne ich ebenfalls kaum, obgleich Burke ein Gespräch mit mir führte, bevor man mich zum Protokollchef berief.«

»Mr. Burke ist Minister für innere Sicherheit, nicht wahr?« fragte Kirk.

»Ja.«

»Leitete er in bezug auf Sie Ermittlungen ein?«

Hayes nickte langsam. »Ja. Und anschließend erklärte er, daß ich kein Sicherheitsrisiko darstelle.«

»Warum hielt er eine solche Untersuchung für notwendig?«

Hayes schwieg einige Sekunden lang. »Entschuldigen Sie bitte, Captain. Bevor ich Ihnen darauf antworte, sollten Sie mit dem Präsidenten oder Minister Burke sprechen.«

»Wie Sie meinen.« Kirk spürte, wie sein Unbehagen wieder zunahm. Er sah aus dem Fenster. »Offenbar sind wir bereits in der Stadt.«

»Ja«, sagte Hayes. Er schien froh darüber zu sein, das Thema wechseln zu können. »Dies ist die Gregory Avenue. John Houston Gregory war der erste Mensch auf Centaurus. Er landete mehrere Kilometer nördlich der Stadt, und man nennt den Ort Gregory's Landing. Wir benutzen die Büros im Bereich des Planetaren Platzes als neues Regierungszentrum. Sie bieten zwar nicht gerade viel Raum, aber damit müssen wir uns eben abfinden. Übrigens blieb uns nichts anderes übrig, als Dutzende von früheren Staatssekretären vor die Tür zu setzen, um unseren neuen Mitarbeitern Schreibtische zur Verfügung zu stellen. Geräumt wurde unter anderem das frühere Arbeitsministerium.« Hayes lachte leise. »Wenigstens konnte ich mein altes Zimmer behalten.«

Die Wagenkolonne bog nach links ab und erreichte einen breiten Boulevard. Kirk las die Aufschrift eines Schildes: GRÜNDUNGSSTRASSE.

»Wir sind fast da«, sagte der Protokollchef, als die Limousinen in eine unterirdische Garage rollten. Bewaffnete Wächter standen auf beiden Seiten der Zufahrt. Der Wagen, in dem Kirk und Sulu saßen, fuhr noch einige Meter weiter und hielt neben einem Lift.

»Tut mir leid, daß wir den Hintereingang nehmen«, sagte Hayes in einem entschuldigenden Tonfall. »Wir haben einige Sicherheitsprobleme.«

Mehrere Wächter näherten sich. Einer von ihnen öffnete die Tür zum Fond und salutierte zackig. Als Kirk ausstieg, nahm er einen sonderbaren Geruch von Rauch und Öl wahr, der ihn an Scottys primitivere Schmiermittel erinnerte. Er sah sich außerstande, ihn zu identifizieren — zum erstenmal roch der Captain die in einem geschlossenen Raum kumulierten Abgase eines Verbrennungsmotors. Er empfand es nicht gerade als angenehm.

»Wenn ich bitten darf, meine Herren ...« Hayes deutete auf den Lift. Kirk und Sulu folgten ihm.

Kapitel 12

Das Verteidigungszentrum

Spock und seine Begleiter betraten das Herz des Verteidigungszentrums: den Kontrollraum. Die dicke Stahltür stand ebenso weit offen wie alle anderen, die sie unterwegs passiert hatten. Spock sah darin einen weiteren Beweis für die Fehlfunktionen der Computer. *Die internen Sicherheits- und Schutzsysteme haben zu einem Zeitpunkt versagt, an dem sie dringender als jemals zuvor benötigt wurden.*

Unterwegs hatten sie nur Leichen gefunden, und Spock gab sich der vergeblichen Hoffnung hin, im Kontrollraum einige Überlebende anzutreffen. Er war noch besser abgeschirmt als die übrigen Bereiche der Basis, doch der Tod schlug auch hier zu — schnell und erbarmungslos.

Hier und dort lagen tote centaurische Soldaten, innerhalb weniger Sekunden von einem enorm starken Strahlungsschub dahingerafft. Die Druck- und Hitzewelle der Materie-Antimaterie-Annihilation hatte sich nur in den oberen Etagen der unterirdischen Station ausgewirkt, aber nicht so tief unten. Starke Erschütterungen konnten ebenfalls ausgeschlossen werden. Spock zweifelte nicht daran, daß der Kontrollraum in einer Schale aus Vibrationsabsorbern ruhte; im Verteidigungsfall mußten Beschädigungen durch plötzliche Bodenbewegungen — unmittelbare Folgen von Explosionen an der Oberfläche — ausgeschlossen werden.

Die Energieversorgung funktionierte nicht mehr, aber abgesehen davon schienen alle Installationen in Ordnung zu sein.

Spock durchquerte das große Zimmer und sah sich um. Sein Blick fiel auf stumme Konsolen und blinde Monitore, auf die Leichen von Männern und Frauen, die in ihren Sesseln gestorben waren. Er hob die Stehlampe, und ihr Lichtkegel wanderte über die Laufstege weiter oben, verlor sich schließlich in konturloser Finsternis.

Nirgends rührte sich etwas. Alles blieb still.

»Es ist unheimlich«, murmelte Rawlings. »Kein Ort sollte so ... tot sein.« Er stellte die mitgebrachten Instrumente auf den Boden, und Hudson folgte seinem Beispiel. Connie Iziharry beugte sich zur nächsten Leiche hinab. Chekov blieb neben ihr stehen und wußte nicht so recht, wie er sich nützlich machen sollte.

»Ein General«, stellte die Krankenschwester fest. »Vielleicht der Kommandeur.« Sie sah in den Taschen der Uniform nach. »Er hat keine ID-Unterlagen bei sich, Mr. Spock.«

»Können Sie seine genaue Todesursache feststellen, Miß Iziharry?« fragte der Vulkanier.

Die junge Frau überlegte kurz. »Nicht ohne Laboranalysen. Aber ich tippe auf Strahlung. Sehen Sie selbst: Der Körper weist weder Brandwunden noch andere äußere Verletzungen auf. Daher vermute ich, dieser Mann fiel äußerst intensiver Radioaktivität zum Opfer. Es sind jedoch sorgfältige Untersuchungen notwendig, um ganz sicher zu sein.«

»Danke.« Iziharrys Diagnose bestätigte Spocks Annahmen. Er hakte diesen Punkt auf seiner mentalen Liste ab, beobachtete die Anzeigen des Tricorders und drehte das kleine Gerät langsam. Es maß eine Strahlung der Stärke zwölf — sie genügte, um jeden ungeschützten Humanoiden innerhalb kurzer Zeit zu töten.

»Ohne Schutzkleidung könnte man hier höchstens ein bis zwei Minuten lang überleben«, sagte der Vulkanier. »Die Radioaktivität ist hier fast ebenso intensiv wie auf der Oberfläche des Planeten. Mit anderen Worten: Wir müssen weiterhin die Schutzanzüge tragen.« Er zögerte kurz. »Zunächst einmal kommt es darauf an, die Energieversorgung wiederherzustellen. Mr. Rawlings, bitte geben Sie mir den Akkumulator. Ich glaube, wir können ihn mit dem Notstromgenerator dort drüben verbinden.« Er deutete auf einen großen grauen Würfel in der einen Ecke des Raums. Kabelstränge gingen davon aus.

Spock nahm den Akku entgegen – es handelte sich um ein Speichermodul, das für begrenzte Zeit hohe Stromspannungen gewährleistete – und trug ihn zum Generator. Er fand einen nicht kompatiblen Anschluß, doch es dauerte nicht lange, um Stecker und Steckdose einander anzupassen. Als der Vulkanier die Verbindung herstellte, flammte plötzlich Licht auf, und die Menschen seufzten erleichtert.

Kontrollampen flackerten, und Datenkolonnen wanderten über kleine Bildschirme. Rawlings und Hudson nahmen an den mit NUMMER ZWEI und NEBENKONTROLLE gekennzeichneten Pulten Platz. Spock setzte sich an die Station des diensthabenden Kommandanten. Die Computerterminals verfügten über altmodische Tastaturen, wie sie jahrhundertelang von Menschen benutzt worden waren. Spock kannte sich bestens damit aus: Während seiner Jugend hatte er mehrere derartige Dateneingabegeräte konstruiert, bevor er sich praktischeren Dingen zuwandte.

Der Vulkanier berührte die ersten Tasten und vertippte sich mehrmals. *Oh, natürlich,* dachte er. *Wie dumm von mir.* Die Handschuhe des Schutzanzugs behinderten ihn beim Schreiben.

»Würden Sie mir bitte eins Ihrer medizinischen Instrumente leihen, Miß Iziharry?« fragte er. »Zum Beispiel einen Zungenspatel...«

Die Krankenschwester gab ihm einen solchen Gegenstand, und damit betätigte Spock die Tasten nacheinander. Eine kurze mathematische Analyse ermöglichte es ihm, die richtigen Paßwörter zu finden, um sich den Computern des Verteidigungszentrums gegenüber als berechtigter User auszuweisen – es fiel ihm leichter, als er zunächst erwartet hatte. Anschließend gab er die Datenleitungen zu den Konsolen Rawlings und Hudsons frei, so daß sie auf ihre eigene Art und Weise mit der Arbeit beginnen konnten.

Bei dieser Gelegenheit bin ich bereit, auch die menschliche Intuition zu nutzen, dachte der Vulkanier. *Es ist nicht logisch, sich in erster Linie auf die Intuition zu verlassen, aber es wäre noch weitaus unlogischer zu behaupten, die menschliche Ahnung könne keinen Beitrag zur Lösung des hiesigen Problems leisten. Diese Anlage wurde von Menschen erbaut – vielleicht fällt es ihnen leichter als mir, den Grund für die Fehlfunktionen herauszufinden.* Spock schrieb, und der Computer antwortete.

Schalte dich ab.
NEGATIVE FUNKTION.
Prioritätsbefehl. Schalte dich ab.
NEGATIVE FUNKTION.
Desaktiviere die Verteidigungssysteme.
NEGATIVE FUNKTION.
Friedensbedingungen. Schalte dich ab. Kehre zum Bereitschaftsstatus zurück. Prioritätsbefehl.
NEGATIVE FUNKTION.

Spock dachte einige Sekunden lang nach. Der transparente Helm dämpfte alle Geräusche, aber trotzdem hörte er deutlich das Klicken der Tasten rechts und links von ihm: Rawlings und Hudson, die ebenfalls versuchten, die Computer zum Gehorsam zu zwingen. Rawlings stöhnte dann und wann, während Hudson keinen Laut von sich gab.

Der Vulkanier beugte sich wieder vor.

Definition deiner Aufgaben. Kurzfassung.
VERTEIDIGUNG DES PLANETEN UND SEINER NACHBARSCHAFT. ABWEHR VON EXTRAPLANETAREN ANGRIFFEN. ALS NACHBARSCHAFT GILT DER RAUMBEREICH ZWISCHEN DEM STANDARDORBIT UND FLUGVERKEHR-OBERGRENZE.
Stop. Definition der Verteidigungsmaßnahmen. Kurzfassung.

ORTUNG DES ANGREIFERS. ZIELERFASSUNG. START VON BODEN-RAUM-RAKETEN, UM DEN PLANETEN ZU SCHÜTZEN. NÖTIGENFALLS EINSATZ DES GESAMTEN VERTEIDIGUNGS-POTENTIALS.

Wozu dient das gesamte Verteidigungspotential?

ZERSTÖRUNG DER FEINDLICHEN STREITKRÄFTE.

Definition der Möglichkeit, das Ziel beim ersten Raketenstart zu verfehlen.

ZERO. ZERSTÖRUNG ZU HUNDERT PROZENT SICHER.

Definition des Verhaltens gegenüber neutralen oder alliierten Einheiten während der Invasion.

KEINE DATEN.

Zeige Liste aller als neutral und alliiert geltenden Raumschiffe.

KEINE DATEN.

Definiere aktuellen Status.

KRIEG. PLANET WIRD VON FEINDLICHEN STREITKRÄFTEN ANGEGRIFFEN.

Klassifikation des Feindes.

KEINE DATEN.

Zeige Liste aller feindlichen Raumschiffe.

ALS FEINDLICHE RAUMSCHIFFE GELTEN ALLE OBJEKTE, DIE VON BUG BIS HECK MINDESTENS FÜNF KOMMA SECHS DREI ZENTIMETER LANG, MIT WARPANTRIEB BEZIEHUNGSWEISE IMPULSTRIEBWERK AUSGESTATTET SIND UND SICH INNERHALB DES DEFINIERTEN VERTEIDIGUNGSBEREICHS BEFINDEN.

Zeige Liste aller bisher zerstörten feindlichen Flugkörper. Kurzfassung.

LISTE UMFASST 39 TRÄGERSCHIFFE, 621 LANDEEINHEITEN UND 157 VOM FEIND AUSGESCHLEUSTE SPÄHERSATELLITEN. HINZU KOMMEN VIELE KLEINERE OBJEKTE.

Bereitschaft.
WARTESTATUS.

»Ich weiß jetzt, wo der Fehler liegt«, sagte Spock. »Einige meiner früheren Vermutungen haben sich als zutreffend erwiesen. Mr. Rawlings, Mr. Hudson – welche Ergebnisse konnten Sie erzielen?«

Rawlings seufzte. »Ich muß passen, Mr. Spock. Der verdammte Computer will nicht einmal einsehen, daß nicht alle Raumschiffe, die den Planeten anfliegen, zu einer Invasionsflotte gehören.«

»Mir ergeht es ähnlich«, sagte Hudson. »Die hiesigen Rechner klassifizieren alle Schiffe als feindlich und geben dementsprechende Anweisungen. Darüber hinaus weigern sie sich, den Kriegsstatus zu beenden. Ich bin sogar so weit gegangen zu behaupten, Centaurus habe die Schlacht verloren und kapituliert. Selbst das klappt nicht.«

Spock wölbte eine Braue. Er hatte nicht daran gedacht, es mit einer scheinbaren Kapitulation zu versuchen, obgleich eine derartige Programmsequenz existieren mußte. Wenn feindliche Raumschiffe keine Möglichkeit bekamen, sicher auf Centaurus zu landen, so beschlossen die Invasoren vielleicht, sich für erlittene Verluste an der Zivilbevölkerung zu rächen und den Planeten vom Raum aus zu bombardieren.

»Was geschieht, wenn Sie den Kapitulationscode eingeben, Mr. Hudson?«

»Die Antwort lautet: ›Keine Daten‹.«

»Interessant.« Spock überlegte. »Die Reaktion des Computersystems läßt nur einen Schluß zu: Es ist aktiv und in Alarmbereitschaft; seine Aufmerksamkeit gilt in erster Linie ›feindlichen‹ Schiffen, die sich Centaurus nähern. Es startet sofort eine oder mehrere Raketen, und anschließend hält es das geortete Ziel in jedem Fall für vernichtet. Wir wissen aus eigener Erfahrung, daß ein mit stabilen Schilden geschütztes Raumschiff mindestens eine nukleare Explosion in unmittelbarer Nähe überstehen kann.

Jeder Flugkörper, der größer als etwa sechs Zentimeter ist, wird von den Computern als feindlich eingestuft.« Spock hörte, wie Rawlings und Hudson leise ächzten. Diesen Punkt hatten sie übersehen. »Zweifellos eine absurde Definition — selbst unsere Kommunikatoren sind größer. Außerdem glauben die Rechner, Centaurus befinde sich im Krieg. Sie ignorieren alle Desaktivierungsanweisungen, was mich zumindest in gewisser Weise überrascht. Die Programmierer haben bestimmt Vorsorge getroffen, daß die Atomraketen nicht per Zufall gestartet werden, und deshalb müßte die Offensivphase von hier aus ohne große Schwierigkeiten beendet werden können.

Diese Umstände und einige andere Faktoren deuten darauf hin, daß den Fehlfunktionen ein Defekt im Logikzentrum zugrunde liegt. Die Computer haben große Datenmengen ›vergessen‹ — zum Beispiel wissen sie nicht mehr, welche Schiffe als freundlich einzustufen sind, und nach den aktuellen Definitionen gelten selbst kleine Satelliten als feindlich. Zwischen den übriggebliebenen Datenblökken gibt es jetzt neue Verbindungen, obwohl sie eigentlich gar nichts miteinander zu tun haben. Das hat unüberschaubare Modifikationen in den Standardprozeduren zur Folge. Anders ausgedrückt: Die Computer handeln irrational.«

»Entschuldigen Sie bitte, Mr. Spock«, warf Chekov ein. »Wenn wir den Kontrollraum zerstören, sind doch alle Probleme aus der Welt geschaffen, oder?«

»Das bezweifle ich, Fähnrich«, erwiderte der Vulkanier. »Die fehlerhaften Logikzentren befinden sich nicht hier, sondern in einer Kammer mehrere Kilometer unter uns. Massiver Fels schützt sie, und für Menschen sind sie völlig unzugänglich. Eventuell notwendig werdende Reparaturen werden von dort stationierten Robotern vorgenommen. Selbst wenn die Transporter der *Enterprise* in einem einwandfreien Zustand wären: Wir könnten uns nicht in jenen Raum beamen. Das Gestein schwächt die Transfersignale ab, wodurch ein genauer Rematerialisierungsfokus unmöglich wird. Vielleicht gelänge es uns, die Kammer und ihren Inhalt mit mehreren Annihilationsvorrichtungen zu zerstören, aber solche Explosionen könnten verheerende Erdbeben bewirken.«

»Wie sollen wir dann vorgehen?« fragte Chekov.

»Genau darüber denke ich gerade nach, Fähnrich.«

Die Menschen schwiegen und hofften, daß Spock eine Lösung fand.

Kapitel 13

Gregory's Landing

Stunden verstrichen, ohne daß sich auch nur ein Hauch von Nervosität in Ruben Barclay regte. Zusammen mit seinen beiden Gefährten war er früh aufgebrochen, und sie hatten das neue Versteck ohne irgendeinen Zwischenfall erreicht. Es drohte nicht die geringste Gefahr; alles lief nach Plan.

Kurze Zeit später rief Max an und teilte mit, der Mann in McIverton sei bereit, auf Barclays Bedingungen einzugehen. Es sei nicht einmal nötig gewesen, ihn unter Druck zu setzen oder ihm zu drohen. Max und Dave würden in der Stadt bleiben, um zu beobachten, wie sich die Dinge entwickelten. Sie wußten ohnehin nicht, wo sich Barclay und seine beiden Begleiter befanden. Die Adresse des zweiten Refugiums war nach wie vor geheim, und die spezielle Telefonnummer ermöglichte keinen Rückschluß auf den Standort des entsprechenden Apparats. Barclay beabsichtigte, Max und Dave erst am nächsten Tag über seinen gegenwärtigen Aufenthaltsort zu informieren, damit sie zu ihm zurückkehren konnten.

Die Adresse ist sogar in zweifacher Hinsicht geheim, dachte Barclay zufrieden. *Der Eigentümer dieses Hauses war in New Athens, als es dort knallte; er kann nichts mehr verraten. Ein gutes, zuverlässiges Mitglied der Liga. Und er hat mir die Zweitschlüssel gegeben — für den Fall, daß ich irgendwo untertauchen muß.*

Mit etwas Glück brauchten sie nicht mehr als vierundzwanzig Stunden im zweiten Versteck zu verbringen. Übrigens: An Glück mangelte es nicht. Eine spätere Nachrichtensendung identifizierte das vom centaurischen Verteidigungszentrum angegriffene Schiff als die U.S.S. *Enterprise* unter dem Kommando von James T. Kirk. Der Sprecher fügte hinzu, der Starfleet-Kreuzer habe die atomare Explosion unbeschädigt überstanden. Kirk sei inzwischen auf dem Planeten gelandet und erörtere die gegenwärtige Situation mit dem Präsidenten und seinen wichtigsten Beratern.

Barclay gehörte zu den Verantwortlichen für die ›gegenwärtige Situation‹, und er lächelte still vor sich hin, als er an die möglichen Konsequenzen dachte. Bestimmt fiel es ihm nicht schwer, Kirk als Werkzeug zu benutzen, so wie alle anderen. Barclay freute sich sogar darüber, daß es sich ausgerechnet um *diesen* Captain handelte. Nachforschungen ergaben, daß Kirk den Mann kannte, mit dem sich Max und Dave in Verbindung gesetzt hatten. Er kannte ihn sogar sehr gut.

Ein Drahtseilakt, dachte Barclay. Nun, er war an so etwas gewöhnt. Es kümmerte ihn nicht, daß ein Sicherheitsnetz fehlte – er verlor nie die Balance. Diese Fähigkeit gehörte zu den Qualitäten eines politischen Kämpfers, der Führung beanspruchte und für eine reine Menschheit eintrat. *Eines Tages wird man mich auf vielen Welten bejubeln,* überlegte Barclay. Es kommt nur darauf an, die gegenwärtige Krise zu überwinden. Anschließend ergibt sich alles von selbst.

Erfolg und Macht – er brauchte nur die Hand danach auszustrecken. Doch zuerst mußten er und seine beiden Freunde Centaurus verlassen. Der Narr namens Holtzmann... Er hätte die Liga fast zerstört. *Aber eins muß man ihm zugute halten: Er hat mich mit einem Schlag von unliebsamer Konkurrenz befreit. Jetzt gibt es niemanden mehr, der Anspruch auf meinen Posten an der Spitze erhebt. Darüber hinaus haben wir es ihm zu verdanken, daß derzeit Aufruhr herrscht. Dadurch gewinnen wir einen wichtigen Vorteil. Wenn ich in einigen Jahren hierher zurückkehre, wird man mir einen triumphalen Empfang bereiten.* Barclay lachte leise. *Fast könnte man meinen, es sei alles bis ins letzte Detail geplant gewesen.* Nun, vielleicht stimmte das sogar. Ruben Barclay glaubte an die Vorsehung – solange er eine Verbündete in ihr sah.

Er stellte sich den ruhmreichen Tag vor, an dem er wieder auf Centaurus landete. *Ich werde als neuer Präsident kommen. Und als ein Mann, der auch die Politik anderer Welten bestimmt. Vielleicht präsentiere ich Holtzmann als einen Märtyrer unserer Sache – die Liga könnte durchaus eine Leitfigur gebrauchen. Es spielt keine Rolle, daß er ein Vollidiot war, der nicht wußte, wann man zurückstecken muß, der eine irrige Auffassung von Loyalität mit seinem ganz persönlichen Pragmatismus verband. Was für ein Dummkopf! Lieber Himmel, Holtzmann hätte ein vierzigstöckiges Gebäude in die Luft gejagt, nur um irgendwelche Kakerlaken in einem Zimmer zu töten. Aber was soll's? Wenn ich den Sieg erringe – und das ist nur eine Frage der Zeit –, schreibe* ich *die Geschichtsbücher. Dann hängt es allein von mir ab, wer welchen historischen Wert bekommt. Holtzmann wird zu einem weiteren Werkzeug. Ich brauche den Leuten nur einige faustdicke Lügen über ihn aufzutischen.*

Einmal mehr sah Barclay auf die Uhr. Nachmittag. Er brauchte sich nicht mehr lange in Geduld zu fassen. Das Treffen war für den nächsten Morgen geplant, und es stellte einen neuen Anfang dar.

Kapitel 14

McIverton

Kirk, Sulu und Hayes betraten den Konferenzraum im obersten Stock des neuen Regierungszentrums. Drei Personen warteten dort auf sie und erhoben sich. *Erikkson,* dachte der Captain. *Vermutlich der Mann am Ende des Tisches.*

Er behielt recht. Erikkson war klein und rund sechzig Jahre alt. Er hatte lichtes Haar, wirkte müde und schien sich seit zwei Tagen nicht mehr rasiert zu haben. In seinem Gebaren kam eine gewisse Nervosität zum Ausdruck, als er den beiden Starfleet-Offizieren entgegeneilte und die Hand ausstreckte.

»Ich bin Henry Erikkson, Captain. Ihr Begleiter ist sicher Lieutenant Sulu. Freut mich sehr, Ihnen persönlich zu begegnen. Wenn ich vorstellen darf... Verteidigungsminister Perez und Nathaniel Burke, Minister für innere Sicherheit.« Die Männer begrüßten sich.

Perez war klein und dunkelhäutig, erinnerte Kirk an einen erfahrenen Veteranen des politischen Freistilringens, das noch immer hinter den Kulissen der Föderation stattfand. Gleichzeitig erweckte er einen resignierten Eindruck, so als habe er durch die jüngsten Ereignisse einen großen Teil seines früheren Elans verloren. Burke bildete einen auffallenden Kontrast zu ihm: breites Kinn, kantiges Gesicht, kurzes Haar, rasiert. Er trug einen perfekt sitzenden Anzug, doch Kirk stellte sich ihn unwillkürlich in einer Uniform vor. *Ein fähiger, kompetenter Mann,* dachte der Captain. *Und mit Vorsicht zu genießen.*

Die graue Wolke des Unbehagens in Kirks Empfinden verdichtete sich und wurde dunkler.

»Danke, daß Sie unsere Gäste hierhergeführt haben, Thaddäus«, sagte Erikkson. Hayes verstand die Botschaft, nickte und ging.

Sie nahmen am Tisch Platz: der Präsident am oberen Ende, Kirk und Sulu rechts von ihm. Perez und Burke saßen den beiden Offizieren der *Enterprise* gegenüber. Bedienstete brachten Kaffee und belegte Brötchen, die jedoch niemand anrührte. Schweigen folgte den ersten Minuten oberflächlicher Konversation. Die anhaltende Stille schien Perez und Burke zu bedrücken; Präsident Erikkson spielte mit einer Büroklammer und verbog sie immer wieder, bis der dünne Metallbügel schließlich brach.

Das reicht jetzt, fand Kirk. »Herr Präsident?«

Erikkson hob den Kopf. »Ja, Captain?«

»Entschuldigen Sie bitte, aber ich glaube, wir sollten jetzt die hiesige Situation besprechen. Es gibt noch immer viele Dinge, über die ich nicht Bescheid weiß.« Die beiden Minister seufzten erleichtert. *Hmm,* dachte Kirk. *Offenbar haben sie die ganze Zeit über gewartet, daß wir endlich zur Sache kommen. Ich frage mich, warum Erikkson darauf verzichtet hat, die Initiative zu ergreifen.*

»Ich bin bereit, Ihnen in jeder Hinsicht zu helfen«, versicherte der Präsident. »Fragen Sie nur«, fügte er hinzu und gestikulierte vage.

»Nun gut, Sir.« Kirk holte tief Luft. »Was die Materie-Antimaterie-Annihilation im Bereich des ehemaligen Raumhafens von New Athens betrifft... Es kann sich unmöglich um einen ›Unfall‹ handeln. Das wurde mir klar, noch bevor wir den Standardorbit erreichten.« Zumindest in dieser Hinsicht glaubte Kirk, festen Boden unter den Füßen zu haben. Er kannte Spocks ursprüngliche Analyse, und bisher hatte er auf Centaurus nichts gesehen, das ihren Ergebnissen widersprach. »Bitte erläutern Sie mir die Hintergründe der Katastrophe. Erzählen Sie mir die ganze Geschichte, und zwar von Anfang an.«

Aus den Augenwinkeln sah Kirk, wie Burke unruhig auf seinem Stuhl hin und her rutschte. *Unter den gegenwärtigen Umständen kann man kein Staatsgeheimnis hüten,* dachte der Captain. *Die Karten müssen offen auf den Tisch gelegt werden. Ich bekomme in jedem Fall Antwor-*

ten auf meine Fragen — irgendwie. Es nützt überhaupt nichts, wenn ihr jetzt auf stur schaltet.

Erikkson schien sich alles andere als wohl in seiner Haut zu fühlen. Er drehte den Kopf und sah Burke an, doch der Minister für innere Sicherheit mied seinen Blick.

Der Präsident räusperte sich.

»Ich will ganz offen sein, Captain. Die Zerstörung von New Athens ist das Ergebnis von vielen Fehlern, die der Regierung unterliefen.« Erikkson bemerkte, daß Perez krampfhaft schluckte. »Es hat keinen Sinn, die Dinge zu vertuschen, Dan. Außerdem liegt mir nichts daran, irgend jemanden zu beschuldigen. Unsere Dummheit hat mehr als neunhunderttausend Menschen das Leben gekostet. Bitte versuchen Sie mich zu verstehen, Captain. Es ist wirklich nicht leicht, mit einer solchen Schuld zu leben. Niemand außerhalb dieses Zimmers kennt die ganze Wahrheit. Was ich Ihnen jetzt sage, muß unter uns bleiben.«

Kirk nickte. »Fahren Sie fort.«

Erikkson atmete tief durch. »Vor etwa zehn Jahren gründeten einige politische Wirrköpfe die sogenannte Liga für eine reine Menschheit. Es gehörten ihr nie sehr viele Mitglieder an, aber trotzdem gelang es den Ligisten, nicht unerheblichen Einfluß auszuüben — mit Demonstrationen, gut formulierten Pamphleten und gelegentlichen Werbespots im Tri-Vid.«

»Ich bin im Bilde. Starfleet übermittelt regelmäßige Nachrichtenbulletins, in denen über die Geschehnisse auf den wichtigsten Föderationswelten berichtet wird.«

»Vorsitzender der Liga war ein Physik-Professor namens Holtzmann, Isidore Holtzmann. Er erwarb fragwürdige Berühmtheit als politischer Außenseiter, und bei den ersten Wahlen bekam seine Gruppe weitaus mehr Stimmen, als man aufgrund ihrer eigentlichen Bedeutung erwarten sollte. Wenn bei irgendwelchen Talkshows Langeweile aufzukommen drohte, brauchte man nur Holtzmann zu zitieren, um das Interesse schlagartig zu erhöhen. Er nahm nie ein Blatt vor den Mund, wenn es darum ging, seine Meinung zu sagen. Von der Landwirtschaftspolitik bis zum Wetter — Holtzmann hatte immer weise Sprüche parat. Viele hielten ihn für einen Irren.«

»War er verrückt?« fragte Kirk.

»Man hat nie eine Diagnose erstellt«, erwiderte Erikkson. »Die centaurische Regierung zwingt niemanden, sich einem psychiatrischen Test zu unterziehen, nur weil sie nichts von den Einstellungen der betreffenden Person hält. Wir nahmen Holtzmanns Tiraden einfach hin. Wie ich eben schon sagte: Er hatte nicht viele Gefolgsleute.«

»Welche Ansichten vertrat die Liga?« erkundigte sich Sulu.

Erikkson seufzte. »Sie propagierte ein völlig neues politisches Szenarium für Centaurus. Holtzmann und seine Gesinnungsgenossen wollten, daß wir die Föderation verlassen und alle nichtmenschlichen Einwohner fortschicken. Damit noch nicht genug: Sie strebten an, die centaurische Staatsbürgerschaft nur auf Menschen bestimmter, äh, Herkunft zu beschränken. Bitte entschuldigen Sie...«

Sulu runzelte die Stirn. »Daraus schließe ich, daß Holtzmann keine Asiaten mochte?«

»Auch keine Schwarzen und so weiter. Für ihn standen die Arier an der Spitze. Doch er war bereit, jene Farbigen zu tolerieren, die seine Sache unterstützten. Natürlich erhielt er von dieser Seite nur wenig Unterstützung.« Der Präsident schnitt eine Grimasse und schüttelte den Kopf. »Glücklicherweise gibt es heute kaum mehr Rassisten unter den Menschen. Wir leben im Zeitalter der interstellaren Raumfahrt und unterhalten Kontakte zu vielen fremden Völkern; unter solchen Bedingungen fällt es schwer, seinen Mitbürger zu hassen, nur weil er eine andere Hautfarbe hat.«

»Manchen Leuten gelingt es trotzdem«, sagte Kirk grimmig. »Aber ich möchte Sie nicht unterbrechen.«

»Nun, fast ein Jahrzehnt lang gab sich Holtzmann damit zufrieden, seine Philosophie im politischen Abseits zu verkünden. Nach anfänglichen Wahlerfolgen errang die Liga immer weniger Stimmen. Ich glaube, es gelang ihr nicht einmal, einen Abgeordneten in den Weltrat zu schicken – obwohl die Ligisten viel Geld für Propaganda investierten. In weiten Teilen der Öffentlichkeit stieß ihre Botschaft schlicht und einfach auf taube Ohren.«

»Aber dann änderte sich etwas«, warf Kirk ein. »Was?«

»Vor einem Monat bat Holtzmann um ein persönliches Gespräch mit dem damaligen Präsidenten«, fuhr Erikkson fort. »Mein Vorgänger empfing ihn. Der Liga-Vorsitzende verlangte eine wichtige politische Rolle für seine Gruppe: die Möglichkeit, an Kabinettssitzungen teilzunehmen, Sitze im Kongreß und dergleichen. Holtzmann meinte, er habe lange genug gewartet, und er gab dem Präsidenten vier Wochen Zeit. Nach Ablauf dieser Frist würde New Athens zerstört, drohte er.«

Erikkson seufzte erneut. »Nun, mein Vorgänger verständigte die Polizei, um Holtzmann wegen Erpressung und Gefährdung des öffentlichen Friedens verhaften zu lassen. Doch der Liga-Vorsitzende antwortete, in dem Fall werde New Athens noch am gleichen Tag von der Landkarte verschwinden. Der Präsident hielt es für besser, kein Risiko einzugehen, und ließ Holtzmann gehen. Natürlich wurde er beschattet, doch er verstand es, seine Spuren zu verwischen.«

»Der Präsident nahm die Drohung ernst?« fragte Kirk überrascht.

»Ja, Captain. Holtzmann mag ein Querkopf gewesen sein, aber er war auch ein begabter Atomphysiker. Das mußte mein Vorgänger in Betracht ziehen. Er glaubte, Holtzmann sei durchaus imstande, in der Hauptstadt eine Katastrophe heraufzubeschwören. Wahrscheinlich wäre es sehr unklug gewesen, von anderen Annahmen auszugehen.« Erikkson legte eine kurze Pause ein. »Aber der Präsident vermutete, daß Holtzmann eine Nuklearwaffe entwickelt hatte, um seinen Forderungen Nachdruck zu verleihen. Genau in diesem Punkt irrte er sich, irrten wir uns alle.«

»Holtzmann brachte eine Annihilationsvorrichtung in seinen Besitz«, sagte Kirk. »Wie?«

»Das wissen wir nicht«, entgegnete Erikkson. Seine Stimme vibrierte. »Vielleicht sollten Sie jetzt übernehmen, Nat.«

Burke nickte. »Im Verlauf der vier Wochen nahmen wir überall in New Athens gründliche Sicherheitskontrollen vor, Captain. Dabei entdeckten wir jedes Gramm U^{235} oder Plutonium, das zu finden war. Hunderte von Sensoren wurden installiert, und sie hätten uns rechtzeitig gewarnt, falls jemand versuchte, einen atomaren Sprengkopf in die Stadt zu schmuggeln. An Antimaterie haben wir nicht eine Sekunde lang gedacht, Captain. Wir hielten es für völlig ausgeschlossen, daß Zivilisten über derartige Substanzen verfügen. Statt dessen verschwendeten wir unsere Zeit damit, alle nuklearen Anlagen auf diesem Planeten zu überprüfen und zu schützen. Als die Frist ablief...«

»Wurden der Raumhafen und die ganze Stadt vernichtet«, beendete Kirk den Satz.

Erikkson nickte kummervoll. »Ja. Die Explosion fand etwa eine Stunde nach dem von Holtzmann genannten Zeitpunkt statt. Seitdem haben wir nichts mehr von der Liga und ihrem Vorsitzenden gehört. Vielleicht starb er in New Athens. Vielleicht kam die ganze Führungsgruppe ums Leben. Die meisten Ligisten stammten aus der ehemaligen Hauptstadt. Denkbar wäre aber auch, daß Holtzmann und seine Gefährten New Athens rechtzeitig verließen.«

»Ich hoffe, sie sind gestorben — und zwar langsam und unter Qualen«, zischte Burke. Er ballte die Fäuste so fest, daß die Knöchel weiß hervortraten. »Meine Frau kam dort um, zusammen mit den Kindern...«

»Auch ich habe meine ganze Familie verloren«, flüsterte Erikkson. Er ließ den Kopf hängen und rang mit den Tränen. Kirk sah Perez an, und das Gesicht des Verteidigungsministers wies ihn deutlich darauf hin, daß auch Mrs. Perez mitsamt den Kindern in New Athens gewesen war, als die Annihilationswaffe ihre verheerende Wirkung entfaltete. *Soviel Leid,* dachte der Captain. *So viele Tote. Joanna, die Familienangehörigen dieser drei Männer, und noch neunhunderttausend andere... Warum? Und was soll ich Pille sagen, wenn ich zurückkehre?*

Nach einigen Sekunden faßte sich Erikkson wieder. »Bitte verzeihen Sie. Die letzten Tage haben uns allen sehr zugesetzt. Es fällt uns zunehmend schwerer, einen kühlen Kopf zu bewahren. Ich bitte ausdrücklich um Entschuldigung.«

»Es gibt nichts, wofür Sie sich entschuldigen müßten, Herr Präsident«, erwiderte Kirk. »Das gilt nicht nur für Sie, sondern auch für Ihre beiden Minister.« Er zögerte kurz. »Sie haben sich alle Mühe gegeben. Der frühere Präsident durfte nicht auf die Forderungen eines Wahnsinnigen eingehen, und wie ich eben hörte, wurden alle nur erdenklichen Sicherheitsmaßnahmen getroffen. Holtzmann setzte eine Waffe ein, auf die Sie nicht vorbereitet sein konnten. Machen Sie sich keine Vorwürfe.«

Perez brummte leise. »Manchmal glaube ich, es wäre besser gewesen, zunächst etwas Zeit zu gewinnen. Um die Stadt zu evakuieren, unsere Familien zu retten...«

»Das ist eine völlig falsche Denkweise, Danny«, knurrte Burke. »Früher oder später hätte Holtzmann zugeschlagen. Zum Teufel auch, er drohte dem alten Präsidenten damit, die Stadt beim ersten Anzeichen einer Evakuierung zu zerstören. Er bestand sogar darauf, daß die Kabinettsmitglieder in New Athens blieben.«

Der Minister für innere Sicherheit wandte sich an Kirk. »Danke für das, was Sie eben gesagt haben, Captain. Wir können uns nie ganz von dem Gefühl der Schuld befreien. Wahrscheinlich fragen wir uns noch in zwanzig oder dreißig Jahren, ob es nicht doch eine Möglichkeit gegeben hätte, die Katastrophe zu verhindern. Wir verloren alles, was wir liebten.«

Kirk nickte. Er konnte Burke verstehen.

»Ist schon bekannt, welche Einwohner der Stadt zu den

Überlebenden zählen, Herr Präsident?« fragte Sulu. »Einige Besatzungsmitglieder der *Enterprise* haben oder hatten Verwandte in New Athens.«

Kirk bedachte Sulu mit einem dankbaren Blick. *Er weiß, daß ich gezögert hätte, mich danach zu erkundigen.*

Erikkson nickte. »Es wurden uns einige Namen übermittelt. Soweit wir wissen, gibt es im Norden der Stadt recht viele Überlebende. Nun, vielleicht ist es einfacher, wenn Sie mir die Männer und Frauen der Crew nennen, die sich um ihre Familienangehörigen sorgen. Wir vergleichen die Namen mit denen, die uns bereits bekannt sind. Und wir informieren auch das Rote Kreuz und die anderen Hilfsorganisationen.«

»Danke, Sir«, sagte Sulu. »Ich schätze, eine entsprechende Liste müßte sich recht schnell zusammenstellen lassen. Die meisten in Frage kommenden Besatzungsmitglieder kenne ich persönlich.«

»Gut. Geben Sie sie Minister Burke. Seine Leute können sofort mit Nachforschungen beginnen.«

Burke nickte.

Erneut folgte Stille, aber diesmal wurde sie nicht mehr von Anspannung begleitet.

»Wissen Sie was?« meinte Erikkson nach einer Weile. »Ich glaube, ich könnte jetzt eine Tasse Kaffee vertragen. Möchten Sie mir dabei Gesellschaft leisten?«

Kirk und die Centaurier setzten ihre Gespräche eine Stunde lang fort. Sulu schrieb die Namen aller Besatzungsmitglieder mit centaurischen Verwandten oder Familienangehörigen auf. Er brauchte sein Gedächtnis nicht sonderlich zu bemühen: Er kannte fast alle Männer und Frauen der Crew gut genug, um über ihre familiären Beziehungen Bescheid zu wissen, und deshalb war die Liste so gut wie vollständig. Es wurde nicht jede Großtante oder Kusine zweiten Grades erwähnt, aber es fehlten keine Mütter, Väter, Geschwister und Ehemänner oder -frauen. Ganz oben stand: MCCOY, JOANNA.

Sulu reichte die fertige Liste Burke, der sie einsteckte. »Ich mache mich damit unverzüglich an die Arbeit, Captain«, versprach er. »Mit Ihrer Erlaubnis, Herr Präsident...«

»Natürlich, Nat«, sagte Erikkson. »Bis später.«

An der Tür blieb Burke noch einmal stehen. »Wissen Sie, Captain... Ich hoffe, Sie helfen uns dabei, die Schuldigen zu erwischen – wenn sie nicht in New Athens gestorben sind. Derartige Terroristen müssen hier bei uns mit der Todesstrafe rechnen – und ich möchte den Hinrichtungsphaser am liebsten selbst auslösen. Für Anne und meine Kinder. Verstehen Sie?«

»Ich glaube schon«, sagte Kirk.

»Das dachte ich mir. Ich wünsche Ihnen noch einen guten Tag.« Burke verließ den Konferenzraum.

Ja, ich verstehe Sie, dachte Kirk und blickte einige Sekunden lang auf die geschlossene Tür. *Aber ich kann Ihnen nicht helfen. Ich bin beauftragt, die Schuldigen zur Erde zu bringen, damit sie dort vor ein Föderationsgericht gestellt werden können – und in diesem Zusammenhang habe ich genug mit mir selbst und meinem eigenen Wunsch zu tun, Vergeltung zu üben. Für Joanna. Wenn wir tatsächlich jemanden verhaften... Die Betreffenden brauchen nur damit zu rechnen, für den Rest ihres Lebens in eine Rehabilitierungskolonie geschickt zu werden. Wenn ich Burke jetzt darauf hinweise, wird er mir bestimmt nicht helfen, die Verantwortlichen zu finden. Und meine Befehle kommen an erster Stelle. Ich darf und werde sie nicht ignorieren.*

Das Telefon klingelte, und Erikkson starrte verwundert auf den Apparat. »Dieser Anschluß dient dazu, eine Verbindung zum militärischen Oberkommando herzustellen«, wandte er sich an Kirk. Dann sah er Perez an. »Dan, ich wußte gar nicht, daß die entsprechenden Kommunikationsanlagen repariert worden sind.«

Der Verteidigungsminister zuckte mit den Schultern. »Ich bin ebenso überrascht wie Sie. Das Kom-System des

Hauptquartiers fiel aus, als die Antimateriebombe in New Athens hochging. Bisher ist niemand in der Lage gewesen, die Schäden zu beheben.«

»Glauben Sie nicht, Sie sollten den Anruf entgegennehmen?« fragte Kirk.

»Äh, ja.« Der Präsident nahm den Hörer ab. »Hallo, hier ist Erikkson... *Wer* spricht dort? Und *wo* sind Sie? — Ja? — Ich verstehe. Ja, natürlich. Einen Augenblick.« Erikkson ließ den Hörer sinken. »Captain, Mr. Spock möchte mit Ihnen reden. Er befindet sich im planetaren Verteidigungszentrum.«

»Wer ist Mr. Spock, zum Teufel?« entfuhr es Perez.

Erikkson verzog das Gesicht. »Ach, kommen Sie, Dan. Vor einigen Stunden haben Sie per Kurzwellenfunk mit ihm gesprochen. Er ist Erster Offizier der *Enterprise.*«

»Oh, ich erinnere mich.«

Kirk nahm den Hörer entgegen. »Danke, Herr Präsident... Spock?«

»Ich hatte gehofft, Sie im neuen Regierungssitz zu erreichen, Captain. Es erschien mir logisch, daß Sie mit dem Präsidenten die Situation auf Centaurus erörtern, und aus diesem Grund habe ich die Kom-Verbindung zwischen dem Verteidigungszentrum und McIverton repariert. Ganz offensichtlich sind meine Bemühungen nicht umsonst geblieben.«

»Da haben Sie völlig recht, Mr. Spock. Es ist Ihnen einmal mehr gelungen, mich zu erstaunen. Worum geht's?«

»Es muß eine wichtige Entscheidung getroffen werden, Captain. Ich wollte nicht bis zum vereinbarten Zeitpunkt heute abend warten, um Ihnen mit Hilfe des Shuttle-Funkgeräts die Lage zu schildern.«

»Ich höre, Mr. Spock.«

»Vielleicht habe ich eine Möglichkeit gefunden, das Problem mit den gestörten Computern des Verteidigungszentrums zu lösen. Ich schlage ziemlich radikale Maßnahmen vor, aber wenn sie zu dem gewünschten Ergebnis führen, kann Centaurus wieder von Raumschiffen angeflogen werden. Allerdings brauche ich sowohl Ihre Zustimmung als auch die des Präsidenten.«

Kirk zögerte. »Der Verteidigungsminister ist ebenfalls zugegen. Betrifft die Entscheidung auch ihn?« Perez spitzte sofort die Ohren.

»Ja, Captain.«

»Bitte warten Sie.« Kirk wandte sich an Erikkson. »Kann ein Lautsprecher hinzugeschaltet werden, Herr Präsident? Spock möchte uns allen etwas mitteilen, und es geht dabei um das VZ.«

»Das müßte sich eigentlich machen lassen.« Erikkson drehte den Apparat hin und her, fand eine Taste und betätigte sie. Ein schriller Pfeifton erklang.

»Der Hörer sollte desaktiviert werden, um die Rückkoppelung zu verhindern«, sagte Perez.

Der Präsident drückte einen zweiten Knopf, und daraufhin verklang das Heulen.

»Hören Sie mich noch?« fragte Spock. Seine Stimme drang aus einem Lautsprecher an der Decke.

»Klar und deutlich«, erwiderte Kirk. »Schießen Sie los.«

»Nun, es würde sicher einige Stunden dauern, um Ihnen mit Hilfe von Diagrammen und Datentafeln die Hintergründe zu erklären, und meiner Ansicht nach kommt es darauf an, sofort etwas zu unternehmen. Ich glaube, ich habe einen Weg gefunden, das Verteidigungssystem zu neutralisieren. Doch ich möchte nicht ohne Ihre Genehmigung handeln.«

»Was haben Sie vor, Mr. Spock?« fragte Erikkson. »Sie können ganz offen sprechen.«

Der Vulkanier legte eine kurze Pause ein. »Nun gut...«

Spock beschrieb die von ihm vorgeschlagenen Maßnahmen mit knappen, präzisen Worten. Perez und Erikkson erhoben erschrocken Einwände, die sich nach Meinung des wissenschaftlichen Offiziers durch einen eklatanten Mangel an Logik auszeichneten. Captain Kirk trat für den Vulkanier ein, und nach einer teilweise recht hitzigen Debatte gaben der Präsident und sein Verteidigungsminister ihre Einwilligung. Zumindest ein Punkt wurde ihnen sofort klar: Es mußte unbedingt verhindert werden, daß weitere Hilfsschiffe in Gefahr gerieten. Spock schlug tatsächlich eine radikale Lösung vor, und wenn nicht alles nach Plan lief, mochte es auf Centaurus zu neuen Katastrophen kommen. Kirk beobachtete, wie Erikkson mit sich selbst rang, und er konnte den Präsidenten durchaus verstehen. Seine Phantasie zeigte ihm weitere zerstörte Städte — Männer, Frauen und Kinder, die im atomaren Feuer verbrannten. Aber schließlich brachte Erikkson genug Mut auf, um den entscheidenden Befehl zu geben.

Kapitel 15

Das Verteidigungszentrum

Spock klopfte auf die Anzeigen des Akkumulators, der nach wie vor mit dem Notstromgenerator des Kontrollraums verbunden war. *Es bleiben uns noch achtunddreißig Komma sechs Prozent Kapazität,* dachte er. *Das muß genügen.*

»Mr. Chekov?« fragte er. »Ich brauche Ihre Hilfe. Bitte kommen Sie hierher.«

»Mr. Spock?«

»Soweit ich weiß, kennen Sie sich mit solchen Akku-Geräten aus.«

»Ja, Sir. Als Zivilist habe ich sie in der landwirtschaftlichen Produktionsgenossenschaft meines Heimatortes verwendet.«

»Ausgezeichnet. Bitte behalten Sie den Apparat im Auge und sorgen Sie dafür, daß er weiterhin funktioniert. Die Energieversorgung darf nicht einmal für einen Sekundenbruchteil ausfallen.«

»Ich verstehe, Sir. Verlassen Sie sich auf mich.«

»Bitte gehen Sie Mr. Chekov zur Hand, Miß Iziharry. Danke. Nun, meine Herren...« Spock wandte sich an Rawlings und Hudson. »Bitte halten Sie sich streng an meine Anweisungen. Geben Sie mir sofort Bescheid, wenn irgend etwas schiefgeht. Vielleicht habe ich dann noch Zeit genug, alle notwendigen Datenanpassungen vorzunehmen. Ich möchte noch einmal betonen, daß erhebliche Gefahren entstehen können. Das Leben vieler Bewohner dieses Planeten steht auf dem Spiel.«

Die beiden Computertechniker nickten ernst.

Spock sah auf die Uhr. »Na schön. Inzwischen hat der Captain sicher Lieutenant Uhura in Kenntnis gesetzt. An Bord der *Enterprise* sind bestimmt alle notwendigen Vorbereitungen getroffen. Zum Glück fällt es Captain Kirk wesentlich leichter, sich mit dem Schiff in Verbindung zu setzen. Fangen wir an. Mr. Rawlings, der Countdown beginnt — *jetzt.*«

Rawlings betätigte die Eingabetaste, und Dutzende von Codefolgen — Spock hatte sie bereits eingetippt — verschwanden vom Monitor der NUMMER ZWEI-Konsole. Wenige Sekunden später wanderten Zahlen- und Buchstabenkolonnen über den Bildschirm auf dem Pult des diensthabenden Kommandanten. Rawlings schluckte nervös, als er daran dachte, was nun geschah. Der Vulkanier hatte recht: *Wenn* etwas schiefging... Die möglichen Folgen für Centaurus kamen einem Alptraum gleich.

»Countdown für Raketenstart läuft«, sagte er. »Noch sechzig Sekunden. Alle Anzeigen normal.«

»Bestätigung«, brummte Hudson. »Fünfundfünfzig Sekunden.«

Chekov wartete zusammen mit Connie Iziharry. Spock stand hinter dem Sessel des diensthabenden Kommandanten, die Hände auf den Rücken gelegt. Er wirkte ruhig, entspannt, völlig gelassen. *Hätte es so auf der Erde geschehen können, im zwanzigsten Jahrhundert?* überlegte der russische Fähnrich. *Damals, als aus dem kalten jederzeit ein heißer Krieg werden konnte... Genügte es, nur einen Knopf zu drücken? Ganz kühl, ohne innere Anteilnahme? Oder wäre die nukleare Apokalypse von Tränen und zornigen Schreien eingeleitet worden?*

Chekov sah nicht, daß der Vulkanier die Lippen zusammenpreßte. Es handelte sich um eine instinktive Reaktion, die Spock nicht bewußt bemerkte, und aus diesem Grund unternahm er keinen Versuch, sie zu unterdrücken. Nur Kirk hatte im Krisenfall des öfteren die subtilen Veränderungen im Gesicht seines wissenschaftlichen und Ersten Offiziers beobachtet — ohne sie jemals zu erwähnen.

»Noch dreißig Sekunden, Mr. Spock«, sagte Rawlings. »Bisher ist alles in Ordnung.«

»Energetische Kapazität, Mr. Chekov?« fragte der Vulkanier.

»Vierunddreißig Komma null Prozent, Sir. Sie nimmt langsam ab.«

»Mr. Hudson, überprüfen Sie noch einmal die Kom-Leitungen. Genügt die Signalstärke?«

»Alles klar, Mr. Spock. Die Kanäle sind hundert Prozent störungsfrei. Alle Raketen reagieren auf die Startimpulse. Kein einziger Ausfall.«

»Noch fünfzehn Sekunden, Sir«, meldete Rawlings. »Telemetrie grün.«

»Energieanzeige jetzt auf zweiunddreißig Komma neun Prozent gefallen«, sagte Chekov.

»Zehn Sekunden.«

Spock – ein Mann des Friedens und der Logik – schickte sich an, ein enormes atomares Vernichtungspotential freizusetzen.

Rawlings sah auf die Uhr. »Fünf... vier... drei... zwei... eins... *jetzt*!«

»Starten Sie die Raketen«, sagte Spock ruhig.

Rawlings und Hudson übermittelten die letzten bereits eingegebenen Codefolgen.

»Zündung bestätigt!« rief Hudson einige Sekunden später. »Alle Raketen aktiv.«

Chekov stellte fest, daß die energetische Kapazität des Akkumulators rapide sank. *Wir haben nur noch sechsundzwanzig Komma vier Prozent, und es werden immer weniger*, dachte er. *Aber ich glaube, dies ist nicht der geeignete Zeitpunkt, um Spock darauf hinzuweisen.*

»Da kommen sie«, sagte Uhura und deutete auf den Wandschirm.

Das Projektionsfeld zeigte eine ganze Hemisphäre des Planeten. Überall erschienen kleine Lichtpunkte und bewegten sich.

»Siebenhundertvierundachtzig auf dieser Seite von Centaurus und fünfhundertachtundsechzig auf der anderen,

Lieutenant«, berichtete Pete Siderakis, der am Pult des Steuermanns saß. »Meine Güte, seht euch nur mal an, was aus dem Geld des Steuerzahlers wird.« Die letzten Worte täuschten nicht über Siderakis' zunehmende Nervosität hinweg. Er wußte ebenfalls, welche Gefahr drohte.

Insgesamt eintausenddreihundertzweiundfünfzig, überlegte Uhura. *Es stimmt also: Spock hat alle gestartet. Lieber Himmel, braucht Centaurus wirklich so viele Raketen?*

Die Lichtpunkte kletterten höher. Dossie Flores starrte auf die Kontrollen der Navigationskonsole. »Alle Raketen auf der vorgesehenen Flugbahn. Keine einzige hält auf uns zu. Phaser in Bereitschaft, Ma'am.«

Uhura lächelte. »Danke, Adlerauge.« Ihren neuen Spitznamen verdankte Flores dem Umstand, daß sie vor einigen Stunden den heranrasenden atomaren Sprengkopf mit sicherem Geschick eliminiert hatte.

»Raketen verlassen die Atmosphäre, Lieutenant. Alle auf Kurs.«

Jetzt wird sich herausstellen, ob Spocks Plan funktioniert, fuhr es Uhura durch den Sinn. *Fliegen die nuklearen Todesboten weiter — oder fallen sie zum Planeten zurück?*

Spock hatte nur eine Möglichkeit gesehen, das Problem des Verteidigungszentrums zu lösen. Da es alles angriff, was sich außerhalb des Planeten orten ließ, gab er den Kontrollcomputern einfach ein neues Ziel: Alpha Centauri. Es befand sich im All. Der Vulkanier brauchte nur die Grenzen der centaurischen ›Nachbarschaft‹ neu zu definieren und die Rechner darauf hinzuweisen, von einer der beiden Sonnen ginge eine militärische Bedrohung aus. Eine absurde Behauptung — aber die Computer akzeptierten sie. Angesichts ihrer defekten Logikzentren ›wußten‹ sie nur, was ihnen Spock mitteilte.

Wenn alles klappte, flogen die Raketen zur Sonne und würden nach einigen Wochen in der Photosphäre verglühen. Wahrscheinlich bekamen ihre Sprengköpfe überhaupt keine Gelegenheit zu explodieren. Aber falls es doch zu nuklearen Detonationen kam: Die dabei freigesetzte Energie stellte nur einen vernachlässigbar geringen Bruchteil der energetischen Emissionen Alpha Centauris dar und gefährdete niemanden. Die Sonne würde das geballte, von Menschen geschaffene Vernichtungspotential einfach schlucken.

Das hoffte Spock jedenfalls.

»Sechzig Prozent der Raketen haben die Fluchtgeschwindigkeit erreicht, Lieutenant«, meldete Siderakis. »Mit anderen Worten: Sie sind neutralisiert. Ihre Sensoren reagieren nicht auf uns.«

»Gut. Adlerauge, behalten Sie die übrigen im Auge.«

»Aye, aye, Ma'am.«

Chekov sah auf den Akkumulator herab, und seine Besorgnis wuchs. Inzwischen war die Kapazität des Geräts auf weniger als achtzehn Prozent gesunken. Der Grund: Das Verteidigungszentrum benötigte viel Energie für die Telemetrie und Kurskontrolle. Ohne diese Daten würden alle Raketen, die noch keine Fluchtgeschwindigkeit erreicht hatten, zum Planeten zurückkehren.

Verdammt! dachte der Fähnrich. *Warum greift das System nicht auf seinen eigenen Energievorrat zurück? Es kam bestens ohne den Akkumulator aus, als es die* Enterprise *angriff!* Chekov zwang sich zur Ruhe und erinnerte sich daran, daß der energetische Bedarf des VZ zu jenem Zeitpunkt weitaus geringer gewesen war. Vermutlich hatten sich die Reserven des Verteidigungszentrums schon während der Startphase erschöpft — was die rasche Entladung des Akkus erklärte.

»Mr. Spock? Wir haben nur noch fünfzehn Prozent Kapazität, und sie verringert sich schnell.«

Der Vulkanier drehte sich um. »Versuchen Sie, die Spannung stabil zu halten, Fähnrich.«

Chekov sah Connie an und zuckte mit den Achseln. Iziharry legte ihm die Hand auf die Schulter. *Ihnen fällt be-*

stimmt etwas ein, schien sie zu sagen. Der Russe erinnerte sich an seine Zeit in der landwirtschaftlichen Produktionsgenossenschaft. *Endlose Tage,* dachte er. *Stunden, die sich zu einer Ewigkeit dehnten. Und manchmal nahm die Erg-Ladung eines Akkumulators so sehr ab, daß unsere ganze Arbeit in Frage gestellt wurde.* Aber es gab einen Trick. Und der kluge russische Bauer wußte, daß ihm die Regierung ein neues Gerät zur Verfügung stellte, wenn das alte nicht mehr funktionierte.

»Connie...«, begann Chekov. »Enthält Ihre Medo-Tasche einen Gegenstand, der aus leitendem Metall besteht und etwa so lang ist?« Er hielt die Hände zwanzig Zentimeter weit auseinander.

Iziharry überlegte kurz und holte ein stählernes Instrument hervor. »Wie wär's damit?«

»Prächtig! Treten Sie zurück. Ich zeige Ihnen jetzt eine typisch russische Erfindung.«

Chekov sah auf die Anzeige. *Sechs Komma eins Prozent,* dachte er, und ein Hauch von Panik zitterte in ihm. *Wird Zeit zu handeln.* Er preßte das eine Ende des Instruments auf den Plus-Pol des Akkumulators, hielt das andere an den negativen Anschluß.

Funken stoben, und der Vulkanier wirbelte um die eigene Achse.

»Was ist passiert, Fähnrich?«

»Notaufladung, Mr. Spock.« *Himmel, es hat geklappt!* triumphierte Chekov innerlich. Der bewußt herbeigeführte Kurzschluß hatte die Kapazität des Akkumulators erhöht, indem er auch die fürs Wiederaufladen bestimmte Reservespannung zugänglich machte. Das Gerät konnte jetzt keine neue Spannung mehr aufnehmen, aber die Indikatornadel zeigte eine Ladung von mehr als neunzehn Prozent.

Chekov trat auf Connie zu und umarmte sie glücklich. Der Druckanzug behinderte ihn ein wenig, aber dies störte ihn nicht.

Die junge Frau wich nicht zurück.

Der Fähnrich preßte seinen Helm an ihren, um eine akustische Übertragung zu ermöglichen — er wollte darauf verzichten, den eingebauten Kommunikator zu benutzen.

»Connie? Ich, äh, wäre jetzt gern mit Ihnen allein.«

Sie sah zu ihm auf. »Ach, Pavel... Mir geht es ebenso. Vielleicht finden wir bald eine Gelegenheit...«

Chekov grinste von einem Ohr zum anderen. »Ich mag dich sehr, Connie«, sagte er und ging zum Du über. »Was dagegen?«

»Ganz und gar nicht, du verrückter Russe.« Sie schlang die Arme noch etwas fester um ihn.

»Meine Mutter sagte immer, ich solle Frauen aus dem Weg gehen.« Chekovs Lächeln wuchs noch etwas in die Breite. »Ich glaube, in diesem besonderen Fall kann ich eine Ausnahme machen.«

Er gab Connie frei und sah auf den Akkumulator. »Ich kontrolliere jetzt wieder die Erg-Anzeigen«, wandte er sich an einen Spock, der ihn mit steinerner Miene musterte.

Siderakis streckte sich. »Lieutenant Uhura, Boß... Es ist mir ein Vergnügen, Ihnen mitzuteilen, daß alle Raketen Fluchtgeschwindigkeit erreicht haben und Alpha Centauri anfliegen. Adlerauge kann sich jetzt entspannen.«

Uhura lachte. »Mr. Spock hat es wieder einmal geschafft.«

»Der vulkanische Ruhm nimmt immer mehr zu«, erklang MacPhersons Stimme von der technischen Station. »Ich weiß, wie Spock an Probleme herangeht: direkt. Wenn einem Raketen Sorgen machen... Weg mit den Dingern. Ja, unser Erster Offizier hat wirklich was auf dem Kasten. Ihm kann niemand das Wasser reichen. Abgesehen vielleicht von Dossie Flores dort drüben. Aber Klein-Adlerauge ist bereits zu einer eigenen Legende geworden.«

»Von wegen ›klein‹«, fauchte Flores. »Bleiben Sie bei ›Adlerauge‹, Mackie. Das genügt völlig.«

»Ach, Mädel, warten Sie's nur ab. Bald werden Sie von

der ganzen Besatzung ›Klein-Adlerauge‹ genannt. Gewöhnen Sie sich schon jetzt daran.«

Rawlings und Hudson lehnten sich in ihren Sesseln zurück. »Alle Raketen haben die Atmosphäre verlassen und sind mit Fluchtgeschwindigkeit nach Alpha Centauri unterwegs«, sagte Rawlings und seufzte. »Mann, so etwas möchte ich nicht noch einmal erleben. Wir hätten ganz Centaurus in Schutt und Asche legen können.«

Hudson nickte nur und schwieg.

»Ich danke Ihnen beiden für die gute Arbeit«, ließ sich Spock vernehmen. »Mr. Chekov, Sie können den Akkumulator abschalten und für den Transport nach oben vorbereiten.«

»Oh, ich schätze, das ist nicht nötig, Sir«, erwiderte der Fähnrich. »Ich mußte die Wiederauflade-Einheit des Akkus irreparabel schädigen, um die energetische Kapazität zu erhöhen. Das Gerät hat nur noch Schrottwert.«

»Dann sollten wir es hier zurücklassen.«

»Ja, Sir.«

Spock gönnte seinen Begleitern ein wenig Ruhe, als er den Telefonhörer abnahm und eine Verbindung zum Konferenzzimmer in McIverton herstellte, um Kirk, Erikkson und Perez Bericht zu erstatten. Der Präsident dankte dem Vulkanier mit zittriger Stimme.

Dann meldete sich Kirk. »Gut gemacht, Mr. Spock.«

»Danke, Captain«, entgegnete der Vulkanier höflich. »Wir beginnen jetzt mit dem zweiten Teil unserer Mission.«

»In Ordnung. Ich habe gehört, daß es im nördlichen Teil der Stadt Überlebende gibt — dort wirkte sich die Explosion nicht ganz so stark aus. Ich schlage vor, Sie sehen sich zuerst in jener Region um.«

»Einverstanden, Captain. Ich melde mich, sobald wir irgend etwas entdecken.«

»Noch einmal besten Dank, Spock. Kirk Ende.«

Kapitel 16

McIverton

Eine halbe Stunde nach dem zweiten Sonnenuntergang begann in McIverton das Nachtleben — soweit man davon sprechen konnte. Pärchen wanderten über die Bürgersteige, und bunt glühende Werbeleuchten wiesen auf Restaurants, Tavernen und noch geöffnete Geschäfte hin. Der Verkehr bestand zum größten Teil aus Motorrädern und auch einigen Autos. Lange Schlangen bildeten sich auf den Straßen, und Hupen ertönten.

Kirk sah aus dem Fenster seines im dritten Stock gelegenen Hotelzimmers. Zum erstenmal in seinem Leben sah er einen Verkehrsstau und ließ sich von dem allgemeinen Durcheinander faszinieren. *Hier geht's ziemlich laut zu,* dachte er.

Der Captain und Sulu wohnten in verschiedenen Räumen des einzigen Luxushotels in McIverton, dem Hilton Inn West. Man konnte es nicht als besonders luxuriös bezeichnen, aber es bot zumindest einen *gewissen* Komfort. Zum Beispiel ein großes, weiches Bett, in dem Kirk gerade zehn Minuten lang ›meditiert‹ und hingebungsvoll geschnarcht hatte. Das Laken war noch immer ein wenig zerwühlt.

Kirk erinnerte sich an sein kurzes Gespräch mit Uhura. Er bedauerte es, die Nacht nicht an Bord der *Enterprise* verbringen zu können, aber Uhura versicherte ihm, es sei alles in bester Ordnung. Sie teilte mit, Spocks Gruppe habe beschlossen, in einem Wald außerhalb der strahlungsverseuchten Zone von New Athens zu campieren. Ihr Bericht endete mit dem Rat, Kirk solle sich ausruhen und schlafen. »Jawohl, Captain«, erwiderte er und unterbrach die Verbindung. Nun, *so* schlimm erschien es ihm gar nicht, in McIverton zu bleiben. Der Rückflug zur *Enter-*

prise dauerte eine Weile, und ein Wechsel in der allgemeinen Routine war ihm willkommen.

Eigentlich gab es kaum mehr Grund, sich Sorgen zu machen. Uhura hatte die Starbase 7 von der veränderten Situation auf Centaurus unterrichtet und gemeldet, der Planet könne nun wieder angeflogen werden, ohne daß irgendeine Gefahr bestand. *Im Verlauf der nächsten Stunden wird die Nachricht über interstellare Relaisstationen weitergeleitet, und es ist nur eine Frage der Zeit, bis FVP-Transporter mit Medikamenten und dergleichen eintreffen. Die Überlebenden der Antimaterie-Explosion können bald damit rechnen, Hilfe zu bekommen.*

Kirk rieb sich den Nacken und ging ins Bad. Die ständige Anspannung während der vergangenen Stunden hatte eine sonderbare Taubheit in ihm hinterlassen. Er öffnete den Arzneischrank und suchte vergeblich nach irgendwelchen Mitteln für den müden Reisenden. Das Schränkchen enthielt nur mehrere Rasierklingen (Kirk benutzte einmal wöchentlich eine Enthaarungscreme, und deshalb konnte er mit den Klingen nichts anfangen; außerdem fehlte ein Rasierapparat), etwas Zahnseide, Seifenpäckchen, eine Tube Shampoo und eine Zahnbürste (jedoch keine Zahnpaste). Der Captain seufzte und begnügte sich damit, die Wangen mit kaltem Wasser zu benetzen. *Vielleicht gibt's unten im Empfangssaal eine Apotheke. Oh, Mist! Ich habe gar kein Geld dabei. Wenn ich gewußt hätte, daß wir länger auf Centaurus bleiben... Nun, vielleicht kann mir Sulu aushelfen.*

Kirk verließ sein Zimmer und klopfte an die Tür des nächsten Raums. Niemand reagierte. *Verdammt!* Als er zurückkehrte, fiel sein Blick aufs Telefon. Kirks Erfahrungen mit Hotels waren nicht der Rede wert, aber er wußte, daß man dem Empfangschef jede beliebige Frage stellen und sogar hoffen konnte, eine Antwort zu bekommen. Er hatte so etwas in alten Holo-Filmen gesehen.

Die Aufschrift eines kleinen Hinweisschildes lautete: PORTIER — 90. Kirk wählte die Nummer, und auf dem

Kom-Monitor erschien das Gesicht einer jungen Blondine. *Nicht übel.*

»Sie wünschen?«

»Hallo, Miß. Ich bin Captain Kirk. Meine Zimmernummer ist, äh, dreihunderteinundvierzig, glaube ich.« Die Frau lächelte. »Haben Sie vielleicht etwas gegen Kopfschmerzen?« Kirk kam sich wie ein Narr vor. Es fiel ihm wesentlich leichter, solche Bitten an Pille McCoy zu richten.

»Natürlich, Captain«, erwiderte die junge Frau und lächelte noch etwas freundlicher. »Ich gebe dem Zimmer-Service Bescheid.«

Kirk gab sich einen mentalen Tritt. *Zimmer-Service! Verdammt, das habe ich völlig vergessen. Nun, kein Wunder, daß es mir erst jetzt einfällt: Bei Starfleet gibt es so etwas nicht. Jim, du wärst ein lausiger Zivilist.*

Die Frau zögerte kurz. »Wenn Sie sonst noch etwas benötigen, Captain... Fragen Sie einfach nach Madeleine – das bin ich.« In ihren blauen Augen blitzte es humorvoll.

Kirk schmunzelte. *Nun, warum nicht?* »Haben Sie schon zu Abend gegessen, Madeleine?« fragte er in einem ganz bestimmten Tonfall. Die übermittelte Botschaft lautete: *Ein sehr anstrengender Tag liegt hinter mir, und ich sehne mich nach angenehmer Gesellschaft.*

Madeleine schürzte kurz die Lippen. Es wirkte entzükkend. »Ich lasse Ihnen etwas schicken. *Eine* Mahlzeit. Guten Abend, Captain.«

Kirk sah auf den wieder grauen Bildschirm. *Mit meinem Charme ist offenbar nicht mehr viel los,* überlegte er und zuckte die Schultern.

Ein kleiner Zeitungsständer im Bad enthielt mehrere Magazine, und Kirk blätterte in ihnen. Es handelte sich um ältere Ausgaben: *Nationaler Kosmograph, Newsweek, McIverton Heute* und *Analog.* Der Captain griff nach dem letzten Heft, setzte sich aufs Bett und begann zu lesen. Kurze Zeit später klopfte es an der Tür.

»Zimmer-Service«, erklang eine Stimme.

»Einen Augenblick.« Kirk legte das Magazin beiseite, ging zur Tür und öffnete. Ein kleiner Mann mit lichtem Haar stand im Flur und hielt ein Tablett.

Der Captain erkannte ihn sofort. »Na, *das* ist vielleicht eine Überraschung...«, brachte er hervor.

»Hallo, Jim«, sagte Sam Cogley. »Wir haben uns lange nicht mehr gesehen. Darf ich hereinkommen?«

Samuel T. Cogley gehörte zu den berühmtesten Rechtsanwälten der Föderation. Er zeichnete sich durch einen manchmal recht dramatischen Stil aus, und ein natürlicher Instinkt versetzte ihn in die Lage, zwischen Recht und Unrecht zu unterscheiden. Er hatte Prozesse vor fast allen Föderationsgerichten geführt — und die meisten gewonnen.

Darüber hinaus war er der erste Mensch, der an einer klingonischen Gerichtsverhandlung teilnahm. Einem Bürger der Föderation wurde Schmuggel vorgeworfen, und es gab nicht die geringste Möglichkeit, dem klingonischen Richter ein Nicht-Schuldig-Urteil abzuringen. Cogley versuchte es trotzdem, und es gelang ihm, die Strafe auf eine Verbannung aus dem Imperium zu reduzieren. Dem Angeklagten wurden nicht einmal die Hände abgehackt.

Kirk war einmal vor ein Kriegsgericht gestellt worden — ein Jahr nachdem er die *Enterprise* aus dem Raumdock geflogen hatte, um mit der Fünf-Jahres-Mission zu beginnen. Man legte ihm Fahrlässigkeit zur Last und machte ihn für den Tod eines gewissen Benjamin Finney verantwortlich. Samuel Cogley vertrat Kirk, und mit Spocks Hilfe bewies er die Unschuld des Captains. Cogley und der Vulkanier stellten fest, daß (der komplett übergeschnappte) Finney nach wie vor lebte und seinen eigenen Tod vorgetäuscht hatte, um Kirks Karriere zu ruinieren.

Beim nächsten Prozeß übernahm Cogley Finneys Verteidigung und erklärte die Unzurechnungsfähigkeit seines Mandanten. Finney mußte einige Monate in einer psychiatrischen Starfleet-Klinik verbringen und bekam sogar eine kleine Pension. Seine Tochter Jamie führte nun ein gutgehendes Import-Export-Geschäft auf Rigel II, und Kirk hatte im vergangenen Jahr eine Weihnachtskarte von ihr bekommen. Eine spezielle Behandlung verhinderte, daß sich ihr inzwischen von seiner Geisteskrankheit geheilter Vater an einen gewissen James T. Kirk erinnerte.

Cogley stellte das Tablett auf den Tisch, griff unter seinen Mantel und holte eine Flasche hervor. »Saurianischer Brandy, Captain«, verkündete er. »Haben Sie Gläser?«

»Im Bad, glaube ich.« Kirk holte sie. »Was führt Sie hierher, Sam?« fragte er über die Schulter hinweg.

»Eine Angelegenheit, die auch Sie betrifft«, erwiderte Cogley. Kirk kehrte mit den Gläsern zurück, und der Rechtsanwalt füllte sie mit blauer Flüssigkeit. Jim fand eine Aspirin-Kapsel auf dem Tablett, schluckte sie und spülte mit dem Brandy nach.

»Ich bin nicht von gestern, Sam«, sagte er nach einer Weile. »Vermutlich geht's um die Sache mit New Athens.«

»Ja.« Cogley nickte. »Jemand hat mir Einzelheiten geschildert. Die betreffenden Personen möchten, daß ich mit Ihnen rede.«

»Haben Sie einen offiziellen Auftrag erhalten?«

»Ja. Ich vertrete den Fall.«

Kirk zuckte mit den Schultern. »Also gut. Ich höre.«

»Setzen wir uns«, sagte Cogley. Sie nahmen auf wackeligen Stühlen am Tisch Platz, und unter dem Rechtsanwalt knirschte es leise.

»Außerordentlich stabile Möbel«, spottete er. »Offenbar hat man hier keine Kosten gescheut.«

»Dieses Quartier ist genau das wert, was ich dafür bezahle, Sam.«

»Was kostet Sie das Zimmer?«

»Nichts.«

Cogley lächelte. »Freut mich, Sie wiederzusehen, Jim. Seit ich Ben Finney verteidigt habe, sind einige Jahre vergangen. Ihre Aussage erwies sich als entscheidend. Trotzdem: Es kostete mich erhebliche Mühe, dem Richter klarzumachen, daß Finney aufgrund seines Dienstes den Verstand verlor und Starfleet ihm zumindest einige Krediteinheiten pro Monat überweisen sollte.«

»Ich hätte ihm die Pension nicht vorenthalten.«

»Sie nicht, aber der Richter schon.« Cogley schüttelte den Kopf. »Eine im wahrsten Sinne des Wortes verrückte Sache. Zuerst ließ sich Starfleet auf einen absurden Prozeß gegen Sie ein, und dann wollten sich die Lamettaträger mit Finney reinwaschen. Wie dem auch sei: Ich konnte einige wichtige Personen davon überzeugen, daß eine unehrenhafte Entlassung Finneys jede Menge schlechte Publicity zur Folge hätte und somit weitaus schlimmer wäre als die Rehabilitierung des Angeklagten.«

»Haben Sie ihn und seine Tochter in der letzten Zeit gesehen?«

»Nein«, antwortete Cogley. »Ich bin zu beschäftigt, um mich um meine Ex-Mandanten zu kümmern. Sie setzen sich bestimmt mit mir in Verbindung, wenn sie noch einmal meine Hilfe benötigen.«

Kirk nickte. »Aber jetzt sind Sie *hierher* gekommen. Warum, Sam? Sie erwähnten eben, ›jemand‹ hätte Ihnen Einzelheiten über New Athens genannt. Wen meinen Sie?«

Cogley griff nach der Flasche und schenkte nach. »Eigentlich kam ich nach McIverton, um an der hiesigen Universität Vorträge über Zivilrecht zu halten. Das Shuttle landete auf dem Raumhafen, und dort stieg ich in einen Gleiter um. Kurze Zeit nach meinem Eintreffen erfuhr ich von der Zerstörung New Athens'.

Zwei Tage später trat ein Journalist von der lokalen Zeitung an mich heran und fragte, wie man sich fühlte, wenn man nur knapp dem Tod entronnen sei. Bestens, erwiderte ich. Nun, früh am nächsten Morgen klopfte jemand an die Tür meines Hotelzimmers. Ich öffnete und sah zwei große Typen. Sie wissen schon: viel Muskeln, wenig Gehirn. Ziemlich zwielichtige Burschen. Sie hielten sich nicht damit auf, in die Details zu gehen, teilten mir nur folgendes mit: Drei hochrangige Repräsentanten der

Liga für eine reine Menschheit verstecken sich in der Nähe von McIverton und wollen sich stellen.«

Kirk beugte sich ein wenig vor. »Gestehen sie ihre Schuld ein?«

»Darauf darf ich keine Antwort geben, Jim – es sind meine Mandanten. Ich möchte nur betonen, daß sie keineswegs die Absicht haben, sich der centaurischen Justiz auszuliefern.«

»Ja. Der Grund dafür ist klar: die Todesstrafe.«

»Genau. Es liegt also im Interesse meiner Mandanten, sich von Ihnen zur Erde bringen zu lassen, damit dort vor einem Föderationsgericht gegen sie verhandelt werden kann. Ich nehme an, Sie haben entsprechende Befehle bekommen, nicht wahr?«

»Ja«, bestätigte Kirk. »Woher wissen Sie das?«

»Eine übliche Maßnahme, wenn es um verschiedene Zuständigkeitsbereiche geht. Das Föderationsrecht hat in jedem Fall Vorrang. Der Föderationsrichter kann den Fall jederzeit der centaurischen Gerichtsbarkeit übergeben, aber ich bezweifle, ob eine solche Entscheidung getroffen wird. Hier könnte wohl kaum jemand die Sicherheit der Angeklagten garantieren. Es gibt zuviel böses Blut.«

Es ist zuviel Blut vergossen worden, fügte Kirk in Gedanken hinzu. Er schwieg einige Sekunden lang.

»Sam ...«, sagte er schließlich. »Entschuldigen Sie bitte, aber die Sicherheit Ihrer Mandanten schert mich einen Dreck.«

Cogley musterte den Captain. »Ich verstehe, Jim. Doch denken Sie daran: Die Angeklagten sind unschuldig, bis ihre Schuld bewiesen ist. Und das Urteil kann nur von einem ordentlichen Gericht gefällt werden.« Er legte eine kurze Pause ein. »Besteht die Möglichkeit, daß Sie sich von Ihren Gefühlen daran hindern lassen, die Befehle Starfleets auszuführen?«

Kirk schüttelte sofort den Kopf. »Nein. Das ist völlig ausgeschlossen, Sam. Ich halte mich an meine Anweisungen. Immer.«

Cogley und der Captain sprachen bis spät in die Nacht. Kirks Essen erstarrte zu einer harten, kalten und ungenießbaren Masse.

Sulu betrat sein Zimmer etwa eine halbe Stunde vor dem ersten Sonnenaufgang. Er hatte eine Tour durch die Kneipen McIvertons hinter sich und dabei viele lokale Spezialitäten probiert, was jetzt den Protest des Magens weckte. Als er ins Badezimmer wankte, pochte dumpfer Schmerz hinter seiner Stirn. *Himmel, das wird ein ausgewachsener Kater,* dachte er benommen.

Über dem Becken hing eine handschriftliche Notiz:

> *Willkommen daheim. Wir verlassen das Hotel eine Stunde nach dem ersten Sonnenaufgang. Geben Sie den Inhalt der Tüte in ein Glas mit kaltem Wasser und trinken Sie es. Horchen Sie anschließend an der Matratze. Wenn Sie aufwachen, geht es Ihnen bestimmt besser. Ich hoffe, Sie hatten Ihren Spaß. Kirk.*

Sulu fand die Tüte nach einer kurzen Suche und las die kleingedruckte Aufschrift. Das Zeug schien gegen alles zu helfen, abgesehen vielleicht von der Beulenpest. *Es enthält jede Menge Thiamin,* dachte er. *Und genau das brauche ich. Dringend.*

Mit einem leisen Zischen löste sich das Pulver im Wasser auf, und an dem Geschmack gab es eigentlich nichts auszusetzen. Sulu taumelte aus dem Bad und schaffte es gerade noch bis zum Bett, bevor er zusammenbrach.

Kapitel 17

New Athens

Spocks Gruppe verließ das Verteidigungszentrum, kehrte in die *Columbus* zurück und flog über verbranntes, von harter Strahlung sterilisiertes Land. Überall bot sich der gleiche Anblick: Tod und vollständige Vernichtung. Selbst zehn Kilometer vom Raumhafen entfernt war kein Stein auf dem anderen geblieben. Die gewaltige Druckwelle unmittelbar nach der Materie-Antimaterie-Annihilation hatte alles pulverisiert.

Der Vulkanier und seine Gefährten hofften, Anzeichen von Leben zu finden, als die Distanz zum Explosionsort wuchs. Sie sahen auf einige kleine Orte herab: Die Häuser wirkten unbeschädigt, aber nichts regte sich draußen. Vermutlich waren die Überlebenden geflohen, um nicht der stärker werdenden Strahlung zum Opfer zu fallen. Sechzig Kilometer südlich des Raumhafens entdeckten die Insassen des Shuttles ein kleines Flugfeld, auf den Parkflächen standen Dutzende von Gleitern. Aber auch hier blieb alles still und unbewegt. Auf der nach Süden führenden Straße sah Spock Hunderte von Fahrzeugen verschiedener Art, aber kein einziges rollte über den Asphalt. Kein Motor brummte. Einige Wagen lagen in den Gräben; andere hatten sich ineinander verkeilt. Chekov steuerte die *Columbus* tiefer, und sein entsetzter Blick fiel auf die Leichen an den Kontrollen einiger Bodenschweber. Männer, Frauen und Kinder — tot, innerhalb weniger Sekunden oder Minuten von der Radioaktivität dahingerafft.

Achtzig Kilometer südöstlich des Raumhafens änderte sich endlich das Bild umfassender Verheerung. Die *Columbus* flog über ein kleines Dorf namens Greenvale, das von hohen Talwänden geschützt wurde. Zuerst konnten Spock und seine Begleiter niemanden auf den Straßen sehen, doch dann hörten die Bewohner das leise Triebwerkssummen des Shuttles und verließen ihre Häuser.

»Sehen Sie nur«, wandte sich Chekov an Spock, als er eine untersetzte Frau bemerkte, die mit einem karierten Tischtuch winkte.

Die Strahlung in diesem Bereich entsprach fast den Normalwerten. Der tödliche Fallout hatte das Tal offenbar nicht erreicht, und deshalb konnten die Angehörigen der Landegruppe auf ihre Schutzanzüge verzichten. Spock gab Chekov die Anweisung, auf einem freien Platz zu landen. Er spürte ebenfalls das Bedürfnis, die *Columbus* zu verlassen und mit den Überlebenden der Katastrophe zu sprechen.

Den Bewohnern des kleinen Ortes schien es soweit ganz gut zu gehen. Als Spock, Chekov, Iziharry, Rawlings und Hudson aus dem Shuttle kletterten, eilten sie herbei und stellten Dutzende von Fragen. Schon seit Tagen war das Dorf ohne Elektrizität, und daher konnte niemand Nachrichtensendungen empfangen. Die Zeitungen aus New Athens wurden natürlich nicht mehr geliefert. Spock und seine Begleiter berichteten von der aktuellen Lage in dieser Region des Planeten. Sie fügten hinzu, das Verteidigungszentrum sei neutralisiert und man könne bald mit dem Eintreffen von Hilfsschiffen rechnen.

Kurze Zeit später startete die *Columbus* wieder und setzte den Erkundungsflug fort. Als sich die erste Sonne dem Horizont entgegenneigte, beschloß Spock, auf Centaurus zu übernachten. Seine Gefährten begrüßten diese Entscheidung: Ein langer Tag lag hinter ihnen, und sie sehnten sich nach Ruhe. Der Vulkanier wählte einen Landeplatz aus: im Wald westlich der kontaminierten Zone.

Das Shuttle ging neben einem Bach nieder. Spock überprüfte es von außen mit einem Geigerzähler und maß eine recht hohe Strahlung. Daraufhin bat er Hudson, eine kleine Pumpe aus dem Frachtabteil zu holen und die Hülle der Raumfähre abzuwaschen. Anschließend entzündeten sie ein Lagerfeuer, nahmen eine Mahlzeit ein und legten sich schlafen. In ihren Träumen sahen sie immer wieder endlose Aschewüsten.

Am nächsten Morgen räumten Chekov, Rawlings und Hudson den Lagerplatz auf, während sich Connie Iziharry und Spock um die Strahlungsabsorber der Schutzanzüge kümmerten. Eine warme, trockene Nacht lag hinter ihnen, und ein sanfter, sicherer Nordwind wehte.

Beide Sonnen krochen über einen kobaltblauen Himmel, und das Blätterdach des Waldes filterte ihren grellen Glanz, was sich als Glücksfall erwies: Die Menschen verfügten nicht über Sonnenbrillen. Spock benötigte keine, doch er begriff, daß sich für seine Gefährten Probleme durch die hohe Lichtintensität ergeben mochten. Aber sie ließen sich wenigstens zum Teil durch die hyperpolarisierten Sichtscheiben der Schutzanzug-Helme lösen.

Das schmutzige Geschirr überließ man Chekov und Rawlings. Chekov (er wusch Teller und Tassen) pfiff vor sich hin. Rawlings (er trocknete ab) summte im Dreivierteltakt dazu. Die ein wenig synkopierte Version von *Geschichten aus dem Wienerwald* verscheuchte alle Vögel. Hudson löschte das Lagerfeuer und nahm seine Aufgabe sehr ernst — sie hatten genug verbranntes Land gesehen.

Zwanzig Minuten später befand sich ihre Ausrüstung wieder in der *Columbus*, und auf dem Lagerplatz blieben keine Abfälle zurück. Spock und Iziharry hatten die Absorber ausgetauscht.

»Heute fliegen wir nach Norden«, sagte der Vulkanier. »Wir können davon ausgehen, daß nördlich des Raumhafens bessere Bedingungen herrschen als im Süden. Nun, wir beschränken uns zunächst darauf, weiterhin zu beobachten, uns einen Eindruck von der Situation zu verschaffen. Wenn wir Überlebende finden, bieten wir selbstverständlich Hilfe an. Irgendwelche Fragen?« Stille folgte.

»Gut, dann lassen Sie uns aufbrechen.«

Sie stiegen ein, und kurz darauf hob die *Columbus* ab.

Chekov flog noch einmal über den gewaltigen Krater, passierte dann den Zugang zum Verteidigungszentrum. Im Staub davor hatten die Kufen des Shuttles tiefe Abdrücke hinterlassen.

Spock sah auf Siderakis' Karte, blickte dann aus dem Bugfenster. Dieser Bereich war dicht besiedelt gewesen, und nach einer Weile wich die eintönige Schuttmasse ersten deutlich zu erkennenden Ruinen. *Wir können nicht mehr weit davon entfernt sein,* dachte der Vulkanier. *Angenommen, der Maßstab dieser Karte stimmt. Wenn ich eine trigonometrische Messung vornehme...*

»Bitte steuern Sie das Shuttle tiefer, Mr. Chekov«, sagte Spock.

Der Pilot drückte den Steuerknüppel nach vorn. »Was suchen Sie, Sir?«

»Irgendeinen Hinweis auf das medizinische Zentrum von New Athens«, erwiderte Spock. »Dr. McCoys Tochter hat dort studiert. Ich würde gern feststellen, was aus ihr geworden ist — um später dem Arzt Bericht zu erstatten.«

»Oh, ich verstehe, Sir.« Chekov nickte. »Wir alle halten aufmerksam Ausschau.«

Iziharry, Rawlings und Hudson standen auf, traten näher ans Fenster heran und beobachteten die leblose Landschaft. Nach ungefähr einem Kilometer bemerkte Connie die Reste einiger Säulen, die ein Gebäude im gotischen Stil getragen hatten.

»Ich glaube, das ist es, Mr. Spock«, sagte sie. »Ich habe die Stadt und das Med-Zentrum einmal besucht, es dabei mit einer irdischen Kathedrale verglichen. Sah ziemlich eindrucksvoll aus.«

Der Vulkanier nickte. »Bringen Sie uns etwas näher heran, Mr. Chekov. Der von Miß Iziharry genannte Ort stimmt mit den Angaben der Karte überein.«

Langsam flog das Shuttle über die Ruinen des Krankenhauskomplexes und der medizinischen Universität hinweg.

»Es ist grauenhaft«, murmelte Rawlings und schüttelte wie in Zeitlupe den Kopf. »Wer sich zum Zeitpunkt der

Annihilation hier aufgehalten hat, kann unmöglich überlebt haben. Die Druckwelle, die schier unvorstellbare Hitze...« Er ächzte leise. »Ein Tor zur Hölle, das sich ganz plötzlich öffnete, eine wahre Apokalypse...«

»Ja«, flüsterte Hudson bestürzt. Das Ausmaß der Zerstörung erschütterte ihn zutiefst.

Iziharrys Augen glänzten feucht, als sie mehrere Leichen sah. Einige von ihnen trugen die traditionellen weißen Kittel von Medizinstudenten.

Chekov preßte die Lippen zusammen, und seine Stimme vibrierte, als er sagte: »Die Schuldigen werden dafür büßen.« Es klang wie ein Schwur.

Zehn Minuten lang schwebte die *Columbus* über dem ehemaligen Campus. In den Trümmern rührte sich nichts. Niemand kam ins Freie, um sich den Insassen der Raumfähre zu zeigen. Schließlich bewegte Chekov den Steuerknüppel, und das Shuttle drehte ab, flog wieder nach Norden.

»New Athens, Mr. Spock«, sagte Chekov.

Vor ihnen erstreckte sich eine große Stadt, einst das Verwaltungszentrum eines ganzen Planeten. Hunderte von Häusern waren eingestürzt, aber im Vergleich mit den Gebieten weiter im Süden hielten sich die Schäden in Grenzen. An vielen Stellen brannte es; Rauch und Qualm bildeten eine graue Dunstglocke über der Metropole. Nirgends sahen sie Menschen.

Die *Columbus* setzte ihren Flug fort. Weiter im Innern wirkte die Stadt fast völlig normal: Hohe Gebäude hatten die Straßen vor der Druckwelle abgeschirmt. *Ich glaube, New Athens muß nicht völlig neu wiederaufgebaut werden,* dachte Spock. *Ich habe zunächst angenommen, die Stadt sei vollständig vernichtet, aber das ist offenbar nicht der Fall. Die meisten Bauwerke lassen sich nach wie vor nutzen. Wahrscheinlich dauern die Instandsetzungsarbeiten einige Jahre, aber im Anschluß daran dürfte die Stadt ohne Einschränkungen bewohnbar sein.*

Der Vulkanier bemerkte Männer und Frauen in den Straßen, dann auch einige Fahrzeuge. Die Überlebenden von New Athens hörten das Shuttle, sahen nach oben und winkten ebenso aufgeregt wie die Bewohner von Greenvale. Einige von ihnen hoben die Hände trichterförmig vor den Mund und riefen etwas.

»Wenn Sie erlauben, Mr. Spock...«, begann Chekov.

»Selbstverständlich. Unter den besonderen Umständen erscheint mir eine kleine Demonstration durchaus angemessen.«

Chekov lächelte, schloß die Hand fester um den Steuerknüppel und flog eine Acht — der übliche Gruß eines Starfleet-Shuttles. Er glaubte, die Begeisterung der Einwohner zu spüren. Inzwischen hatten sich Hunderte eingefunden, und manche sprangen auf den Dächern von abgestellten Autos umher.

»Man kann ihnen deutlich ansehen, daß sie viel durchgemacht haben«, sagte Rawlings. »Aber kein einziger Bürger wirkt verzweifelt. Offenbar haben sie nicht eine Sekunde lang die Hoffnung verloren. Erstaunlich.«

Chekov stimmte ihm in Gedanken zu. Er wiederholte die Acht, ging dann erneut auf nördlichen Kurs.

»Ich bin froh, daß wir diese Leute gefunden haben«, kommentierte Connie Iziharry. »Den Anblick von Leichen kann ich nicht mehr ertragen.«

»Mir ergeht es ebenso«, erwiderte Spock. Er spürte eine profunde emotionale Reaktion, hütete sich jedoch davor, sie zu deutlich zu zeigen.

Wenn die Einträge auf der Karte stimmten, gab es etwa fünf Kilometer nördlich der Stadtmitte einen großen öffentlichen Park. Chekov ließ sich von seiner Intuition leiten, als er die *Columbus* dorthin flog. Spock pflichtete dieser Entscheidung bei. Es handelte sich um das einzige freie Gelände in ganz New Athens, und es war bestens für die Einrichtung eines Notlagers geeignet.

Im Gründerpark wimmelte es von Menschen, und als sie

das Shuttle sahen, reckten sich viele Arme gen Himmel. Offenbar hatten sich die meisten Flüchtlinge an diesem Ort versammelt; der Vulkanier schätzte ihre Anzahl auf etwa zweihunderttausend. Er beobachtete Zelte, Wohnwagen, hastig errichtete Baracken, Hütten und Schuppen. An manchen Stellen brannten kleine Lagerfeuer, und dünne Rauchfahnen gingen von ihnen aus.

Auch das Gesetz war präsent. Hier und dort standen Polizeigleiter, und drei Streifenmaschinen patrouillierten über dem Park. Sie trugen das Symbol der Stadt. *Seltsam,* dachte der Vulkanier. *Bisher deutet nichts darauf hin, daß die neue Regierung in McIverton Hilfstruppen ins Katastrophengebiet geschickt hat. Und noch etwas: Weder am Zugang des Verteidigungszentrums noch im Kontrollraum haben wir irgendwelche Spuren der angeblich entsandten Reparaturmannschaft gefunden. Seit der Explosion sind mehrere Tage vergangen, aber die Überlebenden begrüßen uns so, als seien wir die ersten Boten einer beginnenden Rettungsmission. Vielleicht stimmt das sogar.*

Chekov brauchte nicht lange nach einem Landeplatz zu suchen: Jemand hatte ein großes rotes Kreuz auf das Dach eines Gebäudes gemalt, das am Ufer eines kleinen Sees stand; vielleicht handelte es sich um ein Bootshaus. Dahinter gab es einen freien Bereich, und dort ging die *Columbus* nieder.

»Die Strahlung ist etwas höher als normal, Mr. Spock«, berichtete Connie. »Die Schutzanzüge brauchen wir nicht, doch wir sollten weiterhin die Absorber verwenden.«

»In Ordnung, Miß Iziharry«, entgegnete der Vulkanier. Die Luke schwang auf, und sie stiegen aus.

Spock sah sich um und musterte einige Personen, die sich ihnen näherten. Seine Aufmerksamkeit galt insbesondere einem großen, grauhaarigen Mann, der einen weißen Medo-Kittel trug. Er hatte sich den Riemen eines medizinischen Tricorders über die Schulter geschlungen, und das kleine Gerät baumelte an seiner Hüfte. Der Mann lächelte breit und streckte den Arm aus. Dann erkannte er Spock als Vulkanier, wurde ernst, hob die Hand und spreizte die Finger. »Dr. Saul Weinstein«, stellte er sich vor.

»Ich bin Spock, Erster und wissenschaftlicher Offizier der U.S.S. *Enterprise*.« Er erwiderte den vulkanischen Gruß. »Meine Begleiter sind Fähnrich Chekov, Schwester Iziharry und die beiden Techniker Rawlings und Hudson.« Die Menschen nickten kurz.

»Glück und langes Leben, Spock«, sagte Weinstein förmlich. Dann grinste er wieder. »Und wie geht's euch anderen, zum Teufel?«

Weinstein machte die fünf Besatzungsmitglieder der *Columbus* mit der Situation vertraut. Das Bootshaus diente als improvisiertes Hospital; die benötigten Arzneien und medizinischen Instrumente hatte man sich aus einem nur wenige Blocks entfernten Warenlager ›geborgt‹ – die Polizei gab nicht nur ihre Genehmigung, sondern half beim Transport aller notwendigen Materialien.

»Wir haben hier vielen Patienten das Leben gerettet«, sagte Weinstein stolz. »Oh, unsere Arbeit ist alles andere als leicht, und die Vorräte gehen allmählich zur Neige. Das Heilplasma verbrauchten wir schon während der beiden ersten Tage. Meine Güte, ich habe sogar Wunden *genäht*. Aber was soll's? Diese Technik funktioniert ebensogut wie vor hundert Jahren. Die meisten Leute brauchen nur ein wenig Zuspruch, um sich von ganz allein zu erholen. Tja, vielleicht kann uns diese Sache eine Lehre sein.«

Das Bootshaus-Hospital enthielt mehrere recht primitive Operationssäle und ein kleines Rekonvaleszenzzimmer in der ehemaligen Cafeteria. Eine Intensivstation gab es nicht. Die entsprechenden Geräte fehlten ebenso wie ausgebildetes Personal.

Viele Patienten wurden in Zelten vor dem ›Krankenhaus‹ untergebracht. Schwestern und rekrutierte Zivilisten kümmerten sich ständig um sie.

»Wir haben keine automatischen Indikatoren«, erklärte

Weinstein. »Mit anderen Worten: Wir müssen selbst den Puls fühlen, Fieber messen und so weiter. Man könnte meinen, die medizinische Wissenschaft sei plötzlich um drei Jahrhunderte in die Vergangenheit zurückgefallen.« Er zögerte kurz. »Aber wissen Sie was? Ich glaube, die Patienten werden schneller gesund. Der direkte Kontakt mit den Pflegern und Ärzten scheint eine nicht unbeträchtliche Rolle zu spielen.«

»Dieses Phänomen verdient es sicher, eingehender untersucht zu werden«, sagte Spock. »Andererseits: Eine derartige Rekonvaleszenztechnik ist sehr arbeitsintensiv. Um die Funktion der von Ihnen erwähnten Indikatoren zu ersetzen, sind viele Personen erforderlich. Woher stammen Ihre Mitarbeiter?«

»Zumindest in dieser Hinsicht hatten wir Glück«, antwortete Weinstein. »Im Norden der Stadt gibt es einen großen Produktionsbetrieb, der medizinische Instrumente herstellt. Es handelt sich größtenteils um elektronische Apparate, mit denen wir hier nichts anfangen können, weil unsere Energievorräte beschränkt sind. Aber die Belegschaft weiß, wozu sie dienen. Und die betreffenden Leute haben eine klare Vorstellung von medizinischen Behandlungsmethoden. Wir setzen sie als Schwestern und Krankenpfleger ein — und dadurch wurde diese Zeltstadt hier möglich.«

»Sie haben recht«, kommentierte Spock. »Sie können wirklich von Glück sagen, daß der Medo-Betrieb nicht weit entfernt ist.«

Weinstein lächelte. »Hinzu kommt, daß ich mich zum Zeitpunkt der Explosion dort aufhielt. Ich bin Professor für diagnostische Medizin an der Universität im Süden der Stadt — vermutlich existiert sie nicht mehr —, und ich führte einige Studenten durch die Anlage, um ihnen die Technik zu erläutern...«

Spock drehte ruckartig den Kopf. Eine plötzliche Erkenntnis zitterte in ihm, und sie gründete sich keineswegs auf Logik, sondern auf völlig irrationale Intuition. Trotzdem war er sicher, daß er sich nicht täuschte. »Miß McCoy?« rief er und überraschte damit sowohl Weinstein als auch seine vier Gefährten von der *Columbus*. »Joanna McCoy? Sind Sie hier?«

Nicht weit entfernt hob eine junge Frau den Kopf.

»Oh, ja, das ist Joanna«, sagte Weinstein. »Arbeitet rund um die Uhr, ohne müde zu werden. Woher kennen Sie sie?«

Spock war Joanna McCoy nie begegnet, aber er hatte sich noch an Bord der *Enterprise* ein Bild von ihr angesehen. Er erkannte sie auf den ersten Blick als McCoys Tochter – ihr Lächeln wirkte genauso schief –, aber sie schien sanfter zu sein als ihr Vater: eine hübsche Frau, der jedoch ästhetischer Glanz fehlte.

»Dem Himmel sei Dank, daß sie nicht so aussieht wie ich«, hatte Leonard McCoy einmal gesagt. Er irrte sich; die Verwandtschaft war unverkennbar.

Spock musterte sie und bemerkte die Zeichen der Erschöpfung. Blutflecken und Schmutz zeigten sich an ihrem Kittel. Sie brauchte dringend eine Dusche, zwei oder drei Mahlzeiten und mindestens vierundzwanzig Stunden Schlaf. Dem Vulkanier fielen ihre gesplitterten Fingernägel auf, und sie trug nur einen Ohrring – den anderen hatte sie irgendwo verloren. Das Haar war zerzaust, der Rock an einigen Stellen zerrissen.

Dennoch geht eine gewisse Anziehungskraft von ihr aus, dachte Spock.

Joanna McCoy verwendete sterilisierte Tücher, um das verletzte Bein einer älteren Patientin zu verbinden. Neben ihr lag eine offene Medo-Tasche auf dem Boden. Als sich Spock näherte, beendete Joanna ihre Arbeit, richtete einige leise Worte an die Frau und bat zwei junge Männer – die Söhne der Patientin –, sie ins Bootshaus zu bringen. Dann stand sie auf und drehte sich um.

Ihr Blick galt sofort dem Vulkanier. Sie sah die Insignien auf seinem blauen Uniformpulli, betrachtete die Abzeichen der übrigen vier Besatzungsmitglieder des Shuttles. »Sie kommen von der *Enterprise*!« entfuhr es Joanna. Sie lächelte und bemerkte die Commander-Streifen des wissenschaftlichen Offiziers. »Sie müssen Mr. Spock sein. Mein Vater hat mir von Ihnen geschrieben. Ich bin Joanna McCoy.«

Sie hob die Hand zum vulkanischen Gruß, den Spock erwiderte. »Glück und langes Leben, Miß McCoy.« Er stellte Chekov und die anderen vor.

»Hat mein Vater Sie begleitet?« Joanna sah an dem Vulkanier vorbei.

»Nein. Er zog es vor, zunächst einmal an Bord des Raumschiffs zu bleiben. Er muß dort wichtige Pflichten wahrnehmen. Ich glaube, er macht sich große Sorgen um Sie.«

»Ach, armer Daddy«, seufzte Joanna. Sie runzelte die Stirn, genau wie ihr Vater — die Ähnlichkeit erstaunte Spock. »Er ist *dauernd* über irgend etwas besorgt. Wenn Sie erlauben, gebe ich Ihnen eine kurze Notiz für ihn.«

»Sie könnten mitkommen, wenn wir zur *Enterprise* zurückkehren«, schlug der Vulkanier vor. »Ihr Vater würde sich bestimmt freuen, Sie wiederzusehen.«

»Daran zweifle ich nicht, Mr. Spock. Und ich würde mich Ihrer Gruppe gern anschließen. Aber ich kann jetzt nicht weg. Hier gibt es zuviel zu tun, verstehen Sie?«

»Ja, Miß McCoy. Und ich bin sicher, Ihr Vater versteht es ebenfalls.« Spock zögerte kurz. »Er kann stolz auf Sie sein.«

Einige Minuten später bekam Spock einen Zettel, auf den Joanna eine kurze Nachricht für Ihren Vater geschrieben hatte. Saul Weinstein gab ihm eine Liste dringend benötigter Materialien.

»Wenn Sie uns diese Dinge nicht zur Verfügung stellen können, muß ich mir irgend etwas einfallen lassen«, sagte der Arzt. »Aber eins steht fest: Wenn wir nicht bald neue Arzneien, Verbandsmaterial und medizinische Instrumente bekommen, können wir keine weiteren Patienten aufnehmen.«

Spock überflog die Liste. »Ich glaube, wir haben alles, was Sie benötigen, Doktor. Allerdings nicht in der erforderlichen Menge.«

»Besser als gar nichts.« Weinstein zuckte mit den Schultern. »Himmel, ich bin Ihnen in jedem Fall dankbar. Ohne Nachschub wären wir gezwungen, den Laden dichtzumachen.«

Der Vulkanier nickte.

»Mr. Spock?« fragte Connie.

»Ja, Miß Iziharry?«

»Bitte um Erlaubnis, auf Centaurus bleiben zu dürfen«, sagte sie förmlich. »Ich glaube, ich werde hier gebraucht.«

In Weinsteins Augen funkelte es, als er sich vorstellte, eine Starfleet-Krankenschwester zu seinem Mitarbeiterstab zu zählen. Chekov wirkte ein wenig enttäuscht.

Spock nickte erneut. »Dr. Weinstein, die *Enterprise* hat gerade einen ersten Beitrag zu Ihren hiesigen Bemühungen geleistet. Was uns betrifft... Wir starten jetzt wieder. Sie dürfen bald mit der ersten Hilfslieferung rechnen.«

»Nochmals besten Dank«, erwiderte der Arzt und spreizte die Finger.

Spock, Rawlings und Hudson gingen zum Shuttle, doch Chekov blieb zurück. »Connie...«, sagte er und suchte nach den richtigen Worten. »Gib gut auf dich acht.«

»Keine Sorge, Pavel.« Sie trat auf ihn zu, und Chekov blickte in ihre großen, ausdrucksvollen Augen. *Sie ist so schön,* dachte er, als er sie küßte.

Dann wandte er sich abrupt ab und eilte seinen Gefährten nach.

Der Flug zur *Enterprise* nahm nicht sehr viel Zeit in Anspruch. Chekov drosselte das Triebwerk, und die *Columbus* sank aufs Deck herab.

»Gelandet, Mr. Spock«, meldete er. »Normaldruck im

Hangar. Antrieb desaktiviert. Sie können die Luke öffnen, Sir.«

»Danke, Fähnrich.« Spock stand auf und sah seine Begleiter an. »Sie haben bei dieser Mission ausgezeichnete Arbeit geleistet, und darauf werde ich in meinem Bericht ausdrücklich hinweisen.« Der Vulkanier verließ das Shuttle, und die anderen folgten ihm.

»Landedeck-Offizier!« rief Spock.

Eine Frau in orangefarbener Uniform näherte sich. »Ja, Sir?«

»Sind die Transporter noch immer nicht funktionsfähig?«

»Nein, Sir.«

»Dann nehmen Sie diese Liste.« Spock reichte sie der Frau. »Bitte geben Sie der Frachtabteilung Bescheid. Die *Columbus* soll sofort mit den genannten Materialien beladen werden. Ich möchte so bald wie möglich auf den Planeten zurückkehren. Stellen Sie weitere medizinische Nachschubgüter bereit. Wir richten einen Pendelverkehr ein, um die Überlebenden mit allen notwendigen Dingen zu versorgen.«

»Aye, aye, Sir. Normale Wartungskontrolle für das Shuttle, Mr. Spock?«

»Es genügt, die Tanks zu füllen und das Triebwerk sowie die wichtigsten Bordsysteme zu überprüfen. Kümmern Sie sich darum, während die Fähre beladen wird. Ich habe nicht viel Zeit.«

»Gut, Sir.« Der weibliche Landedeck-Offizier eilte mit Weinsteins Liste fort. Spock ging zum nächsten Turbolift, und die übrigen Mitglieder der Landegruppe schlossen sich ihm an. »Mr. Rawlings, Mr. Hudson – Sie können Ihren normalen Dienst fortsetzen. Melden Sie sich bei Mr. Scott. Mr. Chekov... Sie sollten sich etwas ausruhen; wir brechen bald wieder auf.«

Der Vulkanier betätigte eine Taste des Schaltfelds, und die Doppeltür des Lifts schloß sich mit einem leisen Zischen.

Spock begab sich in die Krankenstation. McCoy behandelte gerade einen Lieutenant aus der Sicherheitsabteilung — ein gelockertes Deckensegment war ihm auf den Kopf gefallen.

»Sie sind mein letzter Patient für heute«, sagte der Arzt. »Wenn Sie den Verband vier Stunden lang tragen, verschwindet die Schwellung.«

»Danke, Doktor.« Der Mann bemerkte Spock. McCoy folgte seinem Blick — und erblaßte.

Der Patient stand auf und ging.

»Heraus damit, Mr. Spock«, sagte McCoy dumpf. »Es geht um Joanna, nicht wahr? Nehmen Sie kein Blatt vor den Mund. Ich bin auf alles vorbereitet.« Er schloß die Augen.

»Sie ist wohlauf und gesund, Doktor«, erwiderte Spock. »Und sie schickt Ihnen diese Nachricht.« Er holte den Zettel hervor.

McCoy zögerte einige Sekunden lang, bevor er die Augen öffnete. »Joanna ist nicht... tot?« Er konnte es kaum fassen, doch allmählich kehrte Farbe in seine Wangen zurück.

»Ihre Tochter gehört zu den Überlebenden von New Athens und unterstützt Dr. Weinstein bei seinen Bemühungen, den Verletzten und Verwundeten zu helfen.« Spock beschrieb die Situation im Gründerpark. »Joanna bittet um Ihr Verständnis dafür, daß sie die Arbeit auf Centaurus fortsetzt.«

McCoy blinzelte. »Oh... natürlich.« Er entfaltete den Zettel und begann zu lesen. Seine Augen glänzten feucht, und er zwinkerte mehrmals. Spock beobachtete, wie der Arzt um seine Fassung rang. *Ich weiß, was Sie jetzt empfinden*, dachte der Vulkanier. *Auch mir fällt es manchmal schwer, die Beherrschung zu wahren.*

Schließlich sah McCoy auf, und er schien sich wieder vollkommen in der Gewalt zu haben. Ein dünnes Lächeln umspielte seine Lippen. »Es ist tatsächlich alles in Ordnung mit ihr«, sagte er. »Sie nennt mich ›Väterchen‹ und meint, ich solle nicht länger auf der *Enterprise* faulenzen, sondern ihr auf Centaurus helfen.«

»Diese Möglichkeit gebe ich Ihnen gern, Doktor. Mr. Chekov und ich kehren in Kürze nach New Athens zurück.«

»Ich packe nur rasch einige Dinge zusammen und lasse mich von M'Benga vertreten. Und anschließend muß ich mich noch bei unserem neuen Captain abmelden.«

McCoy schwieg, als die *Columbus* aus dem Hangar der *Enterprise* glitt. Er gab keinen Ton von sich, während Chekov das Shuttle durch die Atmosphäre des Planeten steuerte, ohne daß irgendeine Gefahr drohte — die Raketensilos des Verteidigungszentrums waren leer. Er blieb auch still, als die Fähre dem Gründerpark entgegensank und hinter dem Bootshaus landete.

Die *Columbus* setzte ruckfrei auf, und Chekov entriegelte sofort die Luke.

»Ich danke Ihnen«, sagte McCoy und griff nach seiner Tasche. »Bis später.« Spock und Chekov sahen ihm nach, als er ausstieg.

Der Arzt rückte den Schulterriemen zurecht und sah sich um. *Sie weiß, daß ich komme,* dachte er, ging durch die Menge und stieg gelegentlich über am Boden liegende Männer und Frauen hinweg. Immer schneller setzte er einen Fuß vor den anderen. *Bestimmt befindet sie sich irgendwo in der Nähe des Landeplatzes. Sie hat mich immer erwartet, damals, am Raumhafen. Aber wo steckt sie jetzt?*

Dann hörte McCoy plötzlich eine vertraute Stimme. »*Daddy!* Ich bin hier drüben!«

Und dort stand Joanna, aufrecht, stolz, lebendig und gesund. Sie winkte. Leonard hatte das Gefühl, nie etwas Schöneres gesehen zu haben. Erneut verschleierte Feuchtigkeit seinen Blick.

Er bahnte sich einen Weg durchs Gedränge, trat seiner Tochter neben einem der Zelte gegenüber.

McCoy ließ seine Medo-Tasche fallen und umarmte Joanna. »Hallo, Kleines«, sagte er sanft.

»Ich bin froh, daß du wieder hier bist«, erwiderte die junge Frau zärtlich und fügte mit leisem Spott hinzu: »Du wirst doch nicht etwa rührselig, oder? Ach, Daddy...« Sie schluchzte.

Und schließlich wurde es zuviel für Leonard McCoy. Die bohrenden Sorgen, das unerträgliche Warten, die fast sichere Überzeugung, seine Tochter sei in New Athens gestorben — die ganze Zeit über gelang es ihm, sich unter Kontrolle zu halten. Aber jetzt, da er Joanna in seinen Armen spürte... Immense Erleichterung durchflutete ihn, und er vergoß Freudentränen, ohne sich ihrer zu schämen, ohne sich zu fragen, wer ihn weinen sah.

Kapitel 18

McIverton

»Sulu? Sulu! Wachen Sie auf, verdammt!«

Schon seit mehreren Minuten versuchte Kirk den Lieutenant zu wecken. Sam Cogley hatte das Hotel verlassen, um seinen Gleiter zu holen. Wahrscheinlich wartete er vor dem Hilton Inn West.

Der Captain drehte Sulu auf den Rücken und hob ein Lid des Steuermanns. Sofort fiel ihm die geweitete Pupille auf. *Man hat ihn mit irgendeiner Droge betäubt,* dachte er. *Zum Teufel auch, was ist in der vergangenen Nacht geschehen?*

Kirk ging in Sulus Bad, um ein Glas kaltes Wasser zu holen. Auf der Ablage sah er den Zettel und die kleine Tüte. Von einem Augenblick zum anderen begriff er, was passiert war, und seine Gedanken rasten, als er die neue Situation einzuschätzen versuchte. *Bestimmt steckt der Mistkerl Burke dahinter,* dachte er zornig. *Nun, ich rechne später mit ihm ab.*

Der Plan, den Jim und Sam Cogley entwickelt hatten – Kirk und Sulu sollten behaupten, an Bord der *Enterprise* gebraucht zu werden, mit der *Galileo* starten, McIverton verlassen, Gregory's Landing anfliegen und dort die fünf Ligisten abholen –, konnte jetzt nicht mehr in die Tat umgesetzt werden. *Burke (oder seine Leute) haben Sulu außer Gefecht gesetzt,* überlegte der Captain. *Und wahrscheinlich sind die Burschen noch immer in der Nähe. Sie beobachten und warten ab.*

Im Nebenzimmer klingelte das Telefon. *Das ist bestimmt Cogley. Himmel, Sam, benutz deinen Verstand und wähl die Nummer dieses Anschlusses!*

Einige Sekunden später läutete Sulus Apparat. Kirk seufzte erleichtert und betätigte die ANTWORT-Taste. Cogleys Gesicht erschien auf dem kleinen Kom-Monitor.

»Keine Zeit, Sam«, sagte der Captain rasch. »Dachlandeplatz. Sofort!« Er unterbrach die Verbindung. *Und jetzt muß ich Sulu fortschaffen. Meine Güte, ich hoffe bloß, daß es auf dem Dach einen Landeplatz gibt. Wenn nicht...*

Kirk öffnete die Tür und spähte in den Korridor — niemand zu sehen. *He, Jim, versetz dich in die Lage von Burkes Agenten. Wo würdest du dich verstecken?* Fünf Meter entfernt, auf der anderen Seite des Ganges, bemerkte er eine Tür mit der Aufschrift WÄSCHE. *Ja, genau dort.*

Der Captain ließ sich auf Hände und Knie sinken, kroch lautlos durch den Korridor. Kurz darauf erreichte er den Zugang der Wäschekammer, wich ein wenig zurück, drehte den Knauf und öffnete die Tür. Er zögerte nicht, sprang auf und rammte seine Faust dorthin, wo er das Kinn eines Gegners vermutete.

Er vernahm ein leises Ächzen und schlug noch einmal zu — der Mann in der Kammer stürzte besinnungslos zu Boden. Kirk hielt ihn fest, um zu verhindern, daß der Kopf auf die harten Fliesen prallte. Noch einmal sah er sich im Gang um, schleifte den Bewußtlosen zum Nebenzimmer, zerrte ihn über die Schwelle und schloß die Tür.

Bei einer schnellen Durchsuchung fand er zwei Phaser. *Ausgezeichnet. Die Kleidung kann ich ebenfalls verwenden. Ich nehme an, es wird auch der Lift überwacht. Und mit ziemlicher Sicherheit befindet sich ein weiterer Mann auf dem Dach. Das übliche Muster.* Kirk zog den Mann bis auf die Unterhosen aus, legte die Starfleet-Uniform ab und streifte den Anzug über — er paßte nicht besonders gut. Dann nahm er sich die Brieftasche vor. *Ein IS-Agent, wie erwartet. Untersteht direkt Burke, dem Minister für innere Sicherheit. Dienstmarke und ID-Karte. Eine Sonnenbrille. Kann ich gut gebrauchen. Die Brille, die mir Hayes gestern gegeben hat, habe ich irgendwo verloren. Dreizehn Platinpfund in der centaurischen Währung; kein Föderationsgeld. Mehrere Kreditkarten. Ein Mitgliedsausweis des exklusiven Kolumbus-Clubs. Organspender-Unterlagen.*

Waffenschein, von Burke höchstpersönlich unterzeichnet. Kirk hoffte vergeblich, daß der Mann einige *wirklich* nützliche Dinge bei sich trug, zum Beispiel kleine Betäubungsbomben oder miniaturisierte Gasgranaten. *Nun, ich muß mich mit diesen Sachen zufriedengeben.*

Der Captain zwängte den Agenten in seine Uniform — sie saß ebensoschlecht wie der Anzug. Er ließ den Mann mit dem Gesicht nach unten liegen. *Ich frage mich, wie viele IS-Typen in diesem Gebäude auf der Lauer liegen,* überlegte Kirk.

Er öffnete die Tür und rief mit betont dumpfer Stimme: »He, ich hab' ihn erwischt. Bringt die Handschellen!« Dann trat er zur Seite und hielt den Phaser schußbereit in der Hand.

Er brauchte sich nicht lange zu gedulden. Zwei weitere Agenten eilten herbei, sahen Sulu, der noch immer auf dem Bett lag — und den vermeintlichen Captain. Sie grinsten siegessicher und kamen herein. Kirk betätigte den Auslöser des Strahlers, und die beiden Männer sanken bewußtlos zu Boden.

Der Captain blickte vorsichtig um die Ecke, ließ seinen Blick durch einen leeren Korridor schweifen. Er nickte zufrieden, rollte die Agenten herum und durchsuchte sie. Bei einem von ihnen — dem Einsatzleiter? — fand er einen Kommunikator. *Sein Boß muß in der Nähe sein. Angesichts der tachyonischen Störstrahlung funktionieren diese Geräte nur noch auf kurze Distanz.*

Die Frage lautete: Wo steckte Burke? *Bestimmt ist er nicht weit entfernt — er will die Dinge immer unter Kontrolle haben. Hmm. Wo könnte er sich aufhalten? Was hältst du vom Dach, Jim? Der bei diesem Unternehmen strategisch wichtigste Ort. Burke verzichtet bestimmt nicht darauf, mir den möglichen Fluchtweg abzuschneiden.*

Er erinnerte sich plötzlich daran, daß Cogley zum Dach des Hotels unterwegs war.

Na schön. Dann muß ich nicht nur fliehen, sondern gleichzeitig Sam retten.

Sulu weilte noch immer im Reich der Träume. Kirk entkleidete einen der beiden Agenten und ersetzte die Uniform des Steuermanns durch einen zivilen Anzug. Einmal mehr machte der Captain die Erfahrung, daß es alles andere als einfach war, einen Bewußtlosen anzuziehen. Nach kurzem Nachdenken ließ er auch die Hose des zweiten Mannes verschwinden — das mochte ihn später daran hindern, die Verfolgung aufzunehmen.

Kirk verfügte nun über vier Phaser, einen auf Burkes Kommandofrequenz justierten Kommunikator (hinzu kamen die beiden eher nutzlosen Starfleet-Kommunikatoren, die zu Kirks und Sulus Ausrüstung gehörten), drei Sonnenbrillen, drei Brieftaschen mit IS-Ausweisen und ein wenig Geld: etwa sechzig Krediteinheiten in centaurischen Platinpfund. *Der Minister für innere Sicherheit sollte seine Leute besser bezahlen.*

Der Captain hätte sich den Steuermann der *Enterprise* jetzt einfach über die Schulter werfen, das Hotel durch den Ausgang im Erdgeschoß verlassen und ein Taxi rufen können. Falls ihm jemand Fragen stellte, behauptete er einfach, Sulu sei sternhagelvoll. Doch er durfte Sam nicht im Stich lassen. Cogley befand sich auf dem Dach — und vermutlich wurde er dort mit einigen Problemen konfrontiert. Sulu war nach wie vor imstande, die Rolle des Betrunkenen zu spielen, und daher beschloß Kirk, seinen Plan ein wenig zu modifizieren. Er prüfte ihn mehrmals und kam zu dem Schluß, daß er zumindest gewisse Erfolgsaussichten verhieß. *Himmel, ich bin schon in schlimmeren Situationen gewesen, und jedesmal habe ich einen Ausweg gefunden.*

Kirk runzelte die Stirn. *Da fällt mir ein...* Er sah in einem Fach neben dem Tri-Vid nach und lächelte dünn, als er eine kleine Flasche fand. Sie enthielt billigen Scotch — mit den besten Empfehlungen vom Hotel. Der Captain öffnete den Verschluß, setzte das Fläschchen an die Lippen und schnitt eine Grimasse. *Lieber Himmel, will der Direktor seine Gäste vergiften? Wer bezahlt dann die Rech-*

nung? Er spuckte den Whisky ins Spülbecken, kehrte in den Hauptraum zurück und ließ einige Tropfen auf Sulus Anzugjacke fallen. Anschließend ›behandelte‹ er sich selbst und schnupperte. *Ja, alles bestens. Wir riechen so, als hätten wir eine lange Kneipentour hinter uns ...*

Kirk legte sich Sulu über die Schulter, stöhnte leise unter dem Gewicht seines Steuermanns und öffnete die Tür. Nach wie vor hielt sich niemand im Korridor auf. Der Captain trat in den Gang und marschierte zum nächsten Lift.

Im Aufzug begegnete Kirk einem älteren Ehepaar. Er lächelte schief, rülpste leise und starrte ins Leere. *Ich will kein aufdringlicher Betrunkener sein,* dachte er. *Wenn man mich in Ruhe läßt, bin ich hübsch brav und stumm.*

Doch die Frau beschränkte sich nicht darauf, ihn zu ignorieren. »Junger Mann«, sagte sie streng.

»Ja, Ma'am, dasch bin ich«, pflichtete ihr Kirk bei und nickte übertrieben.

»Schämen Sie sich denn überhaupt nicht, junger Mann? Es ist früh am Morgen.« Sie musterte Kirk empört, während der vertrocknet wirkende Gatte an ihrem Ärmel zupfte.

Kirk grinste von einem Ohr zum anderen. »Oh, dasch hat nichts schu bedeuten, Ma'am. Wir ham nich' etwa heute morgen angefangen, schondern geschtern abend. *Ich* bin noch gar nich' im Bett geweschen. Im Gegenschatz zu *ihm.*« Er kicherte.

Der Lift hielt im vierzehnten Stock, und das Ehepaar verließ die Kabine. Die Frau murmelte noch ein »Unerhört!«, während der Mann neben ihr dem vermeintlichen Betrunkenen einen entschuldigenden Blick zuwarf und mit den Schultern zuckte. Kirk zwinkerte und schwankte ein wenig.

Die Tür schloß sich wieder, und Jim drückte die Taste fürs oberste Geschoß. Sulu schnaufte leise, als sich der Lift in Bewegung setzte.

»Hören Sie mich?« fragte Kirk.

Der Steuermann brummte etwas.

»Lieber Himmel, ich hoffe bloß, daß Sie sich nicht übergeben müssen, Sulu.«

Die Kabine hielt zum zweitenmal; Kirk verließ sie, blickte nach rechts und links. Niemand zu sehen. Einige Meter entfernt bemerkte er einen Zugang, dessen Farbe sich von der Lackierung aller anderen Türen unterschied. Der Weg zum Dach? Kirk wankte in die entsprechende Richtung.

Seine Vermutung erwies sich als richtig. Jim neigte sich zur Seite und ließ Sulu behutsam zu Boden sinken. »Ich bin gleich wieder da«, sagte er. »Bleiben Sie hübsch brav hier.« Der Steuermann nickte mühsam, und Kirk klopfte ihm kurz auf die Wange. Dann zog er seinen Phaser, duckte sich und öffnete die Tür zum Dach.

Vor dem hellen Blau des Himmels zeichnete sich eine schattenhafte Gestalt ab, und der Captain feuerte sofort. Ein Objekt fiel auf harten Beton, gefolgt von einem betäubten Körper. Kirk zog eine Sonnenbrille aus der Jackentasche, setzte sie auf und sprang nach vorn.

Noch zwei, dachte er und betätigte den Auslöser des Strahlers. Die beiden Agenten schossen ebenfalls, verfehlten jedoch das Ziel. Kirk sah rasch auf. *Verdammt, hier wimmelt es von Gleitern!* fuhr es ihm durch den Sinn. Er fragte sich, wie er Cogleys Maschine erkennen sollte.

Mehrere Schweber stammten offenbar vom Ministerium für innere Sicherheit — und sie rasten heran.

Einige Sekunden später fiel Kirks Blick auf einen besonders großen Gleiter, der über das Gebäude neben dem Hotel hinwegraste, und aus irgendeinem Grund wußte er, daß Cogley an den Kontrollen saß. Sam schickte sich an, *ihn* zu retten. Der Captain kehrte rasch zurück, packte Sulu und stapfte mit ihm aufs Dach, während sich die Agenten näherten.

Einen von ihnen erkannte er als Burke. Kirk ignorierte ihn. Cogleys Gleiter befand sich zwischen ihm und dem

Minister, blockierte die Betäubungsstrahlen. Jim glaubte nicht, daß Burke und seine Begleiter ihre Phaser auf tödliche Emissionen justiert hatten, und selbst wenn das der Fall war: Die große Maschine gewährte ihm ausreichend Schutz. Er taumelte dem Schweber entgegen, und als ihn nur noch wenige Meter davon trennten, schwang die Passagierluke auf.

»*Beeilen* Sie sich, Jim! Sonst geht's uns an den Kragen!«

»Bin schon unterwegs«, erwiderte Kirk und nahm seine ganze Kraft zusammen. Mit drei langen Schritten erreichte er das offene Schott des Gleiters, schob Sulu ins Abteil — *Tut mir leid, Junge, aber für eine sanftere Behandlung haben wir leider nicht genug Zeit* — und sprang an Bord. Cogley berührte einen Sensorpunkt, und daraufhin schloß sich die Luke.

»Halten Sie sich gut fest!« rief der Rechtsanwalt, gab Schub und ignorierte die Geschwindigkeitsbeschränkung.

Während der nächsten Minuten steuerte Cogley seinen Gleiter dicht über die Straßen hinweg, entschied sich trotz des starken Verkehrs zu einem waghalsigen Zickzack-Kurs.

»Wo haben Sie so zu fliegen gelernt?« fragte Kirk.

»In Los Angeles.«

Kurze Zeit später betätigte Sam das Höhenruder, und der Schweber stieg abrupt auf. Das Signalhorn einer anderen Maschine dicht hinter ihnen erklang. Cogley wandte den Kopf zur Seite und fluchte.

»Besten Dank fürs schnelle Eingreifen, Sam«, sagte Kirk. »Irgendeine Idee, was passiert ist?«

Cogley zuckte mit den Schultern, blickte nach draußen und behielt den Verkehr im Auge. »Ich glaube schon. Vermutlich haben wir die jüngsten Ereignisse unserem ›Freund‹ Nathaniel Burke zu verdanken. Zumindest Sie wurden von ihm überwacht. In mir sah er wahrscheinlich keinen ganz so großen Risikofaktor. Ich war zufälligerweise in der Stadt, und offenbar nahm Burke an, daß sich die untergetauchten Ligisten von mir vertreten lassen wollen. Der Kerl ist nicht dumm.«

»Er folgte Ihnen zum Hotel und stellte fest, daß wir uns dort trafen«, überlegte Kirk laut. »Woraufhin er zwei und zwei zusammenzählte.«

»Ja. Er hat Sulu betäubt, damit Sie nicht sofort verschwinden. Wie lange mag es noch dauern, bis Ihr Steuermann wieder zu sich kommt?«

»Das frage ich mich ebenfalls«, sagte Kirk. »Eben dachte ich noch, er würde bald erwachen, aber das scheint nicht der Fall zu sein. Jetzt schnarcht er sogar. Wohin fliegen wir?«

»Nach Gregory's Landing. Um dort fünf Männer abzuholen.«

»Wollen wir nur hoffen, daß Burke glaubt, alle seine Trümpfe ausgespielt zu haben. Wenn er nicht aufgibt, könnten wir erneut in Schwierigkeiten geraten.« Kirk pfiff vor sich hin, griff in die Jackentasche und holte einen der IS-Phaser hervor. »Hier, nehmen Sie, Sam. Ich trage ein ganzes Arsenal bei mir.«

»Nein, danke, Jim.« Cogley lächelte breit. »Ich bewaffne mich nur vor wichtigen Gerichtsverhandlungen.« Er wurde wieder ernst. »Wie dem auch sei: Es freut mich, daß wir nicht völlig wehrlos sind.«

Sie flogen nach Norden, und der dichte Verkehr im Bereich von McIverton schützte sie.

Cogley landete hinter einem alten Kolonialgebäude, am Rande einer Straße im Norden von Gregory's Landing. Kirk ließ seinen Blick über gepflegte Gärten schweifen. *Ein ruhiges Wohnviertel,* dachte er. *Hier erwartet man keine Terroristen.*

Sam desaktivierte das Triebwerk. »Da wären wir«, sagte er.

»Hmm. Müssen wir den ganzen Tag im Gleiter verbringen, oder soll jemand an der Tür klingeln?«

»Die Ligisten sind bestimmt auf den Beinen. Ich bin sicher, sie beobachten uns gerade.«

Kirk sah, wie sich die Gardine hinter einem hohen Fenster bewegte. Wer auch immer dort oben stand — er wich von der Scheibe zurück. Eine Minute später öffnete sich die Hintertür, und zwei athletisch gebaute Männer traten nach draußen. Sie trugen Jeans und weite Pullis.

»Max und Dave«, sagte Cogley. »Sie haben mich gestern besucht. Allem Anschein nach fungieren sie nur als Kuriere und richten das aus, was man ihnen aufgetragen hat. Soweit ich weiß, hat mein wichtigster Mandant seinen Aufenthaltsort in den letzten achtundvierzig Stunden mindestens zweimal geändert. Er beauftragte diese beiden ›Mitarbeiter‹, den Kontakt mit mir herzustellen — wahrscheinlich hält er sie für entbehrlich.«

Zwei weitere Männer zeigten sich. Sie sahen aus wie Geschäftsleute, doch ihre Anzüge waren zerknittert und hätten dringend gereinigt werden müssen.

»Smith und Jones«, sagte Cogley. »Prächtig individuelle Namen, nicht wahr? Tja, warum bezweifle ich nur, daß sie wirklich so heißen?«

Dann kam ein fünfter Mann.

»Ruben Barclay«, fuhr Cogley fort. »Anführer oder Vorsitzender — wie Sie wollen, Jim. Ich habe ihn vor einigen Jahren auf der Erde kennengelernt, damals, als ich mich nicht darauf beschränkte, einzelne Personen zu vertreten. Er war wichtiger Aktionär eines Unternehmens, das man wegen fahrlässiger Umweltverschmutzung verklagte.«

Rubens sah tadellos und elegant aus, trug sogar eine mit Diamantensplittern besetzte Krawattennadel. Darüber hinaus wirkte er völlig ruhig und gelassen, schien sich nicht die geringsten Sorgen zu machen — ein untersetzter Mann mit lichtem Haar, in eine Aura aus Selbstbewußtsein und Autorität gehüllt.

»Jetzt bin ich dran«, sagte Kirk, kletterte aus dem Gleiter und trat Barclay gegenüber.

»Captain Kirk, nehme ich an?« fragte der Ligist. »Ruben Barclay — Mr. Cogley hat Ihnen sicher schon gesagt, wer ich bin. Meine Kollegen.« Er deutete lässig auf die vier anderen Männer. »Ich schätze, wir fliegen jetzt zum Regierungsflughafen, oder?«

»Nein«, sagte Kirk.

Barclay zwinkerte, und sein Lächeln verflüchtigte sich.

»Eine kleine Änderung des Plans«, fügte der Captain hinzu. »Die Vereinbarung mit Cogley gilt nicht mehr. Streichen Sie die Raumfähre von Ihrer Wunschliste. Wenn wir uns in der Nähe des Shuttles blicken lassen, schnappen sofort Handschellen zu.«

Barclay erholte sich von seiner Überraschung. »Was schlagen Sie vor, Kirk?«

»Immer der Reihe nach. Zuerst einmal... Sie sind hiermit verhaftet. Sie haben das Recht, die Aussage zu verweigern. Was Sie sagen, kann vor Gericht gegen Sie verwendet werden. Das mit dem Anwalt lasse ich weg — Cogley ist bereit, Ihren Fall zu übernehmen. Ah, und noch etwas: Sie dürfen ein Kom-Gespräch führen. Möchten Sie jemandem eine Mitteilung machen?«

»Nein«, erwiderte Barclay.

»Na schön. Bleiben Sie hier stehen.« Kirk wandte sich an Max und Dave, durchsuchte sie und fand mehrere Waffen. Die Burschen in den Anzügen führten keine speziellen Gegenstände bei sich. Bei Barclay entdeckte Kirk ein Taschenmesser, das sich nur dazu eignete, Fingernägel zu schneiden. Der Captain beschlagnahmte es trotzdem.

»Und jetzt in den Gleiter«, wies er die Ligisten an.

»Wohin geht die Reise?« fragte Barclay. »Falls Sie mit dem Gedanken spielen, uns den hiesigen Behörden auszuliefern...«

»Keine Sorge, Barclay«, entgegnete Kirk scharf. »Ich habe den Befehl, Sie zur Erde zu bringen, damit dort vor einem Föderationsgericht gegen Sie verhandelt werden kann. Wenn die centaurische Regierung Wert auf Ihre Auslieferung legt, soll sie in Genf einen entsprechenden Antrag stellen.«

»Wenn«, wiederholte Barclay spöttisch.

»Ja.« Kirk sah Cogley an und stellte fest, daß der Rechtsanwalt seinen Blick mied. »Steigen Sie ein.«

Einige Sekunden lang rührte sich Barclay nicht von der Stelle. Dann zuckte er mit den Achseln und nahm im Fond Platz.

»Wer ist das?« fragte er und deutete auf den schlafenden Sulu.

»Mein bester Steuermann«, sagte Kirk. »Lassen Sie ihn in Ruhe, wenn Sie vermeiden möchten, daß ich Ihnen das Fell über die Ohren ziehe. Ich meine es ernst, Barclay. Und das gilt auch für Ihre Begleiter.«

Die übrigen Männer stiegen ebenfalls ein. Cogley schloß die Luke und startete.

»Fliegen Sie nach Osten, Sam«, sagte Kirk. »Ich weiß, wo wir warten können, bis sich die Lage beruhigt hat.«

»Im Tal, von dem Sie mir erzählt haben?« fragte der Rechtsanwalt.

»Ja, im Tal.«

Unter ihnen glitt die wilde, ungezähmte Natur New Americas hinweg. Normalerweise hätte der Schweber von den Satelliten im Orbit geortet werden können, doch das Verteidigungszentrum hatte sie alle zerstört. Es gab keine elektronischen Augen mehr, die von der Umlaufbahn aus auf den Planeten herabblickten.

Niemand folgte ihnen, soweit Kirk das feststellen konnte. Cogleys Gleiter war eigentlich nicht sehr schnell. Die Höchstgeschwindigkeit betrug nur etwa achthundert Stundenkilometer beziehungsweise null Komma sechs fünf Mach, und der Rechtsanwalt ließ das Triebwerk mit Vollschub laufen — was viel Treibstoff kostete. *Kann diese Maschine mit einer Tankfüllung dreitausendzweihundert Kilometer zurücklegen?* dachte Kirk. Die Vorstellung, unterwegs irgendwo aufzutanken, gefiel ihm nicht sonderlich. Je weniger Leute sie sahen, desto besser.

Nach zwei Stunden erklang Barclays Stimme. »Kirk?«

»Hmm?«

»Wann erreichen wir das Ziel? Hier hinten ist es ziemlich eng.«

Der Captain zuckte mit den Schultern. »Wir haben ungefähr die Hälfte der Strecke hinter uns.«

Barclay nickte. Er griff in die Innentasche seiner Jacke, holte ein Lederetui hervor, öffnete es und entnahm ihm eine Zigarre. »Hat jemand was dagegen, wenn ich rauche?«

»Ja, ich«, sagte Kirk. Diesmal zuckte Barclay mit den Achseln. Er legte die Zigarre ins Etui zurück und verstaute dieses wieder in der Tasche. Die anderen vier Ligisten sahen Kirk verblüfft an, und ihre Blicke waren unmißverständlich: *Sind Sie übergeschnappt? Wie können Sie es wagen, so mit dem Boß zu reden? Wenn er rauchen will, so sollten Sie sich gefälligst beeilen, ihm Feuer zu geben. Sein Wunsch kommt einem Befehl gleich.*

Sulu saß — beziehungsweise *lag* — im Sessel neben Barclay. Er stöhnte leise und schlug die Augen auf. »Oh, mein Kopf«, klagte er und sah sich um. »Wo sind wir? Captain?«

»Willkommen im Diesseits, Mr. Sulu«, sagte Kirk erleichtert. »Sam, haben Sie Aspirin dabei?«

»Keine Ahnung. Sehen Sie im Handschuhfach nach.«

Kirk öffnete es und fand nichts.

»Darf ich, Captain?« Barclay schnippte mit den Fingern, und ›Smith‹ holte ein Röhrchen hervor. *Verdammt!* dachte Kirk. *Das Ding habe ich übersehen, als ich ihn durchsuchte. He, Jim, du läßt nach.*

Barclay nahm es entgegen und gab Sulu zwei Tabletten. »Mit Ihrer Erlaubnis, Captain«, sagte Barclay und zog das letzte Wort in die Länge.

»Danke.«

»Schon gut.«

Sulu schluckte die Tabletten, ohne mit Wasser nachzuspülen. Dann rieb er sich die Augen und blinzelte mehrmals. »Was ist los, Sir?«

Kirk berichtete ihm von den jüngsten Ereignissen, und

der Steuermann verzog das Gesicht. »Und ich bin darauf reingefallen«, kommentierte er bitter. »Auf einen lächerlich einfachen Trick.«

»Er mag einfach gewesen sein«, erwiderte Kirk. »Aber wir haben eben nicht mit so etwas gerechnet.« Der Captain preßte kurz die Lippen zusammen, bevor er tief Luft holte. »Als Burke gestern das Konferenzzimmer verließ, gab er mir zu verstehen, daß er die Verantwortlichen für die Materie-Antimaterie-Annihilation nicht der Föderation überlassen will.« Er musterte Barclay und die anderen. »Der Minister für innere Sicherheit weiß ganz genau, daß das Föderationsrecht Vorrang genießt. Aber es ist ihm gleichgültig.«

Sulu überlegte einige Sekunden lang. »Mit dem gebührenden Respekt, Captain: Wenn jemand alle meine Verwandten umgebracht hätte, hielte auch ich nicht viel von einem regulären Prozeß.«

Kirk nickte. Was sollte er darauf antworten? Sulu sprach genau das aus, was er selbst empfand. Aber er hatte eindeutige Anweisungen erhalten, die er achten mußte.

Sie setzten den Flug nach Osten fort.

»Das ist es, nicht wahr?« fragte Cogley.

»Ja«, bestätigte Kirk und lächelte. »Das Garrovick-Tal.«

Sie hatten den Farragut gefunden und folgten dem Lauf des Flusses nach Norden; er war wie eine breite Straße, die direkt zum Tal führte. Zehn Minuten später überflogen sie einige Berge, und unter ihnen erstreckte sich eine grüne, paradiesische Landschaft.

»Captain?« Sulu beugte sich vor. »Haben Sie hier ein Haus?«

»Ja, eine Blockhütte. Etwa fünfzehn Kilometer weiter im Norden.«

Sulu blickte fasziniert aus dem Seitenfenster. Soviel Platz! Und alles so herrlich grün! »Wenn ich fragen darf, Sir... Wieviel Land gehört Ihnen?«

Kirk vollführte eine umfassende Geste. »So weit Sie sehen können.«

»Das *ganze Tal*?«

»Sowie beide Flußufer bis zur Quelle und auch nach Süden. Hinzu kommen die entsprechenden Nutzungsrechte.« Kirk lächelte stolz.

Barclay sah ebenfalls aus dem Fenster. »Herzlichen Glückwunsch zu Ihrem guten Geschmack, Captain. Wirklich ein hübscher Ort.« Neid glühte in den Augen des Ligisten.

Kirk freute sich so sehr über die Rückkehr *nach Hause*, daß er Barclay und die anderen Männer vergessen hatte. Es ging ihm entschieden gegen den Strich, so miese Typen zu *seinem Platz* zu bringen, aber die Umstände ließen ihm keine Wahl. *Wenn die Lage anders beschaffen wäre, wenn ich Barclay und seine Komplizen als unbefugte Eindringlinge im Tal überraschen würde*... Er glaubte, das kühle Metall eines Phasers in der Hand zu spüren. *Anschließend bekäme ich sicher eine Medaille.*

»Folgen Sie dem Fluß, Sam«, brummte er und verdrängte seinen Zorn. »Ich sage Ihnen, wann wir den Kurs ändern müssen.«

»Da.« Kirk streckte den Arm aus. »Jetzt nach Steuerbord.«

»Nach rechts, meinen Sie«, erwiderte Cogley. »Oh, hier gibt's sogar einen Landeplatz. Ausgezeichnet.« Der Rechtsanwalt ging tiefer, und wenige Sekunden später setzte der Gleiter neben Kirks Blockhütte auf.

Der Captain erinnerte sich. *Damals bin ich genau an dieser Stelle gelandet, zusammen mit Leonard McCoy und seiner Tochter Joanna. Wie viele Jahre sind inzwischen verstrichen? Zwölf? Kommt mir gar nicht so lange vor. Auch Joanna liebte diesen Ort.* Er stellte plötzlich fest, daß er in der Vergangenheit von ihr dachte. *Verdammt, wenn ich doch nur einen Kontakt zur* Enterprise *herstellen könnte! Ohne eine Kom-Verbindung mit Uhura habe ich nur begrenzte Möglichkeiten herauszufinden, was auf Centaurus geschieht.*

Kirk öffnete die Luke des Gleiters und stieg aus. Er griff

in die Tasche, holte seinen Starfleet-Kommunikator hervor und klappte ihn auf. Das kleine Gerät piepste mehrmals, als es sich auf die normale Frequenz justierte, doch es drang nur statisches Rauschen aus dem Lautsprecher. *Die Tachyonenstrahlung ist noch immer zu stark.* Er hob das Instrument ans Ohr, lauschte konzentriert und glaubte fast, leise Stimmen zu hören.

»Kirk an *Enterprise*, Kirk an *Enterprise*, bitte kommen.« Er wartete vergeblich, versuchte es noch einmal. Das geisterhafte, vom Knistern und Prasseln übertönte Flüstern im Hintergrund ignorierte ihn.

Nun, Kirk hatte noch einen Trumpf im metaphorischen Ärmel — er betätigte die Notruf-Taste. Normalerweise hätte der Transporteroffizier das Signal empfangen und ihn unverzüglich an Bord geholt, um anschließend die übrigen Angehörigen der Landegruppe anzupeilen. Kirk wußte natürlich, daß die Transfersysteme der *Enterprise* derzeit nicht funktionierten, aber wenn Uhura die Codefolge empfing, konnte sie die Koordinaten seines Aufenthaltsortes berechnen.

Es erfolgte keine Reaktion. Die kleine Kontrollampe für das Antwortsignal leuchtete nicht auf. Kirk klappte den Kommunikator wieder zu, steckte ihn ein und sah seine Begleiter an. »Aussichtslos«, sagte er zu Sulu und Cogley. »Gehen wir ins Haus.« Der Steuermann öffnete die unverschlossene Tür — einer der Vorteile des Garrovick-Tals bestand darin, daß Kirk nie abschließen mußte.

Das Innere der Blockhütte wirkte rustikal, aber keineswegs primitiv. Die Küche enthielt alle modernen Geräte: einen Mikrowellenherd, eine Stasiseinheit, eine Kühlbox, die blitzschnelles Einfrieren ermöglichte, sowie Recycling-Komponenten. Das Bad wies jeden nur erdenklichen Komfort auf, was auch für die Massagekammer galt. Sie war für zwei Personen konzipiert — ebenso wie das Bett.

An den Wänden zeigten sich stilgerechte Ziergegenstände: Projektilwaffen (alte Flinten, nicht mehr schußbereit), künstliche Felle, Waschbären, Bibern und Ottern nachempfunden. Hinzu kamen alte Bilder mit Szenen aus der freien Natur: Jäger an Lagerfeuern, einige Angler und so weiter. Ein großer Schrank enthielt echte Bücher in schützenden Kunststoffhüllen. Kirk las sie oft: Dickens, Hemingway, Asimov, Ross und andere Autoren. Die meisten Werke stammten aus dem zwanzigsten Jahrhundert.

Kirk schob den Bücherschrank beiseite — er ruhte auf verborgenen Rollen —, und dahinter kam eine Schalttafel zum Vorschein. Er betätigte eine Taste.

»Was ist das, Jim?« fragte Cogley. Auch die übrigen Männer traten interessiert näher.

»Eine Starfleet-Kommunikationsstation, weitaus leistungsfähiger als die üblichen Kommunikatoren. Vielleicht kann ich damit das Schiff erreichen.« Auf einem schmalen Anzeigefeld leuchtete der Hinweis AUTORISIERUNG.

»Kirk, James T., SC 937-0176 CEC.«

VERBALMUSTER BESTÄTIGT. Dann: GEWÜNSCHTE VERBINDUNG.

»U.S.S. *Enterprise*, NCC-1701.«

FUNKTION EINGELEITET. Und kurz darauf: INTERFERENZEN. KONTAKT KANN NICHT HERGESTELLT WERDEN. ERWARTE WEITERE ANWEISUNGEN.

Kirk streckte die Hand nach dem Desaktivierungsschalter aus und zögerte, bevor er ihn berührte. Er dachte kurz nach und drückte eine unauffällige gelbe Taste in der rechten unteren Ecke. Ein zweites Anzeigefeld erhellte sich: NOTFALL. MAXIMALE SENDEENERGIE.

Der Captain wiederholte seine Angaben.

FUNKTION EINGELEITET. Und für einen Sekundenbruchteil: KONTAKT POSITIV. Der Hinweis verschwand sofort wieder, und es folgte die Meldung: INTERFERENZEN. KONTAKT KANN NICHT HERGESTELLT WERDEN. ERWARTE WEITERE ANWEISUNGEN.

Kirk schnupperte und nahm vagen Brandgeruch wahr. Verschmorte Isolierungen? Von einem Augenblick zum anderen erloschen alle Anzeigen. *Das Ding ist hinüber,* dachte der Captain und seufzte.

Er fragte sich, ob das Signal stark genug gewesen war, um von der *Enterprise* empfangen zu werden. *Wenn der KONTAKT HERGESTELLT-Indikator nicht nur aufgrund einer kurzzeitigen Fehlfunktion aufleuchtete... Nun, dann ist Uhura vielleicht in der Lage, den Ausgangspunkt des Signals festzustellen. Sie versteht ihr Handwerk. Selbst ein schwacher Impuls genügt ihr, um entsprechende Messungen vorzunehmen.* Kirk kannte die für ihn fast völlig unverständliche Komplexität von Subraum-Kommunikationsanlagen, und aus diesem Grund begegnete er Uhuras Geschick mit erheblichem Respekt.

Das Chronometer zeigte 17:82 an. Kirk vergewisserte sich, daß von der Kom-Station keine Brandgefahr ausging, trennte sie von der allgemeinen Energieversorgung und schob den Bücherschrank zurück. *Ich muß das Ding irgendwann ersetzen,* dachte er. *Obwohl ich solche Apparate hier nur selten brauche. Diesen habe ich gerade zum erstenmal benutzt – und ihn dabei so sehr beschädigt, daß er wahrscheinlich nicht einmal repariert werden kann.*

Kirk seufzte. »Barclay...«, sagte er. »Sie dürfen sich jetzt eine Zigarre genehmigen. Wir übernachten hier.« Der Captain drehte sich um und kehrte nach draußen zurück.

Einige Gleiter konnten die oberen Schichten der Stratosphäre und Ziele in niedrigen Umlaufbahnen erreichen. Cogleys Maschine gehörte leider nicht dazu. Es handelte sich um ein auf Flüge in der Atmosphäre beschränktes Unterschall-Modell, dessen Triebwerk Luft brauchte, um den Treibstoff zu verbrennen. Kirk kam zu dem Schluß, daß ein vorwurfsvoller Blick nicht genügte, um den Antrieb zu verändern. Außerdem: Die Tanks waren fast leer, und in Kirks Tal-Domizil fehlte ein Treibstoffdepot.

Es wurde allmählich dunkel. Die zweite Sonne sank hinter den Horizont, und erste Sterne funkelten am Himmel. Kirk gab einer Versuchung nach und hielt nach Sol in der Kassiopeia Ausschau: Die Sonne der Erde zeigte sich als kleiner, schwach glühender Punkt am Himmel, und es war noch zu hell, um ihren gelben Glanz zu erkennen. Das galt auch für einige alte Freunde des Captains: Wega, den Großen Bären, die drei Sterne im Gürtel des Orion. Dafür sah er neue Freunde: die anderen Planeten im Alpha Centauri-System. Kirk bedauerte es, daß Centaurus keinen natürlichen Trabanten hatte. Er vermißte die Präsenz eines großen, pockennarbigen Mondes am nächtlichen Firmament.

Er ging wieder in die Blockhütte. Sulu nahm an diesem Abend die Küchenpflichten wahr: Er schob einige Mahlzeiten in den Mikrowellenherd und benutzte die Gefrierbox, um Bier zu kühlen. Kirks letzter Aufenthalt im Tal lag schon einige Jahre zurück, aber die Stasiseinheit sorgte dafür, daß alle Lebensmittel frisch blieben. Sie enthielt Vorräte für mehrere Wochen.

Cogley schaltete das Tri-Vid ein. Im Wald hinter der Hütte verbarg sich eine Parabolantenne, doch sie empfing nun keine Satellitensendungen mehr. Der Rechtsanwalt probierte einzelne Frequenzen aus, zuckte schließlich mit den Schultern und griff nach einer Omni-Kassette. Kirks Videothek war ähnlich beschaffen wie die Büchersammlung: Er bevorzugte die modernen Bearbeitungen alter Filme. Cogley, Barclay und die anderen saßen auf dem Boden und sahen sich eine dreidimensionale Version von George Pals *Die Zeitmaschine* an. Die ursprüngliche Fassung hatte man im Jahre 1960 gedreht, natürlich ohne Omni-Linsen.

Kirk blieb kurz stehen und beobachtete einen aufgeregten Rod Taylor, der die Rolle des Zeitreisenden spielte und mit dem älteren, halb vertrottelten Alan Young sprach, während die Sirenen des Atomalarms heulten. Schließlich schlurfte Young davon, und Taylor blieb auf einer leeren Straße zurück. Verblüfft und entsetzt hob er den Kopf, als nukleares Feuer den Himmel verfärbte und erste Gebäude einstürzten.

»Ich bin nicht in der richtigen Stimmung, um mir so

etwas anzusehen«, murmelte Cogley. Er schaltete das Tri-Vid ab, und die Kassette glitt aus dem Abspielfach.

»Ich schon«, sagte Barclay.

»Ihre Wünsche sind mir völlig gleichgültig«, erwiderte Kirk scharf. »Was ist mit dem Essen, Sulu?«

»Fertig, Captain.«

Sie nahmen am Tisch Platz. Niemand sprach ein Wort während der Mahlzeit, und anschließend half Cogley Sulu beim Abräumen. Barclay lehnte sich einfach nur auf seinem Stuhl zurück, faltete die Hände im Schoß und starrte ins Leere.

Eine knappe Stunde verstrich, und schließlich wurde es Zeit, schlafen zu gehen. Kirk überließ sein Doppelbett Sam und dem Steuermann, warf Barclay einen Schlafsack zu. Keiner seiner vier Begleiter wagte es, Anspruch darauf zu erheben.

Der Captain wählte ein Buch, setzte sich in einen Sessel und übernahm die erste Wache. Die anderen Männer schliefen erstaunlich gut.

Kapitel 19

Die *Enterprise*

Stille herrschte auf der Brücke, nur unterbrochen vom leisen Summen der Konsolen.

Uhura machte sich Sorgen.

Captain Kirk hatte sich am Morgen nicht gemeldet, und alle ihre Versuche, einen Kontakt zu ihm herzustellen, schlugen fehl. Vom Büro des Präsidenten Erikkson bekam sie mehrmals die Auskunft, Kirk und Sulu berieten sich mit wichtigen Repräsentanten der Regierung und dürften nicht gestört werden. Man versicherte ihr, dem Captain alle Nachrichten zu übermitteln.

Uhuras Argwohn verdichtete sich. Stundenlang wartete sie darauf, daß sich Kirk mit ihr in Verbindung setzte...

Einmal mehr sah sie auf den Wandschirm und beobachtete, wie die Tag-Nacht-Grenze über den Kontinent New America kroch. Die normalen Kommunikationsfrequenzen waren nach wie vor blockiert, und der Transporter funktionierte noch immer nicht – Scotty und seine Techniker arbeiteten praktisch rund um die Uhr, um ihn in Ordnung zu bringen. Kirk und Sulu hatten den Planeten mit der *Galileo* angeflogen, während Spock und Chekov die *Columbus* benutzten, um den Überlebenden von New Athens Arzneien und sonstige Versorgungsgüter zu bringen.

Leider steht uns kein drittes Shuttle zur Verfügung, dachte Uhura. *Andernfalls wäre ich sofort bereit, McIverton anzufliegen und dort nach dem Rechten zu sehen. Ich würde Scotty das Kommando überlassen – ob ihm das gefällt oder nicht.*

Andererseits: Vielleicht war alles in bester Ordnung. Kirk *konnte* den Kurzwellensender des Präsidenten benutzen, um einen Bericht zu übermitteln, aber er *mußte* es nicht – immerhin herrschte an Bord der *Enterprise* kein Alarmzustand mehr. Seine einzige andere Möglichkeit, mit dem Schiff Verbindung aufzunehmen, bestand in dem von Scott konstruierten Sender in der *Galileo*. Kirk hatte davon noch keinen Gebrauch gemacht, aber es geschah wohl kaum zum ersten Mal, daß er längere Zeit nichts von sich hören ließ.

Die Ungewißheit belastete Uhura immer mehr.

Gehört das dazu, Kommandant eines Raumschiffes zu sein? überlegte sie.

Sie hätte gern mit Dr. McCoy darüber gesprochen, aber der Arzt arbeitete nun in New Athens und half seiner Tochter bei der Behandlung von Verletzten und Verwundeten. Uhura lächelte schief. *Ich werde auch dem Captain erzählen, wie ich mich gefühlt habe. Wie gut ich ihn jetzt verstehen kann...*

Sie traf eine stumme Entscheidung. Wenn sich Kirk bis zum nächsten Morgen nicht gemeldet hatte und sich Erikksons Büro immer noch weigerte, einen Kontakt mit ihm zu ermöglichen... *Dann setze ich Himmel und Hölle in Bewegung, um den Captain zu finden,* versprach sich Uhura und nickte zufrieden, als die Unsicherheit aus ihr wich.

Während der vergangenen Tage hatten Scott und MacPherson kaum Ruhe gefunden. Auch an Bord des Raumschiffes begann der Abend, und die beiden Ingenieure waren noch immer bei der Arbeit. Scotty ersetzte gerade einen defekten Schaltkreis in der Jeffries-Röhre, und MacPhersons Bemühungen galten einem Delaney-Ventil, das die Verteilung des Kühlmittels im Impulstriebwerk kontrollierte.

»Wie sieht's bei dir aus, Junge?« fragte Scotty.

Der große Schotte brummte. »Noch immer nicht besonders gut. Der obere linke Quadrant weist eine destabile Phasen-Justierung auf, und der Rest muß ebenfalls völlig neu synchronisiert werden. Ziemlich komplizierte Angelegenheit. Aber ich kriege es schon irgendwie hin.«

Scott nickte müde. »Ich habe die anderen Techniker beauftragt, noch einmal das elektrische System zu überprüfen.« Er seufzte. »Ach, meine armen Maschinen. Ich leide mit ihnen.«

»Du kannst stolz auf sie sein«, sagte MacPherson. »Jedes andere Schiff hätte längst den Geist aufgegeben, aber die gute alte *Enterprise* hält durch. Sie setzt sich tapfer zur Wehr. Eine prächtige Dame. Hat wirklich Stil.«

Scott nickte erneut und lächelte. »Ich weise immer wieder darauf hin, daß die *Enterprise* etwas Besonderes darstellt. Sie lebt und hat eine eigene Persönlichkeit, jawohl.«

»Ich weiß. Mit der *Gagarin* war's völlig anders. Der alte Rosteimer hatte überhaupt keine Seele.«

»Das kannst du laut sagen. Wir haben sie gut in Schuß gehalten, als wir dort zusammenarbeiteten, aber sie entwickelte trotzdem nichts Individuelles.« Der Chefingenieur zögerte kurz. »Die *Gagarin* ähnelte all den anderen Schiffen, die ich kenne. Um nur ein Beispiel zu nennen: Wenn ich auf der Erde bin und von Heathrow aus eine britische Maschine nehme, um nach Schottland zu fliegen, so ist es mir völlig gleich, um was für eine es sich handelt.« Er klopfte an die Wand. »Flugzeuge haben keine Persönlichkeit, ebensowenig wie die meisten Raumschiffe. Aber diese Dame ist anders. Ganz gleich, wohin ich auch gehe — immer nehme ich einen Teil ihrer Seele mit. Die *Enterprise* ist unvergleichlich. Sie *hat* Stil — einen Stil, der uns allen oft zum Vorteil gereichte, auch dem Captain.«

»Mhmm.« MacPherson schloß das Delaney-Ventil an und berührte die Abdeckplatte mit einem magnetischen Polarisierer. »So, ich glaube, das reicht«, sagte er. »Probieren wir's aus.«

Der Chefingenieur wandte sich einer kleinen Schalttafel zu und berührte mehrere Sensorpunkte. Grüne Kontrolllampen leuchteten, und MacPherson behielt das Ventil im Auge.

»Kühlfluß normal«, sagte er und nickte. »Solange das Ventil nicht platzt, haben wir wieder volle Impulskraft.«

»Ich wünschte, das könnte ich auch vom Warptriebwerk behaupten«, antwortete Scott. »Aber es läßt sich nur in einem Dock und mit neuen Dilithiumkristallen reparieren. Wie dem auch sei: Der Impulsantrieb bringt uns zur Starbase Sieben, wenn auch nicht sehr schnell.« Er lächelte. »Und wenn wir dort sind, Junge... Dann schlage ich in den neuesten Starfleet-Katalogen nach und besorge uns die modernste Technik. Darauf kannst du dich verlassen.«

Scotty strich fast zärtlich über den Stahl der Wand. »Die *Enterprise* hat nur das Beste verdient, findest du nicht?«

Dossie Flores bediente sowohl das Ruder als auch die Navigationskontrollen. Da sich mehrere Brückenoffiziere auf dem Planeten befanden, mußten sie und Peter Siderakis Doppel- und Dreifachschichten schieben.

»Lieutenant Uhura?« rief sie. »Nach den Anzeigen zu urteilen, haben wir wieder volle Impulskraft. Kühlmittel-Zirkulation normal.« Sie schmunzelte. »Jetzt gibt's keine Probleme mehr, wenn wir ganz plötzlich von hier verschwinden müssen.«

Uhura nickte. »Danke, Adlerauge.« Erschöpft stand sie auf und ging zur wissenschaftlichen Station, wo Scotty eine Kaffeemaschine installiert hatte. Die Lebensmittelsynthetisierer waren nach wie vor ausgefallen, und deshalb mußten Mahlzeiten und Getränke auf traditionelle Art und Weise zubereitet werden. Uhura füllte einen Becher mit schwarzer Flüssigkeit und trank einen Schluck.

Ich brauche den Kaffee, um nicht einfach umzufallen, dachte sie. *Wie viele Becher habe ich inzwischen getrunken? Sieben? Acht? Himmel, ich weiß es nicht mehr. Seit wann bin ich auf den Beinen? Inzwischen sind es mindestens dreißig Stunden ununterbrochener Brückendienst...* Die Müdigkeit bildete einen dichten Schleier vor ihren Augen. Vor einer Weile hatte sie zehn Minuten lang im Kommandosessel gedöst, und sie spielte mit dem Gedanken, eine neuerliche Pause einzulegen. *Wann bin ich zum letztenmal so fertig gewesen? Oh, ja, ich weiß: Unmittelbar nach dem Abschlußexamen an der Starfleet-Akademie.*

Es gab keinen Zucker mehr. Uhura machte sich nichts daraus. Der bittere Geschmack verbannte die Benommenheit aus ihr.

Auf dem Kommunikationspult blinkte eine Anzeige: EINTREFFENDES SIGNAL. *Die Starfleet-Frequenz?* dachte Uhura verwundert und trat an die Konsole heran. Angesichts der starken Interferenzen hielt sie es nicht für notwendig, daß die Kom-Station ständig besetzt war; Sergei Dominico hatte sich dankbar verabschiedet, um in seiner Kabine zu schlafen. Uhura setzte sich, griff nach dem Kommunikationsmodul und hielt es ans Ohr. »Hier *Enterprise,* Lieutenant Uhura.«

Nichts. Nur statisches Rauschen.

»Hier ist die U.S.S. *Enterprise,* in der Umlaufbahn von Alpha Centauri IV. Wir empfangen Sie nur sehr schlecht. Bitte verstärken Sie Ihr Signal.«

Ließ das Knistern und Prasseln ein wenig nach? War eine leise Stimme zu hören? Uhura runzelte die Stirn.

Die Anzeige EINTREFFENDES SIGNAL erlosch, und Uhura sah nachdenklich auf die Konsole herab. Aus einem Reflex heraus betätigte sie die Taste SIGNAL-ANPEILUNG — in der vagen Hoffnung, daß der Bordcomputer die übermittelte Codefolge automatisch gespeichert hatte. *Hoffentlich ist es nicht schon wieder eine Fehlfunktion,* fuhr es ihr durch den Sinn. *Scott bekommt wahrscheinlich einen Schlaganfall, wenn ich ihm noch einen Reparaturauftrag erteile, und Spock kann nicht für ihn einspringen. Himmel, was bin ich müde.* Sie gähnte herzhaft — der Kaffee half nicht mehr viel.

Der Monitor reagierte: ANPEILUNG ERFOLGT.

»Ausgangspunkt der Sendung?« fragte Uhura laut.

KOORDINATEN 347 KOMMA FÜNF: ENTFERNUNG 3210 KILOMETER. FEHLERQUOTE PLUSMINUS SECHS PROZENT.

Die Falten gruben sich tiefer in Uhuras Stirn. *So nahe?*

Die Sensoren zeigten keine anderen Raumschiffe in der Nähe, die *Enterprise* befand sich allein im centaurischen Orbit. *Wie ich befürchtet habe: ein neuer Defekt des Computers,* dachte Uhura verärgert.

Dann begriff sie plötzlich und erstarrte innerlich. *Die Koordinaten! ›Komma fünf‹ bedeutet genau unter uns. Das Signal hat die tachyonische Störstrahlung durchdrungen!*

Uhura und Flores begannen mit einigen raschen Berechnungen, und fünf Minuten später konnten sie den Angaben ›dreihundertsiebenundvierzig Komma fünf‹ eine räumliche Entsprechung zuordnen: Die kurze Sendung hatte ihren Ursprung irgendwo zwischen New Athens (wo sich Spock aufhielt) und McIverton (wo Captain Kirk angeblich mit der Regierung konferierte). Mit dieser Information konnte Uhura kaum etwas anfangen. *Wer hat versucht, sich mit uns in Verbindung zu setzen? Der Captain? Mr. Spock? Oder sonst jemand? Oder haben wir es vielleicht doch mit einem Computerfehler zu tun? Und wenn das Signal tatsächlich vom Planeten stammte? Die Tachyonenstrahlung läßt allmählich nach; seit der Materie-Antimaterie-Annihilation sind schon einige Tage vergangen.*

Leider fehlte es der Anpeilung an Genauigkeit. Als möglicher Standort für den Sender kam ein mehr als dreißigtausend Quadratkilometer großes Gebiet im Herzen des Kontinents New America in Frage. *Es ist wie mit der Suche nach der Stecknadel im Heuhaufen,* dachte Uhura.

Was für eine seltsame Angelegenheit, fügte sie in Gedanken hinzu.

Kapitel 20

McIverton

Es war eine lange Nacht für die Mitglieder des Kabinetts. Die endlosen Diskussionen und Erörterungen führten dazu, daß die allgemeine Aufmerksamkeit allmählich nachließ, doch die Müdigkeit verflüchtigte sich sofort, als die Nachricht von Kirks erfolgreicher Flucht eintraf.

Die Männer und Frauen saßen an einem großen Konferenztisch, und einige besonders sture und geistig unbewegliche Minister (vormals hohe Beamte und Staatssekretäre) ließen sich auch weiterhin über planetare Gerichtsbarkeit und die Priorität des Föderationsrechts aus.

Burke hörte nur mit halbem Ohr hin. Er war fest entschlossen, ganz persönliche Rache zu nehmen. Das Gesetz spielte dabei nur eine untergeordnete Rolle. Bisher hatte er seine wachsende Ungeduld gut verbergen können, doch er hielt den Zeitpunkt für gekommen, endlich zu handeln. *Inzwischen befinden sich die schuldigen Ligisten sicher in Kirks Gewahrsam,* dachte er. *Und diese Narren halten sich noch immer damit auf, Rechtsfragen zu besprechen.*

Der Verteidigungsminister war ebenfalls zugegen. Er schwieg, wie bei den meisten Kabinettssitzungen. *Früher richtete er sich nach dem Präsidenten,* überlegte Burke — er meinte das alte Staatsoberhaupt, nicht etwa den rückgratlosen und einfältigen Erikkson —, *und jetzt bin ich zu seinem Leitbild geworden. Gut. Ich brauche ihn.*

Er fing Perez' Blick ein, und der Verteidigungsminister nickte kaum merklich. Die Ministerin für Tourismus hielt gerade einen langatmigen Vortrag; Burke stand trotzdem auf und räusperte sich.

»Herr Präsident?« begann er. »Ich weiß die juristischen Hinweise der ehrenwerten Ministerin für Tourismus durchaus zu schätzen — ich möchte ihr hiermit ausdrücklich für ihre wichtigen Diskussionsbeiträge danken —, aber wir haben es mit einem Problem zu tun, das sofortige Maßnahmen erfordert.«

Der Präsident saß fast apathisch in seinem Ledersessel und musterte Burke. Erikkson, Burkes Kollege im alten Kabinett, hatte die unbeirrbare Zielstrebigkeit des jetzigen Ministers für innere Sicherheit immer bewundert und auch respektiert. Gleichzeitig fühlte er sich von seiner offensichtlichen Kompetenz bedroht. Erikkson blieb auch weiterhin still, und Burke interpretierte das Schweigen des Präsidenten als Erlaubnis, seinen Standpunkt darlegen zu dürfen. Die Tourismus-Ministerin — eine wohlbeleibte Frau, die gleich kiloweise Schmuck trug — setzte sich und rümpfte verärgert die Nase.

»Die logistische Situation sieht folgendermaßen aus«, sagte Burke. »Kirk und Sulu sind aus dem Hotel entkommen, und Sam Cogley hat sie an Bord seines Gleiters fortgebracht. Es geht darum, sie so schnell wie möglich zu finden. Natürlich führen wir keinen Krieg gegen die Föderation; ich schätze, alle Anwesenden sind wie ich der Meinung, daß wir jede Konfrontation mit dem interstellaren Völkerbund vermeiden müssen. Andererseits: Die für den Annihilationsanschlag auf New Athens verantwortlichen Personen müssen zur Rechenschaft gezogen werden. Wir dürfen *auf keinen Fall* erlauben, daß sie mit nur geringen Strafen davonkommen!«

Zustimmendes Murmeln folgte den letzten Worten.

»Wir alle kennen Cogleys Ruf«, fuhr Burke fort. »Das Föderationsgericht auf der Erde würde Barclay und seine Komplizen sicher verurteilen — aber vielleicht nur zu einem im Prinzip recht angenehmem Aufenthalt in einer Rehabilitierungskolonie. Und selbst wenn wir die Auslieferung der Schuldigen beantragen... Nach Ansicht meiner Rechtsberater besteht eine nur geringe Wahrscheinlichkeit dafür, daß unserem Gesuch stattgegeben wird. Im Föderationsrecht gibt es keine Todesstrafe wie bei uns. Angeblich hat die Justiz des Völkerbunds den Vorrang, wenn es um den Einsatz einer Annihilationswaffe geht. Ich sehe die Sache ein wenig anders. Die Todesopfer sind auf Centaurus zu beklagen, nicht auf irgendeinem anderen Planeten.«

Diesmal waren die beipflichtenden Stimmen etwas lauter.

»Die Föderation wird uns keine Gefangenen übergeben, wenn die Gefahr besteht, daß sie hier zum Tode verurteilt werden. Woraus folgt: Wir müssen dafür sorgen, daß Barclay und die übrigen Ligisten gar keine Gelegenheit erhalten, Centaurus zu verlassen.

Ich möchte mich kurz fassen. Wie wir wissen, verschwand Ruben Barclay etwa eine Woche vor Ablauf der von Holtzmann gesetzten Frist aus New Athens. Die anderen Mitglieder des Führungskaders der Liga für eine reine Menschheit blieben in der ehemaligen Hauptstadt, um mit dem alten Präsidenten zu verhandeln. Nun, Barclay beabsichtigte offenbar, auf Nummer Sicher zu gehen und seine Haut zu retten, falls es zum Schlimmsten kommen sollte. Durch die Explosion wurde er zum unumstrittenen Oberhaupt der Liga. Woraus wir den Schluß ziehen können, daß die Vernichtungswaffe entweder durch Zufall oder nicht zum vorgesehenen Zeitpunkt detonierte. Es ergibt keinen Sinn, daß die übrigen hochrangigen Ligisten einfach so in den Tod gingen. Vermutlich waren sie bereit, die Frist zu verlängern — doch dann geschah etwas völlig Unerwartetes. Die Frage nach dem Was bleibt wahrscheinlich für immer unbeantwortet.

Ich nahm an — zu Recht, wie sich später herausstellte —, daß Samuel Cogleys Anwesenheit in McIverton Barclay früher oder später veranlassen würde, ihn zu kontaktieren. Cogley ist ein weithin bekannter Rechtsanwalt und neigt dazu, sich mit ›unmöglichen‹ Fällen zu beschäftigen — und meistens gewinnt er die betreffenden Prozesse. Dieser Umstand mußte einen erheblichen Reiz auf Barclay ausüben. Nun, ich setzte zwei meiner besten Männer auf Cogley an, und das zahlte sich aus. Gestern morgen bekam der Anwalt Besuch von zwei Ligisten aus dem unmittelbaren Dunstkreis Barclays. Wir wollten die beiden Kerle schnappen, als sie wieder gingen, aber es gelang ihnen, ihre Spuren zu verwischen. Daraufhin begnügten wir uns damit, Cogley zu beobachten. Gestern abend begab er sich ins Hilton Inn West, um mit Kirk zu reden. Ihr Gespräch dauerte bis tief in die Nacht, und sicher betraf es Barclays Absicht, sich der Föderation zu stellen. Leider konnten wir kein Abhörgerät in Kirks Raum installieren — die Zeit reichte einfach nicht aus. Hinzu kommt: Die Fenster des Hotels sind vibrationssicher; der Einsatz eines Lausch-Lasers war also sinnlos.

Aber einer meiner Männer bemerkte Kirks Shuttle-Piloten Sulu, der sich in der Stadt herumtrieb und eine Kneipentour machte. Der Agent brach in Sulus Zimmer ein, schrieb eine vermeintliche Nachricht von Kirk und hinterließ eine Tüte mit... Nun, ihr Inhalt spielt eigentlich keine Rolle. Wichtig ist nur folgendes: Sulu wurde betäubt — um Kirk daran zu hindern, das Hotel vorzeitig zu verlassen.«

»Eine ziemlich extreme Maßnahme, nicht wahr?« warf der Finanzminister ein. Burke konnte ihn nicht ausstehen. »Das mit Sulu, meine ich.«

»Ich habe den entsprechenden Agenten bereits für eine Beförderung vorgesehen«, erwiderte Burke und lächelte spöttisch. »Um auch den Rest zu schildern: Kirk schöpfte Verdacht, setzte meine Leute im Hotel außer Gefecht und floh mit dem bewußtlosen Sulu zum Dach, wo Cogley die beiden Starfleet-Offiziere abholte. Der Gleiter verschwand anschließend im dichten Verkehr. Normalerweise hätte eine Anpeilung des automatischen ID-Signals genügt, um den Schweber zu lokalisieren, doch unglücklicherweise hat das Verteidigungszentrum alle Satelliten vernichtet. Natürlich haben wir einen Funkalarm ausgelöst, aber nur wenige Polizeigleiter verfügen über Kurzwellengeräte, und die üblichen Kom-Frequenzen werden nach wie vor von der Tachyonenstrahlung gestört. Kirk, Sulu und Cogley entkamen, und bisher blieb die Fahndung nach ihnen ohne Erfolg.«

»Was schlagen Sie vor?« fragte der Arbeitsminister.

Burke atmete tief durch. »Kirk ist der zentrale Punkt unseres Problems, und ich habe inzwischen Nachforschungen angestellt. Die keinen Geheimhaltungsklassifikationen unterliegenden Teile seiner Starfleet-Akte sind in der zentralen Datenbank gespeichert, und zum Glück haben wir hier in McIverton Kopien aller elektronischen Dateien, die man in New Athens angelegt hatte. Kirk hat eine hervorragende Karriere hinter sich, doch diesmal muß er einen Auftrag ausführen, für den es keinen Präzedenzfall gibt. Ich bezweifle, ob er großen Gefallen daran findet. Um es noch deutlicher zu sagen: Ich bin ziemlich sicher, er verabscheut juristische Winkelzüge – insbesondere dann, wenn die Möglichkeit besteht, daß Schuldige nicht die gerechte Strafe erhalten. Kirk ist durch und durch Moralist. Und er hat eine klar ausgeprägte Vorstellung von Ethik.«

»Worauf wollen Sie hinaus?« fragte die Tourismus-Ministerin kühl.

»Auf folgendes: Wir können damit rechnen, daß Kirks Entschlossenheit nachgelassen hat. Er ist nicht mit ganzem Herzen bei der Sache. Natürlich muß er sich an seine Befehle halten, die von ihm verlangen, Barclay und die anderen Ligisten zur Erde zu bringen – aber tief in seinem Innern rebelliert er dagegen. Und das gibt uns einen Vorteil.«

Burke legte eine Pause ein. »Aber ich habe in dem Informationsmaterial auch noch etwas anderes entdeckt, auf das ich gar nicht zu hoffen wagte. Vielleicht weiß ich, wo sich der Captain derzeit aufhält.«

Abgesehen von Perez waren alle überrascht. Der Finanzminister übertönte seine Kollegen: »Und *wo* befindet er sich?«

»Kirk ist ein offiziell registrierter centaurischer Grundbesitzer«, sagte Burke. »Im Lauf der vergangenen zwölf Jahre hat er nach und nach ein ganzes Tal mitten auf diesem Kontinent erworben – im zentralen Katasteramt gibt es Hunderte von Einträgen, die auf seinen Namen lauten. Ich brauche wohl nicht extra zu erwähnen, daß er die

Grundsteuer immer pünktlich abführt — zur großen Enttäuschung einiger Immobilienmakler, die nur darauf warten, Kirks Land kaufen zu können. Nun, er hat sogar ein Haus in dem Tal gebaut. An seiner Stelle würde ich mich dorthin zurückziehen. Vielleicht glaubt er, wir ahnen nichts von seinem privaten Refugium auf Centaurus — eine gar nicht so abwegige Annahme. Ich bin nur durch Zufall darauf gestoßen. Kirks Taktik ist klar: Er will abwarten, bis die Tachyonenstrahlung nachgelassen hat — um dann einen Kontakt mit der *Enterprise* herzustellen und sich von dort abholen zu lassen.«

»Was sollen wir unternehmen, Nathaniel?«

Burke gab Erikkson die gewünschte Auskunft, und Perez nickte zustimmend.

»Na schön«, erwiderte der Präsident. »Schicken Sie eine kleine, leichtbewaffnete Einsatzgruppe, die Barclay und seine vier Begleiter unter Arrest stellen soll. Ich bin nicht bereit, Haftbefehle für Kirk, Sulu und Cogley zu unterschreiben. Sie nehmen nur ihre Pflicht wahr, und wenn wir's übertreiben, könnten sie dafür sorgen, daß *wir* ins Kittchen wandern — in ein Föderationsgefängnis. Haben Sie verstanden? Die beiden Starfleet-Offiziere und der Anwalt bleiben auf freiem Fuß.«

Burke nickte zufrieden. »Danke, Herr Präsident. Wenn Sie uns jetzt bitte entschuldigen würden... Minister Perez und ich müssen alle notwendigen Vorbereitungen treffen.«

»Selbstverständlich«, sagte Erikkson.

Draußen im Korridor wandte sich Perez an Burke. »Das haben Sie gut eingefädelt, Nat. Aber wie wird der Präsident reagieren, wenn er erfährt, daß die Einsatzgruppe schon vor zwei Stunden aufgebrochen und bis an die Zähne bewaffnet ist?«

Burke lächelte humorlos. »Was kann er schon machen?« Er zögerte. »Ich fliege jetzt zum Garrovick-Tal. Der Gleiter steht auf dem Dach. Kommen Sie mit?«

»Diese Sache möchte ich mir nicht entgehen lassen«, antwortete Perez.

Kapitel 21

New Athens

Chekov erwachte kurz nach dem zweiten Sonnenaufgang, als es im Lager des Gründerparks laut zu werden begann. Schläfrig blickte er sich um. Spock und er hatten die Nacht im Allzweckraum des Bootshauses verbracht, umgeben von Dr. Weinsteins Vorräten. Der Vulkanier lag in seinem Schlafsack an der gegenüberliegenden Wand und starrte an die Decke. *Ob er schon wach ist?* dachte Chekov.

Spock blieb reglos liegen, als sich der Navigator aufsetzte. Woraus Chekov den Schluß zog, daß der Erste Offizier tatsächlich noch immer schlief — beziehungsweise medidierte. Der Teil des vulkanischen Bewußtseins, dessen Aufmerksamkeit nach wie vor dem Hier und Jetzt galt, schenkte den Bewegungen des Menschen keine Beachtung. Chekov erinnerte sich... *Einmal war Spock während eines Notfalls wochenlang wach, und das gelang ihm nur mit eiserner Kontrolle aller seiner Körperfunktionen. Aber später brauchte er viele Tage, um sich von dieser enormen Anstrengung zu erholen.*

Chekov hatte in seiner Uniform geschlafen, in deren Stoff keine Falten entstanden. Er sammelte seine persönlichen Sachen ein und verließ das Zimmer. *Leider ist mein Leib nicht annähernd so widerstandsfähig wie die Starfleet-Kleidung,* überlegte er kummervoll und schnitt eine Grimasse. *Warum habe ich gestern abend nicht um eine Matratze gebeten? Der Boden ist viel zu hart.* Was den vergangenen Tag betraf... Vier Flüge von New Athens zur *Enterprise* und zurück, um die Überlebenden mit allen notwendigen Dingen zu versorgen; die Verteilung der Ausrüstungsmaterialien; anschließend Patrouillen in den anderen Bereichen der Stadt, auf der Suche nach weiteren Verletzten. Drei Stunden Schlaf genügten nicht, um alle physischen und psychischen Kräfte wiederherzustellen. *Sicher darf ich nicht auf eine Dusche hoffen,* dachte er. *Aber vielleicht gibt es Kaffee und das eine oder andere Stück Zukker. Und möglicherweise hat sich jemand die Mühe gemacht, belegte Brote oder Gebäck vorzubereiten.*

Vor dem Bootshaus standen Dutzende von Centauriern an der Frühstücksausgabe. Etwa zweitausend Überlebende aus dem Gründerpark waren von Weinstein beauftragt, Lebensmittel zu besorgen. Die einzelnen Gruppen durchsuchten erst die nördlichen Bezirke der Stadt und drangen allmählich nach Süden vor. Die wenigen Stasiseinheiten im Lager konnten nicht benutzt werden, weil Energiekapseln fehlten, und deshalb beschränkte sich das Nahrungsangebot größtenteils auf unverderbliche Proteinkonzentrate.

Die sanitären Einrichtungen bestanden aus langen Gräben, die man auf einem ehemaligen Fußballplatz ausgehoben hatte — niemand konnte es sich leisten, Rücksicht auf Schamgefühl und ähnliche Empfindungen zu nehmen. Chekov seufzte erleichtert, als er sich an das kleine Bad im Shuttle entsann; es verfügte sogar über ein Waschbecken.

So kurz nach dem zweiten Sonnenaufgang warteten verhältnismäßig wenige Überlebende darauf, ihr Frühstück entgegenzunehmen. Schon bald kam die Reihe an Chekov. Er trat an eine der großen Kaffeemaschinen heran, die aus Warenlagern im Norden von New Athens stammten, füllte einen Becher und hielt vergeblich nach Zucker oder Brot Ausschau. Dafür entdeckte er synthetisches Rührei und beschloß, seinem Magen eine Portion anzuvertrauen.

Eine Frau in mittleren Jahren stand hinter dem improvisierten Tresen und lächelte, als sie Chekov einen Teller reichte. Der Navigator dankte ihr, sah sich um und bemerkte einen großen Baum, der wie durch ein Wunder fast alle seine Blätter behalten hatte. Chekov nahm eine Kunststoffgabel aus einem Behälter mit der Aufschrift NICHTS WEGWERFEN, wanderte zum Baum, stieg vorsichtig über einige schlafende Centaurier hinweg und nahm unter hohen Zweigen und Ästen Platz.

Er entspannte sich und blickte zum Himmel empor. Eine dichte Wolkendecke reichte von Horizont zu Horizont, und Chekov nickte zufrieden. Die meisten Männer und Frauen hatten sicher nicht daran gedacht, ihre Sonnenbrillen mitzunehmen, als sie vor dem Annihilations-Chaos flohen, und die Bewölkung schützte sie vor dem blendend hellen Glanz Alpha und Beta Centauris.

Der Navigator frühstückte, trank Kaffee und dachte an Connie Iziharry. Bestimmt war sie irgendwo in der Nähe, aber es mochte schwer sein, sie zu finden. Dünne Furchen bildeten sich in Chekovs Stirn, als er überlegte, ob er ihr noch einmal begegnen wollte. *Nun, das schon — aber ich möchte mich nicht erneut von ihr trennen. Und daher ist es besser, ihr aus dem Weg zu gehen.* Er starrte in seinen Becher. *Ich habe wirklich auf eine dauerhafte Beziehung gehofft. Was bin ich doch für ein Narr gewesen...*

»Hallo, Pavel«, ertönte es.

»Guten Morgen, Connie«, erwiderte er und stand auf. »Du siehst müde aus.«

»Danke«, antwortete die Krankenschwester. »Das gilt auch für dich.«

Chekov lächelte verlegen. »Ich wollte nicht unhöflich sein, Connie. Ich habe mir nur Sorgen gemacht. Entschuldige bitte.«

Iziharry seufzte. »Ach, schon gut, Pavel. Himmel, ich *bin* müde. Weißt du, hier gibt es noch weitaus mehr zu tun, als ich zunächst dachte. Wo hast du den Kaffee bekommen?«

»Dort drüben.« Sie gingen zur Ausgabestelle, und da Connie zum medizinischen Personal gehörte, brauchte sie sich nicht anzustellen. Sie füllte Chekovs Becher und nahm selbst einen.

Anschließend setzten sie sich wieder unter den Baum und schwiegen eine Zeitlang. Nach einer Weile sagte Connie: »Ein reiner Glücksfall, daß ich dich hier gefunden habe.«

»Ich bin nicht viel im Lager herumgekommen«, entgegnete Chekov. »Die Versorgungsflüge dauerten bis spät in die Nacht, und Mr. Spock ist noch immer im Bootshaus. Ich bleibe in der Nähe — falls er neue Anweisungen für mich hat.«

»Vermutlich wiederholt sich die gestrige Routine.«

»Ja. Aber wenn Captain Kirk und Mr. Sulu aus McIverton zurückkehren, steht uns eine zweite Raumfähre zur Verfügung, und dann können wir die benötigten Materialien schneller herbeischaffen. Ich habe den Pendelverkehr satt.«

»Kann ich mir denken.« Connie zögerte. »Ich muß dir was sagen, Pavel. Wenn die *Enterprise* den Orbit verläßt — ich möchte hierbleiben.«

Emotionaler Schmerz brannte in Chekov, aber er versuchte, sich nichts anmerken zu lassen.

»Ich habe mit Dr. Weinstein und einigen anderen gesprochen. Es dauert sicher Jahre, bis sich diese Stadt — diese ganze Welt — von der Katastrophe erholt. Die Centaurier benötigen alle Hilfe, die sie bekommen können. Und ich *stamme* von hier, Pavel. Oh, nein, ich bin nicht in New Athens geboren, sondern in einem anderen Ort, aber Centaurus ist meine Heimat. Man braucht mich hier.«

Iziharry lachte unsicher. »Ich habe mich für den Dienst in Starfleet entschieden, um den Planeten endlich zu verlassen. Die ganze Zeit über war ich sicher, es gebe hier keinen Platz für mich. Was für eine törichte Einstellung! Ich bin Krankenschwester, Pavel. Und auf dieser Welt kann ich mich weitaus nützlicher machen als an Bord der *Enterprise.*«

»Hast du schon mit Dr. McCoy gesprochen?« fragte Chekov.

»Ja. Er bedauert es, daß ich den Dienst quittieren möchte, aber er legt mir keine Hindernisse in den Weg. Der Captain sei sicher ebenfalls einverstanden, fügte er hinzu.« Erneut legte Connie eine kurze Pause ein. »Wenn ich dich um etwas bitten darf, Pavel...«

Chekov wartete.

»Nun...«, fuhr Iziharry fort. »Auch Navigatoren können aus dem Dienst ausscheiden, oder?«

Chekov blinzelte verwirrt. »Äh, ja, ich denke schon. Aber warum?«

»Bleib bei mir.« Connie lächelte, doch in ihren Augen schimmerte eine sonderbare Furcht.

Ach du lieber Himmel! fuhr es Chekov durch den Sinn. *Das ist unmöglich, völlig ausgeschlossen. Ich will nicht auf einem Planeten bleiben. Nicht einmal für dich, Connie. Oh, weshalb muß so etwas ausgerechnet mir passieren?*

Iziharrys Hoffnung verflüchtigte sich, als sie das Gesicht des jungen Russen beobachtete. Sie nickte langsam. »Ich verstehe«, sagte sie leise. »Du bist ein Wanderer zwischen den Sternen. Du gehörst nicht hierher, sondern ins All. Früher dachte ich, das treffe auch auf mich zu, aber es war ein Irrtum.«

Sie holte tief Luft. »Es... es tut mir so leid«, brachte sie hervor. Eine Träne rollte über ihre Wange. Connie wischte sie fort. »Entschuldige, ich... Offenbar liegt dir nicht genug an mir, um zu bleiben.«

»Nein, Connie«, erwiderte Chekov sofort. »Bitte! Das siehst du völlig falsch. Versuch einmal, dich in meine Lage zu versetzen. Ich kenne Dutzende von Planeten, und wenn ich mir vorstelle, den Rest meines Lebens auf einer Welt zu verbringen...« Er schauderte unwillkürlich. »Connie, wir sind erst gestern eingetroffen. Und heute entscheidest du bereits, nicht zur *Enterprise* zurückzukehren? Ist das fair? Dir und auch *mir* gegenüber?«

»Du ahnst nicht, wie sehr ich an Bord litt, Pavel. Beim Flug hierher hatte ich immer wieder Alpträume. Ich dachte an Tod und Zerstörung, an meine Eltern, an die Verwandten und Freunde auf Centaurus. Manchmal schreckte ich mitten in der Nacht aus dem Schlaf und schrie. Du hast mich für... schüchtern gehalten, was gewisse Dinge betrifft — in Wirklichkeit habe ich nur versucht, mich zu kontrollieren. Als ich hierherkam, als ich mit der Arbeit begann... Da wich der Kummer plötzlich von mir. Zum erstenmal in meinem Leben hatte ich das Gefühl, meinen Platz gefunden zu haben.«

»Hmm«, machte Chekov.

»Wenn du hier bei mir bleibst...«, fügte Iziharry hinzu. »Wahrscheinlich würdest du in jeder Nacht die Sterne beobachten, und das könnte ich nicht ertragen.« Sie beugte sich vor, berührte ihn am Arm. »Wenn du jemals deine Meinung änderst... Du weißt ja, wo ich bin.«

Sie hauchte ihm einen Kuß auf die Lippen. »Die Pflicht ruft«, sagte sie, stand auf und murmelte ein ›Ich liebe dich‹, bevor sie ging.

Chekov sah ihr nach und starrte ins Leere, als die junge Frau in der Menge verschwand.

Er erhob sich ebenfalls, trat jedoch nicht von dem Baum fort. Einige Minuten verstrichen, und schließlich kam Spock.

»Guten Morgen, Fähnrich«, sagte der Vulkanier. »Ich hoffe, Sie haben sich gut ausgeruht. Es wird Zeit, daß wir uns mit der *Enterprise* in Verbindung setzen.«

»In Ordnung, Mr. Spock.«

Kurz darauf startete die *Columbus* wieder, flog über New Athens hinweg, gewann rasch an Höhe und nahm Kurs auf den Starfleet-Kreuzer im Orbit.

Uhura *hatte* Himmel und Hölle in Bewegung gesetzt. Sie benutzte das KW-Funkgerät und sprach mit einem Sekretär des Präsidenten. Der Mann betonte immer wieder, Captain Kirk dürfe auf keinen Fall gestört werden, aber Uhura gab nicht auf und wartete, bis sich Erikkson meldete. Er klang unfreundlich, und das weckte neues Mißtrauen in ihr.

Hinzu kam das seltsame Signal vom vergangenen Abend. Uhura zählte zwei und zwei zusammen. Manchmal ergab sich bei solchen Additionen eine Summe von fünf, aber in diesem besonderen Fall hielt sie Argwohn für gerechtfertigt. Sie beschloß, ihren Instinkten zu vertrauen.

Es wurde Zeit, Spock zu alarmieren.

Kapitel 22

Garrovick-Tal

Kirk erinnerte sich an weitaus unangenehmere Wachen.

Eigentlich war der Captain recht zufrieden. Er befand sich zu Hause, saß in einem außerordentlich bequemen Sessel, der sich seinem Körper anpaßte, trank würzigen Kaffee und las in einem guten Buch. Das Licht stammte von einer Spotlampe, die keinen der Schlafenden störte.

Trotz der Umstände genoß Kirk die herrlich milde und stille centaurische Nacht. Er verdrängte alle Gedanken an Burke und die Ligisten. Irgendwann warf er einen Blick auf das Fluoreszenz-Chronometer an der gegenüberliegenden Wand. Es zeigte 02:77 an. *Also bleiben mir noch etwa fünfundzwanzig centaurische Minuten bis zum Ende meiner Wache,* dachte er und gähnte.

Der Steuermann lag reglos auf dem Bett, schnarchte leise und trug noch immer zivile Kleidung, ebenso wie Kirk. *Laß ihn schlafen. Ein oder zwei weitere Stunden machen mir bestimmt nichts aus — und Sulu leidet noch immer an den Nachwirkungen des Betäubungsmittels. Ruhe ist die beste Medizin für ihn.* Kirk füllte seinen Becher zum fünftenmal und begann wieder zu lesen. Es handelte sich um eins seiner Lieblingsbücher, die *Foundation*-Trilogie von Asimov — ein hervorragendes Science-Fiction-Werk, das nichts von seinem Reiz verloren hatte.

Es fesselte ihn so sehr, daß Minuten zu Sekunden schrumpften. Als Kirk noch einmal auf die Uhr sah, lautete die Anzeige 05:52. *Lieber Himmel, die Nacht ist fast vorbei. Nun, Sulu, Sie schulden mir einige Stunden Schlaf.* Kirk seufzte, hüllte das Buch in den Schutzumschlag und legte es neben den leeren Kaffeebecher. Die Augen brannten ein wenig, und ein bitterer Geschmack haftete an seinem Gaumen.

Der Captain schaltete die Spotlampe aus und stand auf. Der Himmel wurde allmählich heller, als das Licht des ersten Sonnenaufgangs nach den Berggipfeln tastete. Es konnte nicht mehr lange dauern, bis das Morgenkonzert der Vögel begann, und Kirk beschloß, es sich draußen anzuhören. Er öffnete die Tür und trat über die Schwelle.

Irgend etwas *zischte* dicht an seinem Kopf vorbei.

Kirk duckte sich aus einem Reflex heraus, sprang zurück und stieß die Tür zu.

»Aufwachen!« rief er. »Sulu, die Waffen! Und zwar *schnell!*«

Der Steuermann war von einem Augenblick zum anderen auf den Beinen, griff unters Bett und holte einen schwarzen, koffergroßen Behälter mit dem *Enterprise*-Symbol hervor – eine Standard-Waffentasche, die zur Ausrüstung jeder Raumfähre gehörte. Sie schien aus Leder zu bestehen, aber dieser Eindruck täuschte. Das Material war weitaus fester, und jeder Versuch, die Tasche gewaltsam zu öffnen, löste eine automatische Selbstzerstörungssequenz aus – die im Umkreis von fünfzig Metern alles vernichtete. Sulu preßte seinen Daumen auf den Scanner im Schloß, und eine Sekunde später klickte es leise. Der Behälter öffnete sich.

Sulu holte Phaser und Erg-Kapseln hervor, warf sie Kirk und Cogley zu. Eine dritte Waffe behielt er für sich selbst. Rasch schloß er die Tasche wieder und betätigte die elektronische Verriegelung.

Inzwischen waren auch die fünf Ligisten wach. ›Smith‹ und ›Jones‹ saßen auf dem Boden und beobachteten, wie Kirk und Sulu ihre Strahler überprüften. Cogley hielt seinen Phaser unsicher in der Hand – er hatte noch nie eine solche Waffe benutzt. Max und Dave blickten besorgt aus dem Fenster. Barclay lag weiterhin in seinem Schlafsack, stützte den Kopf auf die Arme und wirkte völlig gelassen.

»Was ist los, Captain?« fragte ›Jones‹ nervös.

»Als ich eben nach draußen trat, hat jemand auf mich geschossen«, erwiderte Kirk. »Der Entladungsblitz dürfte einen hübschen Brandfleck an der Außenwand hinterlassen haben.« Kirk wies nicht darauf hin, daß ihn der Strahl nur um knapp zehn Zentimeter verfehlt hatte — andernfalls wäre er kaum in der Lage gewesen, ihn zu hören. *Ein auf hochenergetische Bündelung justierter Phaser,* dachte Kirk. *Die Emissionen sind unsichtbar — und tödlich.*

Die Reichweite solcher Waffen war nicht ganz so groß wie bei normal eingestellten Phasern. Was bedeutete, daß sich der Gegner in unmittelbarer Nähe der Blockhütte befand.

Barclay hob die Brauen. »Also ist man uns hierher gefolgt«, sagte er. »Ihr Versteck taugt nicht viel, Captain.«

»Sie können sich keinen Spott leisten«, erwiderte Kirk scharf. »Wer auch immer dort draußen lauert — er hat es in erster Linie auf Sie abgesehen. Deshalb rate ich Ihnen: Halten Sie die Klappe und rühren Sie sich nicht von der Stelle.«

»Wer hat geschossen?« fragte Burke zornig.

»Keine Ahnung, Sir«, erwiderte ein Colonel der Einsatzgruppe. »Vielleicht jemand von den Leuten dort drüben.« Er streckte den Arm aus und deutete in die entsprechende Richtung. Etwa fünfzehn schwerbewaffnete und in Tarnanzüge gekleidete Männer warteten hinter einigen Bäumen und beobachteten Kirks Hütte.

»Ich werde eine Ermittlung einleiten, wenn wir dies hinter uns haben, Colonel«, stieß Burke zwischen zusammengebissenen Zähnen hervor. »Einer Ihrer Leute hat uns um das Überraschungsmoment gebracht. Jetzt müssen wir fünf Personen überwältigen, die kein Interesse daran haben, sich uns auszuliefern — und zwei erfahrene Starfleet-Offiziere stehen auf ihrer Seite.« *Cogley brauchen wir nicht zu berücksichtigen. Bestimmt ist der Anwalt nicht einmal imstande, den Lauf eines Phasers vom Kolben zu unterscheiden.*

Der Colonel räusperte sich verlegen. »Wir erwischen sie, Minister Burke.«

»Das hoffe ich für Sie«, entgegnete Burke drohend. *Die verdammten Mistkerle in der Hütte haben meine Frau und Kinder auf dem Gewissen. Wenn sie entkommen, weil einer Ihrer Männer zu früh geschossen hat... Dann sorge ich dafür, daß Sie diesen Fehler bis an Ihr Lebensende bereuen.*

»Ich möchte Sie noch einmal an Ihre Befehle erinnern, Colonel«, fuhr Burke fort. »Sie werden nichts – ich wiederhole: *nichts* – gegen Captain Kirk oder Lieutenant Sulu unternehmen. Es ist mir völlig gleich, was sie tragen: Starfleet-Uniformen, zivile Anzüge oder Omas Schürze. Sie wissen, wie die Offiziere aussehen; ich habe Ihnen Bilder gezeigt. Seien Sie auf der Hut, Colonel. Kirk und Sulu darf nicht einmal ein Haar gekrümmt werden, klar? Sonst kriegen wir verdammten Ärger mit der Föderation, und dafür würde ich *Sie* verantwortlich machen. Der Captain und sein Steuermann sind absolut tabu; hämmern Sie das Ihren Männern ein!«

»Ja, Sir«, sagte der Colonel und salutierte zackig. »Haben wir die Erlaubnis, jetzt in Stellung zu gehen, Sir?«

Burke nickte. Der Mann ihm gegenüber salutierte noch einmal und ging.

Perez trat heran und blieb neben dem Minister für innere Sicherheit stehen. »Tut mir leid, Nat. Die Soldaten sind nervös, und als Kirk nach draußen trat...« Er zuckte mit den Schultern. »Deerfield gehört zu meinen besten Leuten. Hielten Sie es wirklich für notwendig, ihn so anzufahren?«

Burke starrte weiterhin zur Blockhütte. »Er mag einer *Ihrer* Männer sein, Dan, aber für diese Operation bin *ich* zuständig. Das sollten Sie nicht vergessen.«

Perez zögerte einige Sekunden lang, wandte sich dann wortlos ab und ließ Burke mit seiner Rachsucht allein.

Die Soldaten der Einsatzgruppe mieden den brennenden Blick des Ministers.

Kirk duckte sich an der vorderen Fensterbank und sah nach draußen. Ab und zu glaubte er, in den nahen Büschen und Sträuchern Bewegungen zu erkennen, und einmal bemerkte er einen gefleckten Tarnanzug. *Es handelt sich nicht um eine kleine Gruppe,* schloß der Captain. *Inzwischen hat man die Hütte sicher umstellt, und das bedeutet, wir haben es mit siebzig oder achtzig Gegnern zu tun. Woraus folgt: Wir sitzen hier fest. Es hat keinen Sinn, einen Ausbruch zu versuchen. Sams Gleiter könnte ebensogut in McIverton stehen — er ist völlig unerreichbar.*

»Nun, Kirk?« fragte Barclay. »Wie wollen Sie jetzt unsere Sicherheit gewährleisten?«

Der Captain ignorierte ihn.

»Ich rede mit Ihnen, Kirk. Und ich erwarte eine Antwort.«

»Sie sollten still sein«, sagte Cogley, der am anderen Fenster hockte. »Im Augenblick ist der Captain ziemlich beschäftigt.«

»Ich habe Sie nicht um Ihren Rat gebeten, Cogley«, erwiderte Barclay schroff. »Kirk, wenn Sie vorhaben, uns auszuliefern... Schlagen Sie sich das aus dem Kopf. Daraus ergäben sich höchst unangenehme Konsequenzen.« Der Ligist lächelte hintergründig.

»Sorgen Sie dafür, daß Ihr Mandant endlich Ruhe gibt, Sam«, brummte Kirk. Seine Gedanken galten ganz anderen Dingen. In taktischer Hinsicht war die gegenwärtige Situation geradezu hoffnungslos. Der Captain hatte zwei Männer, um fünf andere zu schützen, denen man keine Waffe anvertrauen konnte. Das Gelände im Tal kannte Kirk weitaus besser als Burke und seine Leute, aber dieser Vorteil ließ sich nicht nutzen, solange sie in der Blockhütte bleiben mußten. Geheime Ausgänge und Fluchttunnel fehlten ebenso wie eine Transporterstation. *Hier gibt's nicht einmal einen fliegenden Teppich.*

Die Soldaten brauchten sich nur zum Angriff entscheiden. Drei Männer waren sicher nicht imstande, mehrere Dutzend Gegner auf Dauer abzuwehren. *Meine Güte, es genügt, wenn Burke einen schweren, auf Betäubung ju-*

stierten Infanterie-Phaser einsetzt. Vorausgesetzt natürlich, er legt Wert darauf, uns lebend zu fassen. Kirk zweifelte nicht daran, daß der Minister für innere Sicherheit irgendwo im Wald wartete; vielleicht leistete ihm Perez Gesellschaft. *Daß die Hütte noch immer steht, ist ein gutes Zeichen. Wenn Burke daran gelegen wäre, uns alle umzubringen... Nun, dann hätte er während der Nacht Gleiterpiloten anweisen können, hoch über uns mehrere Bomben abzuwerfen.*

Es sprach vieles dafür, daß Burke lebende Gefangene wollte. Mit anderen Worten: Er würde keine unmittelbare Gewalt anwenden — es sei denn, Barclay und die übrigen vier Ligisten wagten einen Fluchtversuch.

Wir haben also noch ein wenig Zeit, beendete Kirk seine Überlegungen. »Halten Sie weiterhin Ausschau, Sulu«, wies er den Steuermann an, holte den Starfleet-Kommunikator hervor und klappte das kleine Gerät auf. Es piepste mehrmals, und erneut drang nur statisches Rauschen aus dem Lautsprecher. Es war nach wie vor unmöglich, eine Verbindung mit der *Enterprise* herzustellen.

Die einzige Kommunikationsalternative bestand in einem leistungsfähigen Boden-Raum-Laser, und solche Instrumente gehörten leider nicht zur Ausstattung der *Galileo.* Kirk nahm sich vor, die Standard-Geräteliste für Shuttles um diesen Punkt zu erweitern, wenn — *falls* — er zur *Enterprise* zurückkehrte. Mit einem solchen Apparat wäre es nur notwendig gewesen, ein Loch in die Decke zu bohren, den Projektor des Signalgebers hindurchzuschieben und einen Strahl aus kohärentem Licht auszulösen. Sichtbares Licht konnte den planetaren Mantel aus tachyonischen Interferenzen problemlos durchdringen. Die Sensoren des Raumschiffes im Orbit hätten die Impulse empfangen und ihre Quelle angepeilt. *Schade,* dachte der Captain. *Die energetischen Emissionen unserer Phaser sind nicht stark genug, um in der Umlaufbahn registriert zu werden.*

Kirk schob sich etwas näher an die Scheibe heran, sah

nach oben und fluchte lautlos. Mehrere militärische Gleiter und einige Kampfflugzeuge kreisten über dem Tal. *Burke hat uns auch den Fluchtweg nach oben abgeschnitten. Selbst wenn wir Cogleys Maschine erreichen könnten, was zumindest bezweifelt werden muß – wir hätten nicht die geringste Möglichkeit, damit zu entkommen. Ein gut fokussierter Traktorstrahl genügt, um den Schweber festzuhalten. Ganz zu schweigen von Luft-Luft-Raketen, die uns überhaupt keine Chance ließen.*

Der Captain konzentrierte sich auf die gegenwärtige Lage. *Wir sind relativ sicher, solange wir in der Hütte bleiben und Burke davon überzeugt ist, alles unter Kontrolle zu haben. Wenn wir das Haus verlassen, wird der Minister für innere Sicherheit vielleicht nervös und gibt den Schießbefehl – was den sicheren Tod für uns bedeutet. Andererseits: Wir* müssen *von hier verschwinden. Nun, Jim, laß dir was einfallen...*

Kirk gestand sich ein, daß er keinen Ausweg sah. Er konnte natürlich kapitulieren und seine Gefangenen Burke ausliefern, aber das stand in krassem Gegensatz zu den von Starfleet übermittelten Befehlen – und außerdem verletzte er damit das Föderationsrecht. Kirk war viel zu stur, um jetzt einfach aufzugeben. *Ich habe die Ligisten verhaftet, und daher bin ich für sie verantwortlich. Verdammt, ich werde Burke ein Schnippchen schlagen.*

Aber wie?

Kapitel 23

Die *Enterprise*

Der Turbolift öffnete sich, und die Besatzungsmitglieder der *Columbus* — Spock, Chekov sowie Leonard und Joanna McCoy — betraten den Kontrollraum der *Enterprise.*

Joanna hatte sich noch nie an Bord eines so großen Starfleet-Schiffes aufgehalten. Ihre Erfahrungen beschränkten sich auf Impulskraft-Frachter, die regelmäßig zwischen Starbase 7 und Centaurus verkehrten. Sie sah sich neugierig um. Die Brückenoffiziere wußten, wer sie war; Dossie Flores und ihre Kollegen winkten, bevor sie sich wieder ihren Konsolen zuwandten. Joanna zögerte unsicher und erwiderte dann die Grüße. *Ich hätte mich wenigstens umziehen sollen,* dachte sie verlegen. *Meine Güte, ich sehe aus, als sei ich mehrmals durch die Mangel gedreht worden.*

Ihren derzeitigen Aufenthalt an Bord der *Enterprise* ›verdankte‹ sie in erster Linie dem Umstand, daß Onkel Jim in Schwierigkeiten war. Joanna mochte Onkel Jim sehr, ohne sich jemals nach dem Grund dafür zu fragen. Zwar freute sie sich über das Wiedersehen mit ihrem Vater, aber unter normalen Umständen wäre sie in New Athens geblieben, um die Verletzten und Verwundeten zu behandeln. Doch als Leonard ihr sagte, es ginge um Jim, bat sie sofort, ihn zum Raumschiff begleiten zu dürfen. Spock und Weinstein hatten nichts dagegen.

»Ich übernehme das Kommando, Lieutenant Uhura«, sagte der Vulkanier. »Mr. Chekov, kümmern Sie sich bitte um die wissenschaftliche Station — ich nehme im Sessel des Befehlsstands Platz. Miß Flores, ich weiß, daß Sie dringend eine Ruhepause benötigen, aber vielleicht sind Sie trotzdem bereit, auch weiterhin die Navigationskontrollen zu bedienen.«

»Selbstverständlich, Sir«, erwiderte Dossie Flores, als Chekov zu Spocks Station ging.

»Lieutenant Uhura, haben Sie mir irgend etwas Wichtiges mitzuteilen, bevor ich entscheide, was wir in bezug auf den Captain unternehmen?«

»Nein, eigentlich nicht, Sir«, erwiderte Uhura, die nun wieder am Kommunikationspult saß. »Während Sie hierherflogen, habe ich versucht, eine Sensorerfassung des Bereichs vorzunehmen, aus dem wir gestern das Subraum-Signal empfingen. Aber die tachyonischen Interferenzen sind noch immer zu stark, und aus diesem Grund lassen sich keine genauen Daten gewinnen.«

Spock überlegte kurz. »Da keine Nachrichten vom Captain oder Mr. Sulu eintrafen, gingen Sie von der durchaus berechtigten Annahme aus, daß neue Probleme entstanden sind. Die Vermutung, das Subraum-Signal stamme von Captain Kirk, basiert auf zwei Prämissen. Erstens: Es handelte sich nicht um eine Anomalie irgendeiner Art. Und zweitens: Der Captain hat es bewußt ausgestrahlt. Die Impulsfolge hätte auch von Mr. Sulu oder einer dritten, unbekannten Person gesendet werden können.«

»Hören Sie endlich damit auf, Lektionen in Logik zu erteilen, Spock«, sagte McCoy und winkte ab. »Wichtig ist nur eins: Wo steckt Jim?«

Der Vulkanier blieb unerschütterlich. »Ingenieur MacPherson hat die Kommunikationsanlagen untersucht und keine Fehlfunktionen in den Peilsystemen gefunden...«

»Ja, das stimmt«, bestätigte der große Schotte sofort.

»...woraus ich schließe, daß Lieutenant Uhuras Annahmen richtig sind. Was den genauen Ursprung des Signals betrifft...« Spock hob eine Computer-Karte New Americas und wies auf eine runde Markierung.

»Das Signal kam aus diesem Kreis«, fügte der Vulkanier hinzu. Er reichte die Karte McCoy, der nur einen kurzen Blick darauf warf. Joanna sah genauer hin.

»Da die gegenwärtigen Umstände das Funktionspotential der Sensoren beeinträchtigen, müssen wir eine visuelle

Untersuchung vornehmen«, sagte der Erste Offizier. »Ich schlage vor, wir ...«

»Bitte entschuldigen Sie, Mr. Spock«, warf Joanna ein. »Daddy, das Tal ist ebenfalls verzeichnet. Hier.« Sie deutete auf den östlichen Teil des Kreises. McCoy nickte und brummte leise, als er begriff, worauf seine Tochter hinauswollte.

»Meinen Sie eine bestimmte Region, Miß McCoy?« fragte Spock.

»Ja, das Garrovick-Tal«, antwortete Joanna. »Vielleicht hält sich Captain Kirk dort auf.«

»Ich glaube, sie hat recht, Spock«, sagte Leonard McCoy. »Himmel, ich hätte sofort daran denken sollen.«

»Das Garrovick-Tal ...« Spock wölbte eine Braue. »Ist es nach dem früheren Vorgesetzten des Captains benannt, dem ehemaligen Kommandanten der *Farragut?«* Der Arzt nickte, und Spock nahm die Karte zurück. »Hier wird kein Name des Tals genannt, aber es gibt einen Fluß namens Farragut. Ich vermute, Captain Kirk spielte eine entscheidende Rolle als es darum ging, jene geologischen Merkmale mit Bezeichnungen zu versehen, oder?«

»In der Tat, Spock«, bestätigte McCoy und ahmte dabei den Tonfall des Vulkaniers nach. »Ein großer Teil des Landes im Markierungskreis gehört Jim.« Er zögerte kurz. »Es wundert mich ein wenig, daß er Ihnen nie davon erzählt hat.«

»Offenbar hielt er es nicht für notwendig«, sagte Spock. »Miß McCoy, warum sollte der Captain das Tal allen anderen Orten vorziehen?«

»Weil er sich dort wohl fühlt, Mr. Spock. Er hat eine modern ausgestattete Blockhütte, in der es genug Vorräte gibt. Ein perfektes Versteck, wenn Sie mich fragen.«

Der Vulkanier nickte. »Verfügt die Hütte auch über eine spezielle Kom-Station?« erkundigte er sich.

»Ich verstehe nicht ganz ...«

»Ja«, unterbrach McCoy seine Tochter. »Eine Subraum-Kommunikationseinheit. Jim ließ sie installieren, als er das

Kommando über die *Enterprise* bekam. Er hat sie hinter einem Bücherschrank versteckt und ...«

»Danke, Doktor, diese Auskunft genügt mir«, sagte Spock. »Mr. Chekov, da uns die Sensoren kaum etwas nützen, müssen wir mit einer visuellen Kontrolle des entsprechenden Bereichs beginnen. Lieutenant Uhura, können Sie Mr. Chekov dabei helfen, die hochauflösenden optischen Erfassungssysteme zu verwenden?«

»Natürlich, Sir.« Uhura stand auf, trat an Chekov heran und betätigte einige Tasten der wissenschaftlichen Station. Farben wallten über den Wandschirm.

»Zum Glück sind die Frequenzen des sichtbaren Lichts nicht von der tachyonischen Störstrahlung betroffen«, sagte die dunkelhäutige Frau.

Ein Bild formte sich. »Das Garrovick-Tal, aus einer scheinbaren Entfernung von zweihundert Kilometern betrachtet«, erklärte Chekov. Niemandem fiel etwas auf. Aus einer solchen Höhe hätten sie selbst die Chinesische Mauer übersehen. »Ich schalte jetzt auf maximale Vergrößerung.«

Konturen zitterten, stabilisierten sich dann wieder. »Die scheinbare Höhe beträgt jetzt nur noch fünf Kilometer ...«, begann Chekov und schnappte nach Luft, als er dunkle Punkte sah, die über dem Tal kreisten. »He, da sind jede Menge Flugzeuge und Gleiter!«

»Und ganz offensichtlich interessieren sich ihre Piloten für irgend etwas im Tal«, stellte Spock trocken fest. »Miß McCoy, Ihre Intuition hat uns einen guten Dienst erwiesen. Mr. Chekov, selbst mit maximaler Vergrößerung können wir nicht erkennen, ob sich der Captain dort unten aufhält, aber ich glaube, dafür besteht eine erhebliche Wahrscheinlichkeit.«

»Warum müssen Sie bloß immer so gestelzt reden?« knurrte McCoy. »Es läßt sich auch viel einfacher ausdrükken: Jim ist im Garrovick-Tal und sitzt in der Tinte. Was machen wir jetzt?«

Spock zögerte kurz. »Wenn dem Captain Gefahr droht,

wird ihm dieses Schiff selbstverständlich zu Hilfe eilen. Mr. Siderakis?«

»Ja, Sir?« erwiderte der Steuermann.

»Phaserstatus.«

»Geladen, Sir. Wir müssen sie manuell ausrichten — die automatische Zielerfassung funktioniert nicht.«

»Phaser in Bereitschaft«, sagte Spock und rieb sich nachdenklich das Kinn. »Es widerstrebt mir, von Waffen Gebrauch zu machen. Bisher deutet nichts darauf hin, daß der Captain angegriffen wird. Ich habe vergeblich nach Feuer, Rauch oder anderen Zeichen von unmittelbarer Gewaltanwendung Ausschau gehalten. Darüber hinaus möchte ich vermeiden, die *Enterprise* gegen ein Mitglied der Föderation einzusetzen.«

»Freundliche Zurückhaltung ist hier nicht angebracht, Spock«, brummte McCoy. »Dort unten geht's zu wie bei der Invasion von Altair IV.«

»Ich weiß, Doktor. Aber wir haben auch andere Möglichkeiten, um unser Ziel zu erreichen.« Der Vulkanier klappte seinen Kommunikator auf. »Spock an Mr. Scott.«

»Aye, Scott hier.«

»Bitte kommen Sie zur Brücke.«

»In Ordnung, Mr. Spock. Bin schon unterwegs. Scott Ende.«

Wenige Minuten später befand sich der Chefingenieur im Kontrollraum — und riß die Augen auf.

»Sie wollen *was* mit meinem Schiff anstellen?« platzte es aus ihm heraus. »Sind Sie übergeschnappt, Sir?«

»An meiner intellektuellen Leistungsfähigkeit hat sich nichts geändert, Mr. Scott«, erwiderte der Erste Offizier gelassen. »Beruhigen Sie sich. Ich habe Sie nur etwas gefragt und möchte eine Antwort.«

»Na schön, Sir.« Scott schnaufte. »Sie können ein so großes Raumschiff wie unsere *Enterprise* nicht in die Lufthülle eines Planeten bringen und damit rechnen, daß es sich wie gewohnt manövrieren läßt. Erinnern Sie sich an die Sache mit dem schwarzen Loch? Es schleuderte uns durch die Raum-Zeit, direkt in die Atmosphäre der guten alten Erde. Es fiel uns verdammt schwer, den Standardorbit zu erreichen — und damals waren die Bordsysteme in einem weitaus besseren Zustand.«

»Manövrierpräzision ist zweitrangig, Mr. Scott. Ich möchte nur vermeiden, daß die *Enterprise* abstürzt. Nun?«

Der Chefingenieur schüttelte den Kopf. »Mit allem Respekt, Mr. Spock... Dieses Schiff ist kein Gleiter. Es kann starken Winden nicht standhalten. Unsere Trägheitsabsorber sind derzeit ebenso unzuverlässig wie die Flug-Stabilisatoren — und außerdem wurden sie nicht für einen planetaren Einsatz konzipiert. Hinzu kommt: Ich weiß nicht, welche Konsequenzen das centaurische Wetter für den Impulsantrieb hätte. Die *Enterprise* ist ein *Raum*schiff, Mr. Spock. Sie gehört ins Weltall. Flüge in der Atmosphäre bringen völlig andere konstruktionstechnische Voraussetzungen mit sich.«

»Danke für diese Informationen, Mr. Scott«, sagte der Vulkanier. »Ich bin mir jetzt darüber klar, aus welchen Gründen es schwierig ist, die Planetenoberfläche anzusteuern. Doch bei meiner Frage ging es darum, ob der gegenwärtige Zustand dieses Schiffes so etwas zuläßt.«

Scott ließ den angehaltenen Atem entweichen. »Es tut mir leid, Mr. Spock. Die Antwort lautet: nein.«

Stille schloß sich an.

Nach einigen Sekunden stand MacPherson auf und räusperte sich demonstrativ.

»Entschuldige bitte, Scotty...«, begann der große Schotte und suchte nach den richtigen Worten. »Ich möchte dir nicht zu nahe treten, aber in diesem Punkt bin ich anderer Meinung.«

Scott war mindestens ebenso überrascht wie die Brükkenoffiziere. Sie erlebten nun zum erstenmal, daß einer der beiden ›Zwillinge‹ dem anderen widersprach.

»Es stimmt schon, das Warptriebwerk können wir nicht benutzen — wir brauchen neue Dilithiumkristalle, und außerdem müssen die Verkabelungen sorgfältig überprüft, wahrscheinlich sogar komplett ausgetauscht werden.« MacPherson legte eine kurze Pause ein. »Aber ich glaube, die Kontrolle des Impulsantriebs läßt sich auf die wesentlich genauer arbeitenden Warp-Regler umschalten.«

Scott blinzelte. »Wie willst du das bewerkstelligen, Junge?«

»Der Impulsantrieb benötigt nur dreidimensionale Steuerungsimpulse«, erläuterte MacPherson. »Subraum und Pseudo-Zeit brauchen wir dabei nicht zu berücksichtigen. Wie wär's, wenn wir die entsprechenden Navigationskomponenten auf Kompensationen für atmosphärische Flugbedingungen — zum Beispiel Wind — programmieren? Verstehst du, was ich meine, Scotty?«

Der Chefingenieur nickte langsam. »Ja, jetzt wird mir die Sache klar, Junge. Verdammt, das hätte mir eigentlich selbst einfallen müssen. Nun, wir versuchen es. Mr. Spock, ich möchte Sie ausdrücklich um Verzeihung bitten. Es könnte tatsächlich klappen. Bald wird sich herausstellen, ob die Sache funktioniert.«

»Ich danke Ihnen beiden«, erwiderte der Vulkanier. »Machen Sie sich unverzüglich an die Arbeit — ich glaube, uns bleibt nicht mehr viel Zeit. Mr. Siderakis, berechnen Sie einen planetaren Kurs und halten Sie sich in Bereitschaft.«

»Aye, aye, Sir.«

Spock richtete seine Aufmerksamkeit wieder auf den Wandschirm und wartete.

Kapitel 24

Garrovick-Tal

Die zweite Sonne stieg über den Horizont, zwang Kirk und die anderen, ihre Sonnenbrillen aufzusetzen, um nicht immerzu den grellen Glanz ertragen zu müssen. Die fast schmerzhafte Helligkeit erschwerte es, ständig die subtilen Bewegungen im Gebüsch zu beachten – und nur sie boten Hinweise darauf, wo sich Burkes Leute verbargen.

Der Captain zweifelte nicht daran, daß der Gegner über einen wesentlich besseren Augenschutz verfügte.

Barclay und seine Ligisten hockten in der Mitte des Zimmers – Kirk wollte, daß sie sich von den Fenstern fernhielten. Ruben Barclay wirkte fast zufrieden, während sich seine vier Begleiter immer wieder nervös umsahen.

Kirk spielte mit dem Gedanken, eins der Fenster zu öffnen, entschied sich dann aber dagegen. Die splitterfesten Scheiben erwiesen sich als wichtigster defensiver Faktor. Wenn Burke beschloß, die Männer in der Blockhütte mit einer Gasgranate außer Gefecht zu setzen, mußte er erst ein Loch in die Wand brennen. Die Fenster bestanden nicht etwa aus gewöhnlichem Glas, sondern aus Duraplast: Nur eine sehr feste und schwere Masse, die mit Überschallgeschwindigkeit heranflog, konnte sie durchschlagen.

Aber leider sind die Scheiben nicht hyperpolarisiert, dachte Kirk und rieb sich die Augen. Normalerweise ließ er Jalousien herab, wenn es zu hell wurde, aber darauf mußte er jetzt verzichten – es galt, die Soldaten im Auge zu behalten.

Einmal mehr bedauerte der Captain, in der vergangenen Nacht nicht geschlafen zu haben. Alle seine Muskeln schmerzten, insbesondere die im Rücken. Entspannungsübungen verschafften ihm kaum Erleichterung.

Geistesabwesend massierte er sich den Nacken.

»Achtung«, dröhnte es aus einem Lautsprecher. Kirk erkannte die Stimme sofort.

»Hier spricht Burke, Minister für innere Sicherheit. Captain Kirk, die Blockhütte ist umstellt. Ich verlange, daß Ihre Gefangenen den centaurischen Behörden ausgeliefert werden. Wahrscheinlich handelt es sich um die Verantwortlichen für den Annihilationsanschlag auf New Athens, und dafür ist nicht etwa ein Föderationsgericht zuständig, sondern die Justiz dieses Planeten. Captain, Sie haben sich in unsere inneren Angelegenheiten eingemischt und dadurch die Souveränität der Regierung in Frage gestellt, womit Sie wichtige Föderationsbestimmungen verletzen.

Wir möchten vermeiden, daß Starfleet-Repräsentanten zu Schaden kommen, aber gleichzeitig sind wir entschlossen, energische Maßnahmen zu ergreifen. In diesem Zusammenhang hat der Völkerbund kein Recht, bei uns zu intervenieren. Wir werden nicht erlauben, daß die Verdächtigen Centaurus verlassen, bevor alle juristischen Fragen geklärt sind.«

Sam Cogley schnaubte abfällig. »Von wegen ›juristische Fragen‹«, sagte er. Die Sache ist eindeutig, und das weiß Burke genau.«

Kirk nickte. »Ja. Nun, es spielt ohnehin keine Rolle. Sulu, seien Sie weiterhin wachsam. Vielleicht dient Burkes Monolog nur dazu, uns abzulenken.«

»Aye, aye, Sir.«

»Wir fordern, daß uns die Verdächtigen in Ihrem Gewahrsam unverzüglich übergeben werden, Captain«, fuhr der Minister für innere Sicherheit fort. »Sie, Ihr Adjutant und Samuel Cogley haben nichts zu befürchten; es liegt uns fern, Sie zu verhaften. Ich gebe Ihnen zehn Minuten Zeit, um eine Entscheidung zu treffen, Captain. Wenn die Frist verstreicht, sind wir gezwungen, Gewalt anzuwenden. Ich warte auf Ihre Antwort.«

Stille folgte, doch Barclay beendete das Schweigen schon nach wenigen Sekunden.

»Ich kann nicht hinnehmen, daß Sie sich fügen, Kirk«, sagte er. »Ich hoffe, das ist Ihnen klar.«

Kirk runzelte verwundert die Stirn. »Wie wollen Sie mich daran hindern? Wenn ich mit der weißen Fahne winke, so bleibt Ihnen und Ihren Freunden wohl kaum etwas anderes übrig, als sich damit abzufinden. Mich juckt das nicht weiter. Ich erstatte Starfleet Command Bericht, und damit hat es sich.«

»Oh, und bestimmt wären die hohen Tiere Starfleets zu gern bereit, alles zu den Akten zu legen – wenn es nur darum ginge, daß wir die Freiheit verloren haben. Aber es steht weitaus mehr auf dem Spiel.« Barclay wirkte nun kühl und berechnend.

»Was meinen Sie damit?« fragte Kirk, um ihn aus der Reserve zu locken.

Barclay ging darauf ein. »Ich möchte Ihnen eine kleine Geschichte erzählen, Captain. Nehmen wir einen *hypothetischen* Planeten – wie diesen. Er eignet sich wirklich *gut*, um als Beispiel zu dienen.« Der Ligist lächelte humorlos und sah sich im Zentrum des allgemeinen Interesses.

»Auf dem nur in unserer Vorstellung existierenden Planeten gibt es eine politische Bewegung«, fuhr Barclay fort. »Sie wurde von einigen progressiven Bürgern ins Leben gerufen, die begriffen haben, welch schlechte Auswirkungen die Mitgliedschaft in der Föderation für eine früher sehr vitale Kultur hat. Die natürlichen Ressourcen werden nicht mehr nur für die eigene Entwicklung verwendet, sondern auch anderen Welten zur Verfügung gestellt. Aliens bekamen einen Platz in der lokalen Ökonomie, ohne irgendwelche Gegenleistungen zu erbringen – sieht man einmal von ihren verderblichen Einflüssen auf die menschliche Gesellschaft ab. Angehörige minderwertiger Menschenrassen begegnen einer Zivilisation, die sie nicht aus eigener Kraft schaffen konnten, mit schamloser Respektlosigkeit ...«

»Mr. Barclay ...«, warf Cogley ein. »Ich rate Ihnen, Ihren Vortrag zu beenden. Was Sie jetzt sagen, kann vor Gericht gegen Sie verwendet werden ...«

»Ein solcher Hinweis ist nicht notwendig«, erwiderte Barclay spitz. »Ich spreche nur von einer hypothetischen Situation, und das weiß der Captain, nicht wahr?«

Kirk nickte. »Bitte fahren Sie fort, Barclay. Ich bin fasziniert.«

Der Ligist deutete eine spöttische Verbeugung an. »Nun, der Kampf beginnt natürlich in den längst überholten politischen Arenen. Die schon erwähnten fortschrittlichen Denker präsentieren ein Programm, das allen Menschen zum Vorteil gereicht. Sein Nutzen ist unbestreitbar, aber trotzdem wird es von der Regierung abgelehnt – sie scheut die vorgeschlagenen umfassenden Veränderungen. Die Auseinandersetzungen dauern schon seit einigen Jahren, als ein hervorragender, aber verkannter Wissenschaftler, der ebenfalls zur *hypothetischen* Bewegung gehört, etwas Erstaunliches entdeckt. Um was handelt es sich wohl?«

»Ich habe nicht die geringste Ahnung«, behauptete Kirk.

»Oh, das überrascht mich«, erwiderte Barclay mit unverhohlener Ironie. »Von einem Mann wie Ihnen – Sie sind zweifellos Arier und noch dazu sehr intelligent – hätte ich erwartet, daß er längst zu den offensichtlichen Schlußfolgerungen gelangte.«

Ich bewundere Sulus Geduld, dachte der Captain. *An seiner Stelle hätte ich diesen Mistkerl schon vor fünf Minuten verprügelt.*

»Da muß ich Sie leider enttäuschen«, sagte Kirk. »Worin bestand die – hypothetische – Erfindung?«

»Sie gab der Bewegung jene politische und soziale Macht, die sie schon seit langer Zeit verdiente. Kennen Sie sich mit Antimaterie aus, Captain?«

»Ich glaube schon.«

»Dann dürfte Ihnen klar sein, daß ihre Produktion nicht nur kompliziert, sondern auch sehr teuer ist. Ausschließlich multinationale – besser gesagt: multi*planetare* – Organisationen können es sich leisten, Antimaterie herzustellen. Zum Beispiel eine interstellare militärische Streitmacht wie Starfleet.« Barclay zögerte kurz. »Diese Einschränkungen galten bis vor kurzer Zeit.«

Kirk nickte nur.

»Der Wissenschaftler entwickelte eine neue Theorie subatomarer Manipulation. Das entsprechende Verfahren war so einfach und billig, daß er in einem privaten, schlicht ausgestatteten Laboratorium mehrere hundert Gramm Antimaterie produzierte. Er konnte dabei auf besondere Abschirmungen und dergleichen verzichten, Kirk. Sein wichtigstes Werkzeug war ein mikrojustierter Traktorstrahl, mit dem er nukleare Strukturen seinen Wünschen gemäß gestaltete. Darüber hinaus besaß er mehrere Kartons. Wissen Sie, was er damit anstellte?«

»Diesmal läßt mich meine Phantasie nicht im Stich«, entgegnete der Captain. »Er benutzte sie, um einige Annihilationswaffen zu konstruieren. Ein Magnetfeld bewahrte die darin enthaltene Antimaterie vor Kontakten mit der Schachtel. Es genügte, die Energiezufuhr zu unterbrechen, um eine verheerende Explosion auszulösen.«

»Genau!« Barclay strahlte und klatschte mit gespielter Begeisterung in die Hände. »Nun, der Mann konstruierte vier derartige Vorrichtungen und stellte sie der politischen Bewegung zur Verfügung, die dadurch zur zweitstärksten Militärmacht in der ganzen Föderation wurde — gleich nach Starfleet. Drei Annihilationsbomben wurden in verschiedene Städte auf dem hypothetischen Planeten gebracht und besonders vertrauenswürdigen Gesinnungsgenossen übergeben. Die betreffenden Personen waren bereit, sie nötigenfalls zu zünden und zu sterben.«

Barclays Blick reichte in die Ferne, kehrte dann zu Kirk zurück. »Eines Tages besucht der Wissenschaftler den Präsidenten des Planeten und verlangt eine wichtige politische Rolle für sich und seine Freunde. Er erklärt nicht, welches Druckmittel er in der Hand hat, weist nur auf folgendes hin: Wenn sich der Präsident weigert, auf seine Forderungen einzugehen, wird die Hauptstadt des nach wie vor hypothetischen Planeten in Schutt und Asche gelegt. Das

Staatsoberhaupt vermutet einen nuklearen Sprengsatz und macht einen großen Fehler: Er hält den Wissenschaftler für einen Terroristen, der irgendwo eine kleine Atombombe versteckt hat. Er veranlaßt sofort eine entsprechende Suche, die natürlich erfolglos bleibt.

Die Regierung lehnt es weiterhin ab, sich der Bewegung zu fügen. Der heldenhafte Erfinder, Protagonist unseres frei erfundenen Dramas, beschließt darauf, ein Zeichen zu setzen. Er sitzt irgendwo in der Hauptstadt, mit einem harmlos wirkenden Karton auf dem Schoß. Vielleicht wählt er einen bequemen Sessel im Raumhafen ...«

Barclay unterbrach sich, zündete eine Zigarre an und paffte genüßlich, während ihn alle Anwesenden beobachteten. Kirk stellte fest, daß Max, Dave und ›Jones‹ ebenso interessiert lauschten wie er selbst. ›Smith‹ hingegen schien die Geschichte bereits zu kennen.

Nach einer Weile streifte Barclay die Asche ab und hob den Kopf. »Die Frist verstreicht. Der Wissenschaftler wartet auf eine Nachricht von den Anführern der Bewegung, die kein Risiko scheuten und in der Hauptstadt blieben, um mit der Regierung zu verhandeln. Er hat keinen Kontakt mehr zu seinen Gefährten und hofft, daß ihm irgend jemand Bescheid gibt.«

»Und dann?« fragte Kirk.

Barclay gestikulierte vage, und mehrere Ascheflocken fielen auf den Teppich. »Ich weiß es nicht. Vermutlich kam es zu irgendeinem unvorhergesehenen Zwischenfall. Der Mann im Raumhafen bekam nicht den Befehl, die Bombe zu zünden – aber sie explodierte trotzdem. Und entfaltete die in Aussicht gestellte Wirkung.«

»Mehr als neunhunderttausend Menschen kamen dabei ums Leben«, sagte Kirk heiser.

»Tja, ließ sich leider nicht ändern«, erwiderte Barclay ungerührt. Er nahm einen Zug von der Zigarre und blies blauen Rauch von sich. »Wie dem auch sei: Ein Anführer der *hypothetischen* Bewegung überlebte, um den Kampf fortzusetzen. Und es gibt noch drei Annihilationsvorrichtungen, die ihm dabei helfen, Kirk... Aus diesem Grund glaube ich, daß Sie mich nicht der centaurischen Justiz ausliefern. Sie möchten bestimmt vermeiden, daß drei weitere Städte von den Landkarten des Planeten gestrichen werden müssen. Denken Sie nur an die möglichen Todesopfer. Schätzungsweise mehr als zweieinhalb Millionen...« Barclay grinste zynisch.

»Sie verdammter Hurensohn!« stieß Dave hervor, sprang auf, trat dem immer noch lächelnden Ligisten gegenüber und holte mit der rechten Faust aus. Aber bevor er zuschlagen konnte, reagierte Barclay. Er zog die Hand aus der Tasche, und Stahl blitzte kurz auf. Einen Sekundenbruchteil später gab Dave einen schmerzerfüllten Schrei von sich und stürzte zu Boden. Blut drang aus der Wunde.

Kirk hatte Daves Angriff nicht verhindern können, aber er richtete nun seinen Phaser auf Barclay und drückte ab. Der Mann verlor sofort das Bewußtsein, sank nach hinten und rührte sich nicht mehr. Die Zigarre rollte über den Teppich. Der Captain hob sie auf, warf sie in den Kamin und wischte sich anschließend die Finger am Hemd ab.

»Lassen Sie die drei anderen nicht aus dem Auge, Sulu«, befahl Kirk und kümmerte sich um Dave. Er rollte ihn auf den Rücken und stellte fest, daß sich ihm die Klinge dicht unter dem Solarplexus in den Bauch gebohrt hatte. Kirk verfügte nicht über Medo-Koffer, wie sie vom medizinischen Personal Starfleets verwendet wurden — er hatte ohnehin nur eine vage Vorstellung davon, wie man ihren Inhalt einsetzte —, aber im Bad der Blockhütte gab es einen kleinen Erste-Hilfe-Kasten. Er holte ihn, legte einen Druckverband an, fügte eine Bauchbinde hinzu und verabreichte Dave eine Injektion, um seinen Stoffwechsel zu verlangsamen. *Eigentlich soll das Mittel Schlangengift neutralisieren,* dachte der Captain, als er die Aufschrift der Injektorkapsel las. *Aber wenn Daves Herz langsamer schlägt, verliert er nicht mehr soviel Blut.* Er überlegte, ob er den Verletzten auch mit einem Schmerzblocker behandeln sollte, entschied sich dann aber dagegen. *Dadurch verlangsamt sich der Metabolismus vielleicht so sehr, daß der Mann stirbt.*

Kirk hüllte Dave in eine Thermodecke und sah dann auf die Klinge herab, die neben dem Besinnungslosen Barclay lag. *Ein ganz normales Küchenmesser. Der Mistkerl hat es gestern abend unmittelbar nach der Mahlzeit eingesteckt. Himmel, warum habe ich nicht besser aufgepaßt?*

Der Captain erhob sich und sah die drei übrigen Ligisten an. »Max, Sie wußten nichts von der Annihilationsbombe in New Athens.« Er stellte keine Frage, sondern nannte eine Tatsache.

Max schüttelte wie benommen den Kopf.

»Im Gegensatz zu Ihnen«, wandte sich Kirk an ›Smith‹ und ›Jones‹.

»Da irren Sie sich!« platzte es aus ›Jones‹ heraus. »Ich hatte keine Ahnung, Captain!«

»Halt's Maul!« knurrte ›Smith‹.

›Jones‹ rutschte zur Seite. »Willst du mir ebenfalls ein Messer in den Leib rammen, du Ratte? Hören Sie, Captain, mein wirklicher Name lautet Teodor Wladsilowitsch, und ich wohne in McIverton. Ich war Ortsgruppenleiter in der Liga, eine Art Unteroffizier. Gott steh mir bei: Ich habe den Agitprop-Typen aus der Hand gefressen und ihnen alles *geglaubt.«*

»Was wissen Sie von dem Plan?« fragte Kirk. Er sah Cogley an. »Bitte verzichten Sie auf Ihren üblichen Hinweis, Sam.«

»Mr. Wladsilowitsch kennt seine Rechte«, erwiderte der Anwalt. »Ich brauche ihn nicht daran zu erinnern.«

»Es ist mir völlig gleichgültig«, sagte der Ligist. »Nun, ich war damit beschäftigt, Versammlungen und Demonstrationen zu organisieren, als Barclay und ›Smith‹ erschienen und meinten, sie benötigten ein sicheres Versteck.«

»Wann geschah das?« warf Kirk ein.

»Drei Tage vor der Zerstörung von New Athens«, antwortete Wladsilowitsch sofort. »Ich stellte ihnen ein Haus in Gregory's Landing zur Verfügung. Sie behaupteten, nur deshalb in den Westen gekommen zu sein, weil man im Osten nach ihnen fahndete – angeblich ging es dabei um irgendwelche Krawalle in mehreren Orten. Sachbeschädigung und dergleichen, Sie verstehen schon. Diese Erklärung erschien mir plausibel. Viele Ligisten sind aufgrund fadenscheiniger Anklagen verhaftet worden, und bei unseren öffentlichen Veranstaltungen griff häufig die Polizei ein.

Das Haus, in dem sich Barclay verbarg, gehörte einem Ligisten, der geschäftlich in der Hauptstadt zu tun hatte. Er kehrte nie zurück. Verstehen Sie?«

»Ich glaube schon. Fahren Sie fort.«

»Kurze Zeit später kam es zur Explosion, und mir wurden plötzlich die Zusammenhänge klar. Alle tauchten unter. Ich versteckte mich zusammen mit Barclay und ›Smith‹ in Gregory's Landing. Warum? Nun, ich dachte, mein Name stehe ebenfalls auf der Fahndungsliste, und mir fiel kein anderer Ort ein, der Sicherheit versprach. Max begleitete mich.«

»Wer *ist* Max?« fragte Kirk.

»Max und Dave fungierten als Ordner bei unseren Versammlungen. Dave stieß später zu uns.«

»Und ›Smith‹?«

»Ich warne dich, Wladsilowitsch«, zischte ›Smith‹.

Sulu legte mit seinem Phaser an. »Ich warne *Sie*«, brummte er. Der Ligist drehte den Kopf, sah die Waffe und begnügte sich damit, einen bitterbösen Blick auf Teodor zu richten.

»Er heißt Holtzmann«, sagte Wladsilowitsch.

Kirk hob überrascht die Brauen und musterte den Mann. »Sie können *unmöglich* der Wissenschaftler sein ...«, begann er.

»Ich bin sein Sohn«, verkündete Holtzmann stolz.

Barclay war noch immer bewußtlos. Kirk fesselte Holtzmanns Hände und Füße, nahm dann einen kurzen Strick und band den Ligisten an einem Bein des schweren Küchentisches fest. Anschließend kam Barclay an die Reihe. Eine Durchsuchung der beiden Männer ergab nichts.

»Wladsilowitsch, Max... Ich vertraue Ihrem Wort«, sagte der Captain. »Geben Sie ihnen Phaser, Sulu. Burkes Frist ist fast verstrichen, und wir können Hilfe gebrauchen, wenn's hart auf hart geht.« Kirk hielt Teodor und Max für Narren, aber zweifellos waren sie keine Massenmörder; sie hatten nichts von der Annihilationsvorrichtung in New Athens gewußt. Außerdem: Eigentlich blieb ihm gar nichts anderes übrig, als ihnen zu vertrauen; Burkes Leute stellten eine viel zu konkrete Gefahr dar.

Sulu holte zwei weitere Strahler hervor, reichte sie Max und Wladsilowitsch.

»Verräter«, fauchte Holtzmann, der auf dem Boden lag. »Ihr verratet nicht nur das Andenken meines Vaters, sondern auch die ganze Menschheit.« Er spuckte.

»Ich sollte Ihnen Ihren eigenen Speichel ins Gesicht schmieren«, sagte Kirk. Holtzmann versuchte trotz der Fesseln, mit den Schultern zu zucken.

Der Captain sah aus dem Fenster. Am Rande der Lichtung, auf der die Blockhütte stand, bezogen etwa achtzig Soldaten Aufstellung. *Hinter dem Haus warten wahrscheinlich noch mehr,* dachte Kirk. *Und sie haben auch einen schweren Infanterie-Phaser. Nun, Burke, Sie bekommen Barclay trotzdem nicht. Ich bin keineswegs bereit, Ihnen die Ligisten einfach so zu überlassen. Sie wollen einen Kampf? Ich sorge dafür, daß Ihr Wunsch in Erfüllung geht.*

Kirk starrte nach draußen und hielt den Strahler schußbereit.

»Die zehn Minuten sind um, Captain«, erklang Burkes vom Lautsprecher verstärkte Stimme. »Zeigen Sie eine weiße Fahne am Fenster, wenn Sie uns Ihre Gefangenen überlassen wollen.«

Kirk trat etwas näher an die Scheibe heran, so daß ihn der Minister deutlich sehen konnte. Er hob die Hand und streckte den Mittelfinger — eine unmißverständliche Geste.

»Na schön, Captain«, sagte Burke. »Sie lassen uns keine Wahl...«

Stille folgte, und plötzlich vernahm Kirk ein dumpfes Donnern in der Ferne. Es wurde rasch lauter. *Was hat das zu bedeuten?* fragte er sich. *Es kann wohl kaum ein Gewitter sein.*

Kirk neigte den Kopf und sah nach oben. Zwei Sonnen loderten an einem wolkenlosen Himmel über dem Tal. *He, die Gleiter und Flugzeuge sind verschwunden,* begriff der Captain.

Das dumpfe Donnern schwoll an, verwandelte sich in eine fühlbare Vibration. *Wie ein Erdbeben in Zeitlupe.* Kleine Gegenstände tanzten in den Regalen, als die ganze Hütte zu zittern begann.

Kirk richtete seine Aufmerksamkeit wieder auf die Soldaten. Einige von ihnen liefen fort! Andere ließen ihre Waffen fallen und preßten sich die Hände an die Ohren. Durastahl-Helme lagen im Gras.

Selbst in Kirks gut isolierter Hütte wurde das Geräusch allmählich unerträglich. Auch größere Objekte rutschten hin und her, fielen zu Boden und splitterten; das Krachen verlor sich im allgemeinen Dröhnen. Die Duraplast-Fenster klirrten in ihrem Rahmen, doch keine Scheibe zerbrach.

Meine Güte, was ist das? überlegte der Captain. Erneut blickte er zum Himmel hoch — und hielt unwillkürlich den Atem an.

Die *Enterprise* glitt langsam und majestätisch ins Tal, schwebte nur hundert Meter über dem Wald und näherte sich der Blockhütte.

Burke sah sie ebenfalls und fluchte. Aus den Augenwinkeln beobachtete er, wie die Soldaten ihre Waffen fortwarfen und flohen. *Ich kann es ihnen nicht verdenken,* dachte der Minister.

Aus und vorbei. Burke wußte, daß es sinnlos war, gegen einen Starfleet-Kreuzer zu kämpfen. Der Einsatzplan berücksichtigte alle möglichen und *denkbaren* Reaktionen Kirks, aber niemand hatte damit gerechnet, daß die *Enterprise* den Orbit verließ, um dem Captain zu helfen. *Dieser Schachzug setzt mich matt.*

Mit Tränen in den Augen wandte er sich zu Perez um. Der Verteidigungsminister nickte kummervoll und legte Burke die Hand auf die Schulter. *Sie haben alles versucht, Nat,* teilte sein Blick mit. *Aber Kirk ist eine Nummer zu groß für Sie.*

Burke ließ die Schultern hängen und wankte zum Kommandogleiter. Perez folgte ihm und hielt sich die Ohren zu — das Brummen der Impulstriebwerke schien tief in ihm widerzuhallen.

Kirk hatte sein Schiff nie auf diese Art und Weise gesehen. Die *Enterprise* glitt wie ein gewaltiger, exotischer Vogel heran, um ihn zu retten. Dankbarkeit erfüllte ihn. *Ach, sie ist prächtig!* dachte er. Der riesige Kreuzer schimmerte in einem reinen Weiß; das Licht der beiden Sonnen funkelte über das Diskussegment und die beiden langen Warpgondeln.

Die Größe des Raumschiffs... Kirks Gedächtnis zeigte es ihm im All, jenseits der Bugfenster des Shuttles. Der Weltraum verlieh allen von Menschen geschaffenen Dingen etwas Zwergenhaftes und Unbedeutendes. Doch hier, dicht über der Oberfläche des Planeten, wurde die *Enterprise* zu einer absolut dominierenden Königin.

Und sie kam ins Tal. Jene beiden Dinge, die Kirk über alles liebte — sie befanden sich nun in unmittelbarer Nähe. Er spürte, wie ihn intensives Glück erfüllte, bis in die entlegensten Winkel seines Selbst kroch. *Spock hat recht,* flüsterte es hinter der Stirn des Captains. *Menschen können es selbst mit ihrer Freude übertreiben.* Er hielt das Entzükken fest, gab sich ihm völlig hin, während er beobachtete, wie sich das breite Hangarschott der *Enterprise* öffnete. Eine Raumfähre sank der Hütte entgegen, um Kirk abzuholen, ihn zu seinem zweiten Heim zurückzubringen.

Kapitel 25

Die letzte Grenze

CAPTAINS LOGBUCH: STERNZEIT 7520.7

Lieutenant Uhura hat eine Nachricht von der U.S.S. *Hood* empfangen. Sie wird um 7521.5 Sternzeit in den centaurischen Standardorbit schwenken und uns ablösen, so daß wir endlich Starbase Sieben anfliegen können, um dort alle notwendigen Reparaturen durchführen zu lassen.

Inzwischen sind seit der Katastrophe von New Athens rund zwei Wochen vergangen, und die Intensität der von Centaurus ausgehenden tachyonischen Störstrahlung nimmt immer mehr ab. Heute waren die Interferenzen in diesem Sektor zum erstenmal so gering, daß wir eine Subraum-Verbindung mit Starfleet herstellen konnten. Ich habe Uhura aufgefordert, die letzten Logbuch-Einträge zu einem vollständigen Bericht zusammenzufassen und ihn an Starfleet Command zu senden. Darüber hinaus füge ich Belobigungen für Spock, Sulu, Chekov, Scott, MacPherson und Flores hinzu. Und noch etwas: Wir alle können stolz darauf sein, daß Admiral Buchinsky unsere Mission mit einem ›Gut gemacht‹ kommentierte.

Sieben Tage waren seit Kirks Rückkehr zur *Enterprise* verstrichen — eine Woche, während der umfangreiche Instandsetzungsarbeiten an Bord des Raumschiffes stattfanden und Hilfslieferungen für die Überlebenden von New Athens koordiniert wurden.

Als Starbase 7 die Nachricht von der Neutralisierung des centaurischen Verteidigungszentrums weiterleitete, schickten viele Welten der Föderation Transporter und Frachter mit Versorgungsgütern. Die irdischen Nationen beklagten den tragischen Verlust der *Dooley, Cavell* und *Sakarow,* aber sie entsandten sofort drei weitere Schiffe; die *Tutu, Barnard* und *Semmelweis.* Zusammen mit zwanzig anderen befanden sie sich in der Umlaufbahn von Alpha Centauri IV, und Tausende von Ärzten und Krankenschwestern begannen mit der Arbeit. Endlich herrschte kein Mangel mehr an medizinischen Geräten und Arzneien; selbst Schwerverletzte bekamen eine Überlebenschance.

Saul Weinstein kümmerte sich noch immer um die Centaurier im Gründerpark, und jetzt bekam er alle Dinge, die er benötigte. Viele Medo-Assistenten halfen ihm. Kirk nutzte die Autorität seines Starfleet-Ranges, um New Athens zum Notstandsgebiet zu erklären und Weinstein umfangreiche ärztliche Entscheidungsbefugnisse zu geben. Er machte Thaddäus Hayes – den Protokollchef, der ihn und Sulu auf dem Regierungsflughafen begrüßt hatte – zum administrativen Leiter der Hilfsmaßnahmen. Das bewahrte Kirk davor, jene Aufgaben selbst wahrzunehmen. Wer als Vermittler bei komplizierten und konfliktreichen Tarifverhandlungen aufgetreten war, so fand der Captain, scheute sicher nicht vor Problemen zurück. Wie sich herausstellte, behielt er recht. Hayes genügte allen Anforderungen seines Amtes. *Würde mich nicht wundern, wenn dem Mann eine steile politische Karriere bevorsteht,* dachte Kirk.

Es störte ihn überhaupt nicht, daß Präsident Erikkson seine Maßnahmen als persönlichen Affront empfand. Kirk nahm kein Blatt vor den Mund und prangerte die offensichtliche Unfähigkeit der Regierung an, mit den Folgen der Katastrophe fertig zu werden. Spocks Bericht machte deutlich, daß Erikkson nie einen Reparaturtrupp zum Verteidigungszentrum geschickt hatte, und die Präsenz der Regierung im Gründerpark beschränkte sich auf einige wenige Polizisten, die aus eigener Initiative handelten. Kirk fragte sich, warum Erikkson einfach die Hände in den Schoß gelegt hatte. Ganz gleich, wie die Antwort auf diese

Frage lautete — bei den nächsten Wahlen kam es sicher zu erheblichen Veränderungen in der politischen Struktur auf Centaurus. Kirk beschloß, nicht auf sein Wahlrecht als Grundbesitzer zu verzichten — und er nahm sich vor, gegen Erikkson zu stimmen.

Er hatte kurz mit dem Gedanken gespielt, an Bord der *Columbus* nach McIverton zu fliegen, um die *Galileo* zu holen, aber dieses ganz spezielle Vergnügen überließ er Sulu und Chekov. Begleitet wurden sie von sechs Männern der Sicherheitsabteilung, die mit schweren Phasern ausgerüstet waren und sich Schwierigkeiten *erhofften.* Doch niemand hinderte sie daran, mit der *Galileo* zu starten.

Leonard und Joanna McCoy arbeiteten nach wie vor im Gründerpark, verbrachten die Nächte jedoch an Bord der *Enterprise.* Die Transporter funktionierten wieder, und in New Athens gab es genug Ärzte und Krankenschwestern. Dr. M'Benga vertrat den Ersten Medo-Offizier während seiner Abwesenheit, und Kirk trug Pille McCoy in die Liste der vorübergehend von ihren Dienstpflichten entbundenen Besatzungsmitglieder ein.

Der Captain lächelte, als er sich an die letzte Landung der *Columbus* erinnerte... Er verließ die Blockhütte und sah Joanna, die aus dem Shuttle kletterte. Pille folgte ihr mit seiner Medo-Tasche, und Kirk deutete auf die offene Tür hinter ihm. »Eine Stichwunde. Der Kerl liegt auf dem Boden. Den anderen habe ich mit einem Phaser betäubt.« McCoy nickte nur, murmelte einen Gruß und trat ein.

Jim musterte die junge Frau, und es dauerte einige Sekunden, bis er begriff, daß es sich um Joanna handelte — niemand hatte ihm mitgeteilt, daß sie noch lebte. Neuerliche Freude erfüllte ihn, als er sich Leonards Tochter näherte. Mehrmals öffnete und schloß er den Mund, doch es war gar nicht notwendig, daß er irgendwelche Worte an Joanna richtete.

»Onkel Jim!« rief sie und umarmte ihn so fest, daß Kirk schon befürchtete, sie wolle ihm die Wirbelsäule brechen.

Er drückte sie trotzdem fest an sich.

Scotty und MacPherson arbeiteten so gut zusammen wie immer, reparierten das stark in Mitleidenschaft gezogene interne Kommunikationssystem der *Enterprise* und brachten die Kontrollzentren des Impulstriebwerks in Ordnung, so daß ein sicherer Flug zur Starbase 7 möglich wurde. Dort glitt das große Schiff in ein Raumdock, und kurze Zeit später wimmelte es überall an Bord von Technikern. Spock schätzte die Reparaturzeit auf sechs Wochen: fünf für die eigentlichen Instandsetzungsarbeiten, und eine weitere ›aufgrund der menschlichen Ineffizienz‹. Genau das mochte Kirk so sehr an dem Vulkanier — er gab immer unverblümt Auskunft.

Zwei Tage zuvor...

Ein Scoutschiff der Föderation, die U.S.S. *Conrad*, nahm Barclay und die anderen vier Ligisten auf, um sie zur Erde zu bringen. Kirk gab eine detaillierte Aussage zu Protokoll und erwähnte dabei auch Barclays ›hypothetische‹ Schilderungen in bezug auf die Hintergründe der Annihilationsexplosion.

Bevor Sam Cogley an Bord der *Conrad* ging, führte er noch ein Gespräch mit Kirk.

»Wollen Sie diese Sache bis zum Ende durchstehen?« fragte der Captain. »Scheint genau der richtige Fall für Sie zu sein.«

Cogley starrte in seinen Kaffebecher. »Nein, Jim«, erwiderte er. »Ich überlasse es einem anderen Anwalt, Barclay und Holtzmann zu vertreten. Nun, ich wäre durchaus bereit, den drei anderen zu helfen, aber dadurch würden sich zweifellos Nachteile für die Verteidigung der ersten beiden ergeben. Aus diesem Grund will ich nichts mit der Sache zu tun haben. Wie dem auch sei: Ich werde den Angeklagten die Namen einiger Kollegen nennen.«

Kirk beugte sich ein wenig vor. »Das ist nicht die ganze Wahrheit«, sagte er. »Warum lehnen Sie den Fall ab?«

Cogley überlegte einige Sekunden lang. »Eine durchaus verständliche Frage. Und ich bin Ihnen eine Antwort schuldig. Allerdings müssen Sie mir versprechen, daß alles unter uns bleibt.«

»Einverstanden.«

»Ich bin schon seit vielen Jahren Rechtsanwalt, Jim. Es mangelt mir gewiß nicht an Erfahrung, und im Laufe der Zeit habe ich einen Instinkt entwickelt. Von Anfang an spürte ich, daß Barclay in Hinsicht auf die Katastrophe eine weitaus größere Rolle spielte, als er zugab. Ich ahnte sofort, daß zumindest er und Holtzmann von Anfang an über die Bombe in New Athens Bescheid wußten.«

»Da bin ich ganz Ihrer Meinung«, sagte Kirk. »Als die tachyonische Störstrahlung nachließ, nahmen wir eine genaue Sensorerfassung vor und suchten die Planetenoberfläche nach den drei anderen Annihilationsvorrichtungen ab. Einige Fachleute machten sie unschädlich und übergaben sie dem Captain der *Conrad* – als Beweismaterial. Ich frage mich, wieso Barclay uns in der Blockhütte darauf hingewiesen hat.«

Cogley trank einen Schluck Kaffee. »Oh, er hält sich für ein Genie, aber in Wirklichkeit ist er *dumm*, Jim. Er konnte nicht der Versuchung widerstehen, mit seiner vermeintlichen ›Macht‹ zu prahlen. Wahrscheinlich dachte er, es sei unmöglich, aus der Umlaufbahn Antimaterie zu orten. Was für eine lächerliche Vorstellung! Hinzu kommt: Ein halbwegs intelligenter Mann hätte das politische Programm der Liga nicht ernst nehmen können. Es handelt sich doch nur um aufgewärmten Faschismus mit einer ordentlichen Portion Rassenhaß.«

»Größenwahn?« fragte Kirk. »Das scheint mir die richtige Diagnose zu sein. Barclay hielt sich für so unglaublich klug, daß er überzeugt war, niemand könne ihm einen Strich durch die Rechnung machen. Er glaubte sicher, Centaurus mit Hilfe der Föderation verlassen zu können; und was das Verfahren gegen ihn betrifft... Vermutlich wollte er mit den drei anderen Annihilationsbomben drohen, um seine Freilassung zu erzwingen.«

Cogley nickte. »Durch Isidore Holtzmanns Tod ging das Geheimnis der billigen Herstellung von Antimaterie verloren. Sein Sohn weiß nichts davon, und Barclay ist ebenfalls nicht informiert. Holtzmann hat allein gearbeitet, ohne Assistenten. Wir müssen natürlich davon ausgehen, daß irgendein Wissenschaftler die Erfindung wiederholt, woraus sich bestimmt neue Probleme ergeben. Aber zumindest Barclay stellt jetzt keine Gefahr mehr dar.«

Kirk brummte zustimmend. »Woher wußten Sie, daß er schuldig ist, Sam?«

»Wie ich eben schon sagte: Instinkt.« Cogley lächelte. »Darauf habe ich mich auch vor einigen Jahren verlassen, als ich beschloß, die Verteidigung eines Raumschiffkommandanten zu übernehmen — obwohl alles darauf hindeutete, daß er die Verantwortung für den Tod eines Besatzungsmitglieds trug. Die Indizien sprachen gegen Sie, aber ich war trotzdem von Ihrer Unschuld überzeugt, Jim. Und jetzt bin ich völlig sicher, daß Barclay und Holtzmann ein strenges Urteil verdienen. Sie sind zumindest der Verschwörung schuldig. Nun, trotzdem verdienen sie eine Möglichkeit, sich vor Gericht zu rechtfertigen — so funktioniert unsere Justiz. Ich kenne das Chaos in New Athens und bin voreingenommen. *Deshalb* muß sich jemand anders um diesen Fall kümmern.«

»Was haben Sie jetzt vor?« erkundigte sich Kirk.

Ein dünnes Lächeln umspielte Cogleys Lippen. »Wenn die *Conrad* mich und meine ehemaligen Mandanten auf der Erde abgesetzt hat, besorge ich Barclay und Holtzmann einen guten Anwalt. Anschließend kehre ich hierher zurück. Man legt Nathaniel Burke und Daniel Perez eine vorsätzliche Verletzung des Föderationsrechts zur Last. Allem Anschein nach haben sie versucht, einen Starfleet-Captain daran zu hindern, fünf Gefangene der Gerichtsbarkeit des Völkerbunds zu übergeben.«

Kirk starrte Cogley groß an, und dann lachte er laut.

Cogley schmunzelte. »Ich könnte in Schwierigkeiten geraten, wenn es zu einer Verhandlung kommt – immerhin war ich an der Sache beteiligt. Aber wahrscheinlich findet überhaupt kein Prozeß statt. Die Föderationsanklage gibt sich mit dem Rücktritt der beiden Minister zufrieden.«

»Eigentlich kann ich Burke und Perez verstehen«, sagte Kirk leise. »Sie haben ihre Familien in New Athens verloren. Kein Wunder, daß sie sich rächen wollten.«

»Ja, das stimmt«, erwiderte Cogley und trank seinen Becher aus. »Aber das Gesetz muß trotzdem beachtet werden.«

»Mr. Spock, Sir«, sagte Uhura und unterbrach damit Kirks Erinnerungen.

»Danke, Lieutenant.« Er aktivierte den Kommunikator des Kommandosessels. »Ja, Mr. Spock?«

»Captain, ich bin im Computerraum und habe eine interessante Entdeckung gemacht. Könnten Sie bitte hierherkommen? Sie brauchen keinen Schutzanzug zu tragen. Die Datenspeicher sind alle versiegelt.«

»In Ordnung. Ich mache mich sofort auf den Weg. Kirk Ende.« Er stand auf. »Mr. Sulu, Sie haben das Kommando. Ich bin unten im ›Nervenzentrum‹ des Schiffes.«

»Aye, aye, Captain.«

Die beiden Türhälften des Turbolifts schoben sich mit einem leisen Zischen auseinander, und Kirk trat ein. »Computerraum«, sagte er, und der von Scott installierte Sprachprozessor reagierte, gab die Anweisung an die Kontrolleinheit der Beförderungskapsel weiter. *Endlich funktioniert wieder alles,* dachte der Captain.

Kurz darauf trat Kirk in einen Korridor und sah sofort, daß die normalerweise geschlossene Tür des Computerraums weit offenstand.

»Spock?« rief er.

»Ich bin hier«, erwiderte der Vulkanier.

Kirk erreichte das Zimmer und stellte fest, daß alles in

Ordnung war. Transparente Acrylschilde schützten die unbeschädigten Speichermodule vor Schmutzpartikeln. Bei den defekten Einheiten hatte Spock auf derartige Maßnahmen verzichtet. Schon seit Stunden nahm der Vulkanier komplexe Überprüfungen vor, und angesichts der Kunststoffhüllen brauchte er sich nicht jedesmal zeitraubenden Reinigungsprozeduren zu unterziehen, wenn er die Kammer betrat.

Logisch, dachte Kirk.

»Guten Tag, Captain«, sagte Spock höflich. »Ich glaube, ich weiß jetzt, warum so viele Speichermodule ausfielen.«

»Oh, Ihrem Tonfall entnehme ich, daß wir es nicht mit Sabotage zu tun haben, oder?«

Der Vulkanier nickte. »Es kommt auch keine Fahrlässigkeit in Frage. Wir wurden Opfer eines im wahrsten Sinne des Wortes einzigartigen Zwischenfalls, der uns vielleicht wichtige Erkenntnisse ermöglicht.«

»Was meinen Sie mit ›Zwischenfall‹, Mr. Spock?«

»Wir flogen durch ein schwarzes Loch. Genauer gesagt: Die Singularität flog durch *uns.* Und sie hinterließ Spuren: die vollkommen runden Löcher in den Speichereinheiten. Hier, sehen Sie.« Spock blieb am Modul 15 stehen und zog es aus der Wand.

Er deutete auf das Loch in der Speichereinheit. »Nummer Vierzehn auf der linken Seite ist intakt, Captain, und Nummer Fünfzehn wurde nicht *ganz* durchdrungen, im Gegensatz zum sechzehnten Modul.« Spock zog es ebenfalls aus der Wandhalterung. »Das gilt auch für die Einheiten Siebzehn bis Vierundzwanzig. Bei Nummer Fünfundzwanzig konnte ich keine Schäden feststellen, und daher sah ich mir das Modul davor genauer an. Das Loch hat eine Tiefe von nur einem Zentimeter.«

»Sie vermuten also, ein schwarzes Loch sei dafür verantwortlich. Wie kommen Sie darauf?«

»Die Schlußfolgerung basiert in erster Linie auf den Daten, die ich unmittelbar nach dem Ausfall des Bordcomputers mit dem Tricorder gewonnen habe«, antwortete der Vulkanier. »Allerdings hielt ich diese Annahme zunächst für absurd, weil einige Fakten einander widersprechen. Ein schwarzes Loch sollte sich eigentlich anders verhalten.«

»Ich verstehe noch immer nicht ganz, worauf Sie hinauswollen.«

»Sehen Sie sich das hier an, Captain.« Spock reichte Kirk eine beschriftete Folie.

ZEIT: 0,0000000087 SEK
DISTANZ: 20,8655928 METER
RADIUS: 6,580025522685 $\times 10^{-22}$ CM
MASSE: 4431,0476216943 STANDARD-KG
TEMPERATUR: 4,4310476216943 $\times 10^{32}$ K

»Das erklärt es, Captain«, sagte Spock. »Ich habe die Hawking-Gleichung für schwarze Löcher angewendet. Seit dem zwanzigsten Jahrhundert wissen wir, daß kleine Singularitäten instabil sind, wenn ihre Masse geringer ist als die eines durchschnittlichen Planeten. Sehr kleine lösen sich innerhalb kurzer Zeit auf. Nun, bisher kennen wir keine schwarzen Löcher, die nach dem Urknall entstanden sind. Rein theoretisch müßten sie möglich sein, aber es konnte nie eins gefunden werden.

Als die Singularität unseren Bordcomputer beschädigte, flogen wir mit Warp zwei. Bei einer solchen Geschwindigkeit legt das Schiff in knapp neun Nanosekunden fast einundzwanzig Meter zurück. Das schwarze Loch bewegte sich nicht: Die *Enterprise* passierte seine Position, und dadurch blieb eine ›Spur‹ in den Speicherbänken zurück. Ihre Länge entspricht der Strecke, die das Schiff während der Existenzdauer der Singularität zurücklegte. Wenn man die veränderte Raumkrümmung, thermische Kräfte und den Reibungsquotienten des Materials berücksichtigt, mit dem die Module verkleidet sind, so läßt sich die Größe der kreisförmigen Öffnungen mit dem Durchmesser des schwarzen Lochs gleichsetzen.«

»He, einen Augenblick«, warf Kirk ein. »Wenn ich die Angaben hier richtig deute, so hatte die Singularität eine Masse von fast viereinhalb Tonnen.«

»In der Tat, Captain.«

»Mit anderen Worten: Wir wurden von dem Äquivalent eines großen Felsbrockens getroffen, der mit achtfacher Lichtgeschwindigkeit heranraste. Warum leben wir noch?«

»Das weiß ich nicht«, sagte Spock. »Die bei einer derartigen Kollision freigesetzte Energie hätte eigentlich ausreichen müssen, um das Raumschiff vollständig zu zerstören. Daß es nicht dazu kam, ist ein ebenso außerordentlicher wie geheimnisvoller Glücksfall. Vielleicht gibt es zwei verschiedene Arten von Masse, und eine davon übt nur geringen oder gar keinen Einfluß auf die andere aus. Diese seltsame Angelegenheit stellt all das in Frage, was ich bisher über Physik zu wissen glaubte, Captain. Schon seit einer Woche befasse ich mich damit – ohne konkrete Ergebnisse zu erzielen.«

»Bestimmt verfassen Sie bald einen wissenschaftlichen Artikel«, sagte Kirk.

»Wahrscheinlich sogar mehrere«, erwiderte der Vulkanier. »Allerdings verfüge ich nur über wenige Daten. Nun, zumindest eins ist klar: Die beschädigten Speicherbänke haben eine wahrhaft enorme Bedeutung; sie versetzen uns in die Lage, das ›Leben‹ einer Miniatur-Singularität zu untersuchen, von ihrer Geburt bis zum Tod. Wenn wir die Spur genau analysieren, gelangen wir vielleicht zu Erkenntnissen, die unsere Vorstellungen vom Universum und dem Raum-Zeit-Gefüge erheblich verändern.«

Kirk rieb sich das Kinn. »Setzen Sie Ihre Forschungen fort, Spock. Wir bleiben fünf – oder sechs – Wochen im Dock von Starbase Sieben. Sie haben also rund anderthalb Monate Zeit, um das Rätsel des kleinen schwarzen Lochs zu lösen. Andere Aufgaben brauchen Sie nicht wahrzunehmen.«

»Danke, Captain. Das weiß ich sehr zu schätzen.«

»Oh, und noch etwas. Vielleicht finden Sie Gelegenheit, mich im Garrovick-Tal auf Centaurus zu besuchen. Die *Enterprise* bleibt einige Wochen lang den Wartungstechnikern überlassen, und das bedeutet Sonderurlaub für uns und den Rest der Besatzung. Aber wenn Sie lieber...«

»Keineswegs, Captain. Ich nehme Ihr Angebot gern an. Ich konnte mir nur einen groben Eindruck von dem Tal verschaffen, als ich Sie mit der *Columbus* abholte, aber es scheint ein ruhiger, friedlicher Ort zu sein, der meinem Sinn für Ästhetik gerecht wird.«

»Das freut mich, Spock! Sie können jederzeit kommen und solange bleiben, wie Sie möchten. Es gibt dort weder Uhren noch Kalender.«

»Vielleicht zelte ich am Flußufer, Captain«, sagte Spock nachdenklich. »Der Farragut zeichnet sich durch eine natürliche Harmonie aus.« Er zögerte kurz. »Erlauben Sie mir eine Frage?«

»Natürlich.«

»Warum haben Sie mir nie von dem Tal erzählt? Bestimmt ist es sehr wichtig für Sie.«

Kirk überlegte einige Sekunden lang und schüttelte den Kopf. »Ich weiß es nicht, Spock. Ich spreche nie darüber. Nur McCoy weiß von meinem ganz privaten Refugium – weil er mir Gesellschaft leistete, als ich es vor vielen Jahren zum erstenmal sah. Möglicherweise bin ich zu sehr auf meine Privatsphäre bedacht.«

»Ich verstehe, was Sie damit meinen, Captain«, entgegnete Spock. »Ich weiß auch, welchen Belastungen ein Raumschiffkommandant ausgesetzt ist. Er braucht einen Ort, an den er sich zurückziehen kann. Und als Vulkanier kenne ich die Bedeutung privater Dinge.« Nach einer kurzen Pause fügte er hinzu: »Ich vermutete zunächst, daß Sie mich vielleicht für unfähig halten zu erkennen, welche Rolle das Tal in Ihrem Denken und Fühlen spielt. Oder daß Sie gar befürchten, ich würde Ihr Vertrauen auf irgendeine Weise mißbrauchen. Diese Überlegungen weckten... Unbehagen in mir.«

»Nein, so etwas käme mir nie in den Sinn.«

»Das beruhigt mich. Wir sehen uns also auf Centaurus wieder, Captain?«

»Ja.« Kirk winkte, drehte sich um und ging.

»Guten Flug, Jim«, sagte Spock leise.

CAPTAINS LOGBUCH: STERNZEIT 7521.6

Die U.S.S. *Hood* ist eingetroffen und hat uns offiziell abgelöst. Die Reparaturarbeiten sind beendet, und Mr. Scott versichert, alle Bordsysteme arbeiten einwandfrei. Sicher bekommen wir bald neue Einsatzorder von Starfleet Command.

Constance Iziharry, eine von Centaurus stammende Krankenschwester der medizinischen Abteilung, hat ihre Absicht bestätigt, auf Alpha Centauri IV zu bleiben, um an den Rettungsmissionen im Katastrophengebiet teilzunehmen. Dr. McCoy hat sie als fähige und kompetente Mitarbeiterin beschrieben, und daher entspreche ich ihrem Wunsch nur ungern. Drei andere Besatzungsmitglieder – Thomas McHenry, Mona Garibaldi und Peter Siderakis – haben den gleichen Antrag gestellt, dem ich hiermit ebenfalls stattgebe. Iziharry wird weiterhin mit Dr. Weinstein zusammenarbeiten, während die anderen neue Pflichten im Wiederaufbau-Komitee wahrnehmen, das von Thad Hayes geleitet wird.

Ich bin sicher, daß sie dem WAK gute Dienste leisten werden.

Dr. McCoy bleibt ebenfalls auf Centaurus, aber nur für kurze Zeit. Nach Beendigung aller Reparaturen kehrt er zur *Enterprise* zurück. Er und seine Tochter schließen sich den Dr. Weinstein unterstehenden Medo-Gruppen an. Ich habe Joanna McCoy nahegelegt, ihr Studium in der medizinischen Fakultät der Starfleet-Akademie fortzusetzen, und sie zieht eine solche Möglichkeit in Erwägung. Ihr Vater unter-

stützt meinen Vorschlag. Ich bin sicher, Joanna McCoy könnte es in der Medo-Sektion Starfleets weit bringen.

Auf der Brücke bot sich wieder das übliche Bild dar. Spock saß an der wissenschaftlichen Station, Captain Kirk im Sessel des Befehlsstands. Sulu und Chekov bedienten die Steuerungs- und Navigationskontrollen.

»Mr. Chekov, berechnen Sie einen Kurs zur Starbase Sieben«, sagte Kirk.

»Berechnet und programmiert«, meldete der Navigator.

Kirk spürte eine bereits vertraut gewordene Aufregung. Sie erfaßte ihn immer, bevor er folgende Worte sprach: »Wir verlassen den Orbit, Steuermann. Bringen Sie uns in den interstellaren Raum.«

»Aye, aye, Sir«, bestätigte Sulu.

Das Summen der Impulstriebwerke wurde etwas lauter, als die *Enterprise* zu den Sternen zurückkehrte, die ihren nie endenden Weg säumten.